絕妙好詞箋

（宋）周密／輯
（清）查為仁、（清）厲鶚／箋
朱銘／校點

金城出版社
GOLD WALL PRESS
·北京·

圖書在版編目（CIP）數據

絶妙好詞箋 /（宋）周密輯；（清）查為仁，（清）厲鶚箋；朱銘校點 . — 北京：金城出版社有限公司，2022.9
ISBN 978-7-5155-2147-3

Ⅰ. ①絶… Ⅱ. ①周… ②查… ③厲… ④朱… Ⅲ. ①宋詞－作品集－南宋 Ⅳ. ① I222.844.2

中國版本圖書館 CIP 數據核字（2022）第 165947 號

絶妙好詞箋

作　者	（宋）周密／輯；（清）查為仁、（清）厲鶚／箋；朱銘 / 校點
責任編輯	歐陽雲
責任校對	楊　超
責任印製	李世傑
裝幀設計	飛鳥 裝幀設計 1581 0133 062
開　本	710 毫米 ×1000 毫米　1/32
印　張	11.5
字　數	70 千字
版　次	2022 年 9 月第 1 版
印　次	2022 年 9 月第 1 次印刷
印　刷	天津旭豐源印刷有限公司
書　號	ISBN 978-7-5155-2147-3
定　價	68.00 圓

出版發行	金城出版社有限公司　北京市朝陽區利澤東二路 3 號　郵編：100102
發 行 部	（010）84254364
編 輯 部	（010）64214534
總 編 室	（010）64228516
網　址	http://www.jccb.com.cn
電子郵箱	jinchengchuban@163.com
法律顧問	北京市安理律師事務所　（電話）18911105819

目录

絕妙好詞箋卷二……六六

絕妙好詞箋卷四……一七三

絕妙好詞箋卷七……………………三〇五

絕妙好詞箋序

《絕妙好詞》七卷，南宋弁陽老人周密公謹所輯，宋人選本朝詞，如曾端伯《樂府雅詞》黃叔暘《花菴詞選》，皆讓其精粹，蓋詞家之準的也。所采多紹興迄德祐間人，自二三鉅公外，姓字多不著。夫士生隱約，不得樹立功業、炳煥天壤，僅以詞章垂稱後世，而姓字猶在若滅若沒間，無人為從故紙堆中抉剔出之，豈非一大恨事耶。津門查君蓮坡，研精風雅耽玩，倚聲披閱之暇，隨筆劄記輯有詩餘紀事如干卷，于是編尤所留意特為之箋。不獨諸人里居出處十得八九，而詞中之本事、詞外之佚事以及名篇秀句、零珠碎金攟拾無遺。俾讀者展卷時，怳然如聆其笑語而共其游歷也。予與蓮坡有同好，向嘗綴拾一二，每

絕妙好詞七卷南宋弁陽老人周密公謹所輯宋人選
本朝詞如曾端伯樂府雅詞黃叔暘花菴詞選皆讓其
精粹蓋詞家之準的也所采多紹興迄德祐間人自二
三鉅公外姓字多不著夫士生隱約不得樹立功業炳
煥天壤僅以詞章垂稱後世而姓字猶在若滅若沒間
無人爲從故紙堆中抉剔出之豈非一大恨事耶津門
查君蓮坡研精風雅耽玩倚聲披閱之暇隨筆劄記輯
有詩餘紀事如干卷于是編尤所留意特爲之箋不獨
諸人里居出處十得八九而詞中之本事詞外之佚事

自矜捌獲。會以衣食奔走，不克卒業。及來津門，見蓮坡所輯，頗有望洋之歎，并舉以付之次第增入焉。譬諸掇遺材以裨建章，投片瓊以厠懸圃，其為用不已微乎。蓮坡通懷集益，猶不忘所自，必欲附賤名於簡端。辭不得已，因述其顛末如此云。乾隆戊辰閏七夕前三日錢唐厲鶚書於津門之古春小茨

以及名篇秀句零珠碎金攟拾無遺俾讀者展卷時悅
然如聆其笑語而共其游歷也予與蓮坡有同好向嘗
綴拾一二每自矜捌獲會以衣食奔走不克卒業及來
津門見蓮坡所輯頗有望洋之歎并舉以付之次第增
入焉譬諸掇遺材以裨建章投片瓊以厠懸圃其爲用
不已微乎蓮坡通懷集益猶不忘所自必欲附賤名於
簡端辭不得已因述其顛末如此云乾隆戊辰閏七夕
前三日錢唐厲鶚書於津門之古春小茨

張孝祥

孝祥字安國，號于湖。烏江人。紹興二十四年廷對第一，授承事郎，簽書鎮東軍判官，累遷中書舍人，直學士院，兼督府參贊軍事，領建康留守，尋以荊南、湖北路安撫使，進顯謨閣直學士致仕。有《于湖集》詞一卷。湯衡序《紫微詞》云：『于湖平昔為詞，未嘗著藁，筆酣興健，頃刻即成，無一字無來處。』

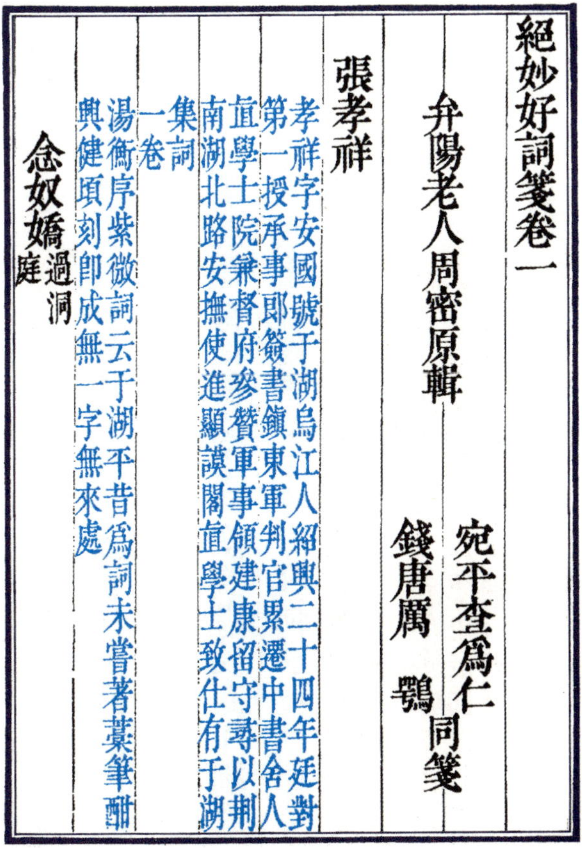
絕妙好詞箋卷一

弁陽老人周密原輯

宛平查爲仁 錢唐厲鶚 同箋

張孝祥

孝祥字安國號于湖烏江人紹興二十四年廷對第一授承事郎簽書鎮東軍判官累遷中書舍人直學士院兼督府參贊軍事領建康留守尋以荊南湖北路安撫使進顯謨閣直學士致仕有于湖集詞一卷

湯衡序紫微詞云于湖平昔爲詞未嘗著藁筆酣興健頃刻即成無一字無來處

念奴嬌 過洞庭

念奴嬌·過洞庭

洞庭青草，近中秋，更無一點風色。玉界瓊田三萬頃，著我扁舟一葉。素月分輝，明河共影，表裏俱澄澈。悠然心會，妙處難與君說。

應念嶺表經年，孤光自照，肝膽皆冰雪。短鬢蕭踈襟袖冷，穩泛滄溟空濶。盡吸西江，細斟北斗，萬象為賓客。叩舷獨嘯，不知今夕何夕。

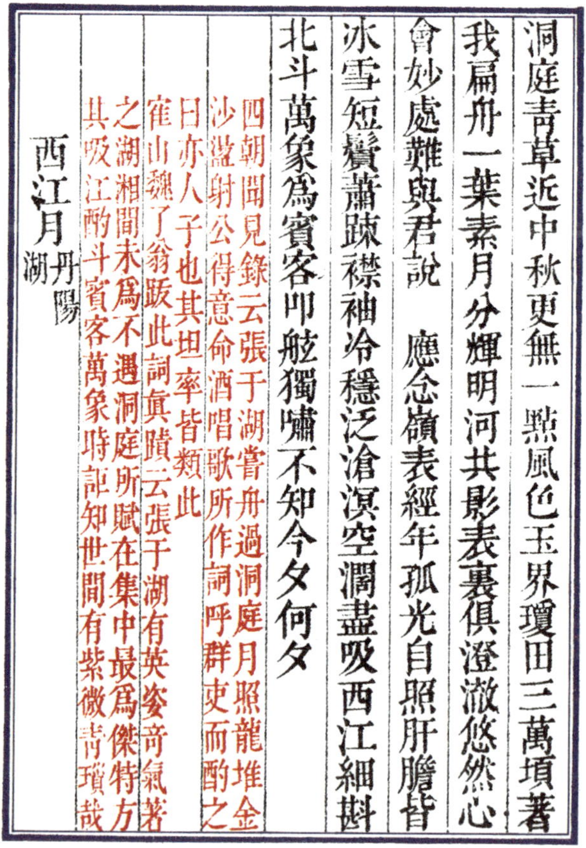
洞庭青草近中秋更無一點風色玉界瓊田三萬頃著我扁舟一葉素月分輝明河共影表裏俱澄澈悠然心會妙處難與君說　應念嶺表經年孤光自照肝膽皆冰雪短鬢蕭踈襟袖冷穩泛滄溟空濶盡吸西江細斟北斗萬象爲賓客叩舷獨嘯不知今夕何夕

四朝聞見錄云張于湖嘗舟過洞庭月照龍堆金沙漲射公得意命酒唱歌所作詞呼群吏而酌之曰亦人子也其坦率皆類此

隺山魏了翁跋此詞眞蹟云張于湖有英姿奇氣著之湖湘間未爲不遇洞庭所賦在集中最爲傑特方其吸江酌斗賓客萬象時詎知世間有紫微青瑣哉

西江月　丹陽湖

西江月・丹陽湖

問訊湖邊柳色，重來又是三年。
春風吹我過湖船，楊柳絲絲拂面。
世路如今已慣，此心到處悠然，
寒光亭下水連天，飛起沙鷗一片。

清平樂

光塵撲撲，宮柳低迷綠。鬭鴨闌
干春詰曲，簾額微風繡蹙。碧
雲青翼無憑，困來小倚雲屏。楚
夢不禁春晚，黃鸝猶自聲聲。

問訊湖邊柳色重來又是三年春風吹我過湖船楊柳
絲絲拂面　世路如今已慣此心到處悠然寒光亭下
水連天飛起沙鷗一片

輿地紀勝云丹陽湖在當塗縣東南六十九里杜
預注云春秋宣城縣西南有桐水出白石山西北
入丹陽是也
按景定建康志載此詞云題溧陽三塔寺按志三
塔湖一名梁城湖在溧陽縣西七十里又云溧水
西承丹陽湖自東壩成丹陽湖水不復通本縣界
岳珂玉楮集亦云溧陽三塔寺寒光亭柱上刻張
于湖詞自當以建康志爲據

清平樂

光塵撲撲宮柳低迷綠鬭鴨闌干春詰曲簾額微風繡

菩薩蠻

東風約畧吹羅幙，一簾細雨春陰薄。試把杏花看，溼雲嬌暮寒。

佳人雙玉枕，烘醉鴛鴦錦。折得最繁枝，暖香生翠帷（雲一作紅）。

歷 碧雲靑翼無憑困來小倚雲屏楚夢不禁春晚黃鸝猶自聲聲

菩薩蠻

東風約畧吹羅幙一簾細雨春陰薄試把杏花看溼雲嬌暮寒 佳人雙玉枕烘醉鴛鴦錦折得最繁枝暖香生翠帷雲一作紅

詞旨警句盡吸西江細斟北斗萬象爲賓客叩舷獨笑不知今夕何夕念奴嬌 寒光亭下水連天飛起沙鷗一片西江月

能改齋漫錄去年今日從駕遊西苑彩仗壓金波看水戲魚龍曼衍寶津南殿宴坐近天顏金盃酒君王勸頭上宮花顫六軍錦繡萬騎穿楊

箭日暮翠華歸擁釣天笙歌一片如今關外千里未歸人前山雨西樓晚望斷思君眼此陳濟翁驚山溪也舍人張孝祥知潭州因宴客妓有韵此至金盃酒君王勸頭上宮花顫其首自爲之揺動者數四坐客忍笑指目者甚衆而張竟不覺也

癸辛雜識張于湖知京口王宣子代之多景樓落成于湖爲大書樓扁公庫送銀二百兩爲潤筆于湖却之但需紅羅百匹於是大宴合樂酒酣于湖賦詞命妓合唱甚懽遂以紅羅百匹犒之

吳禮部別集詩話于湖玩鞭亭晉明帝覘王敦營壘處自温庭筠賦詩後張文潛又賦于湖曲以正湖陰之誤詞皆奇麗警拔膾炙人口張安國賦滿江紅云千古淒京興亡事但悲陳迹凝望眼吳波不動楚山叢碧巴滇綠駿追風遠武昌雲旆連天赤咲老姦遺臭到如今留空壁邊書靜烽烟息通軺傳銷鋒鏑仰太平天子聖明

范成大

成大字致能，號石湖。吳郡人。紹興二十四年進士，孝宗時累官權吏部尚書，拜參知政事，進資政殿學士，提舉洞霄宮。卒謚文穆。有《石湖集》詞一卷

醉落魄

棲烏飛絕，絳河綠霧星明滅。燒香曳簟眠清樾，花影吹笙，滿地

無敵蹙踏楊州開帝里渡江天馬龍爲匹看東
南佳氣鬱匆匆傳千億雖間釆温張語而詞氣
亦不在其下嘗見安國大書此詞後題云乾道
元年正月十日筆勢奇偉可愛
于湖詞西江月十里輕紅自笑兩山濃翠相呼
意行著脚到精廬借我繩床小住解飲不妨文
字無心更狎鷗魚一聲長嘯暮烟孤袖手西湖
歸去

范成大

成大字致能號石湖吳郡人紹興二十四年進士
孝宗時累官權吏部尚書拜參知政事進資政殿
學士提舉洞霄宮卒謚
文穆有石湖集詞一卷

醉落魄

棲烏飛絕絳河綠霧星明滅燒香曳簟眠清樾花影吹

淡黃月。　好風碎竹聲如雪，昭華三弄臨風咽。鬢絲撩亂綸巾折，涼滿北窗，休共軟紅說。

朝中措

長年心事寄林扃，塵鬢已星星。芳意不如水遠，歸心欲與雲平。留連一醉，花殘日永，雨後山明。從此量船載酒，莫教閑却春情。

眼兒媚

酣酣日脚紫烟浮，妍暖試輕裘。困人天氣，醉人花底，午夢扶頭。

春慵恰似春塘水，一片縠紋愁。溶溶洩洩，東風無力，欲皺還休。

笙滿地淡黃月　好風碎竹聲如雪昭華三弄臨風咽
鬢絲撩亂綸巾折涼滿北窗休共軟紅說
朝中措
長年心事寄林扃塵鬢已星星芳意不如水遠歸心欲
與雲平　留連一醉花殘日永雨後山明從此量船載
酒莫教閑却春情
眼兒媚
酣酣日脚紫烟浮妍暖試輕裘困人天氣醉人花底午
夢扶頭　春慵恰似春塘水一片縠紋愁溶溶洩洩東

憶秦娥

樓陰缺，闌干影臥東廂月。東廂月，一天風露，杏花如雪。隔烟催漏金虬咽，羅幃暗淡燈花結。燈花結，片時春夢，江南天濶。

霜天曉角

晚晴風歇，一夜春威折。脈脈花疎天淡，雲來去、數枝雪。勝絶，愁亦絶，此情誰共說。惟有兩行低鴈，知人倚、畫樓月。

風無力欲皺還休

憶秦娥

樓陰缺闌干影卧東廂月東廂月一天風露杏花如雪隔烟催漏金虬咽羅幃暗淡燈花結燈花結片時春夢江南天濶

霜天曉角

晚晴風歇一夜春威折脈脈花踈天淡雲來去數枝雪勝絶愁亦絶此情誰共說惟有兩行低鴈。知人倚畫樓月

詞旨警句花影吹笙滿地淡黃月（醉落魄）燈花結片時春夢江南天濶（憶秦娥）惟有兩行低雁知人倚畫樓月（霜天曉角）

劉克莊後村集詩話范石湖南柯子云悵望梅花驛凝情杜若洲香雲低處有高樓可惜高樓不近木蘭舟緘素雙魚遠題紅片葉秋欲憑江水寄離愁江已東流那肯更西流

澄懷錄范石湖云淳熙己亥重九與客自閶門汎舟徑橫塘宿霧一白垂垂欲雨至綵雲橋氛翳豁然晴日滿空風景閒美無不與人意會四郊刈熟露積如繚垣田家婦子著新衣畧有節物挂帆遡越來溪潦收淵澄如行玻瓈地上菱花雖瘦尚可采擷檥櫂石湖叩柴荊坐千岩觀下菊叢中大金錢一種已爛漫穠香正午薰人酒盃不待轟飲已有醉意其旁丹桂二畝皆盛開多欒枝芳氣尤不可耐携壺渡石梁登姑蘇後臺躋攀勇往謝去巾輿筇杖石稜草滑皆若飛步山頂正平有坳堂蘚石可列坐相傳爲吳

故宮閒臺別館所在其前湖光接松陵獨見孤塔之尖少北壘點一螺爲崑山其後西山競秀縈青叢碧與洞庭林屋相賓大約目力踰百里具登高臨遠之勝始余使廣是日過燕山館嘗賦水調首句云萬里漢家使後每自和桂林云萬里漢都護成都云萬里橋邊客明年徘徊藥市頗歎倦游不復再賦但有詩云年來厭把三邊酒此去休哦萬里詩今年幸甚獲歸故園偕隣曲二三子酬酢佳節於鄉山之上乃復用舊韻首句云萬里吳船泊歸訪菊籬秋

石湖詞浪淘沙黯淡養花天小雨能慳烟輕雲薄有無間官柳絲絲都緑徧猶有春寒空翠溼征鞍馬首千山多情若是肯俱還別有玉杯承露冷留共君看玉杯官舍中牡丹絕品也

菩薩蠻云雪林一夜收寒了東風恰向燈前到今夕是何年新春新月圓綺叢香霧隔猶記蹤狂客留取縷金旛夜蛾相並看

洪邁

邁字景盧，號野處，又號容齋，鄱陽人。忠宣公皓子。紹興十五年登第。兄文惠适、文安遵皆中博學宏詞科，由是三洪名滿天下。累遷吏、禮二部員外郎，尋進煥章閣學士，知紹興，告老，以端明殿學士致仕。卒謚文敏。有《容齋五筆》《夷堅志》《萬首唐人絶句》《野處類藁》行于世。

踏莎行

院落深沉，池塘寂靜。簾鈎捲上梨花影。寶箏拈得鴈難尋，篆香消盡山空冷。　釵鳳斜敧，鬢蟬不整。殘紅立褪慵看鏡。杜鵑啼月一聲聲，等閒又是三春盡。

洪邁

邁字景盧號野處又號容齋鄱陽人忠宣公皓子紹興十五年登第兄文惠适文安遵皆中博學宏詞科由是三洪名滿天下累遷吏禮二部員外郎尋進煥章閣學士知紹興告老以端明殿學士致仕卒謚文敏有容齋五筆夷堅志萬首唐人絶句野處類藁行于世

踏莎行

院落深沉池塘寂靜簾鈎捲上梨花影寶箏拈得鴈難尋篆香消盡山空冷　釵鳳斜欹鬢蟬不整殘紅立褪慵看鏡杜鵑啼月一聲聲等閒又是三春盡

夷堅志紹興間余在臨安試詞科三塲畢與五友同過抱劍街孫氏小樓夜月如晝正臨闌凭

陸游

游字務觀。山陰人。以蔭補登仕郎。隆興初，賜進士出身。范成大帥蜀，為參議官，以文字交，不拘禮。士人譏其頹放，因自號放翁。嘉泰初，詔同修國史，陞寶章閣待制。有《劍南集》詞二卷。

劉潛夫云：『放翁、稼軒，一埽纖豔，不事穿鑿，高則高矣，但時時掉書袋，要是一癖。』

几兩燭結花燦然若連珠孫倡黙慧白坐中目今夕佳魄皎潔燭花呈祥五君較藝蘭省其高掇不疑請各賦一詞爲他日佳話何自明即操筆作浣溪沙一闋云草草杯盤訪玉人燈花呈喜坐添春邀郎覓句要清新黛淺波嬌情脉脉雲輕柳弱意眞眞從今風月屬閒人衆傳觀歡賞獨恨其末句失意余續臨江仙曰綺席流歡歡正洽高樓佳氣重重釵頭小篆燭花紅直須將喜事來報主人公桂月十分春正半廣寒宮殿匆匆姮娥相對曲闌東雲梯知不遠平步躡東風孫滿酌一觥相屬相勸日學士必高中此瑞殆爲君設也已而果奏名賜第餘皆不偶

陸游

游字務觀山陰人以蔭補登仕郎隆興初賜進士出身范成大帥蜀爲參議官以文字交不拘禮士人譏其頹放因自號放翁嘉泰初詔同修國史陞寶章閣待制有劍南集詞二卷

朝中措·梅

幽姿不入少年場，無語只凄凉。一箇飄零身世，十分冷淡心腸。
江頭月底，新詩舊恨，孤夢清香。任是春風不管，也曾先識東皇。

烏夜啼

金鴨餘香尚暖，綠窻斜日偏明。蘭膏香染雲鬟膩，釵墜滑無聲。
冷落鞦韆伴侣，闌珊打馬心情。繡屏驚斷瀟湘夢，花外一聲鶯。

劉潛夫云放翁稼軒一埽纖艷不事穿鑿高則高矣但時時掉書袋要是一癖

朝中措梅

幽姿不入少年塲無語只凄凉一箇飄零身世十分冷淡心腸　江頭月底新詩舊恨孤夢清香任是春風不管也曾先識東皇

烏夜啼

金鴨餘香尚暖綠窗斜日偏明蘭膏香染雲鬟膩釵墜滑無聲　冷落鞦韆伴侶闌珊打馬心情繡屏驚斷瀟湘夢花外一聲鶯

又

紈扇嬋娟素月，紗巾縹緲輕煙。
高槐葉長陰初合，清潤雨餘天。
弄筆斜行小草，鈎簾淺醉閑眠。
更無一點塵埃到，枕上聽新蟬。

又

紈扇嬋娟素月紗巾縹緲輕煙高槐葉長陰初合清潤雨餘天　弄筆斜行小草鈎簾淺醉閑眠更無一點塵埃到枕上聽新蟬

鶴林玉露陸務觀農師之孫有詩名恃酒頹放因自號放翁作詞云橋如虹水如空一葉飄然煙雨中天教稱放翁晚年爲韓平原作南園記除從官楊誠齋寄詩云君居東浙我江西鏡裏新添幾縷絲花落六回疎信息月明千里兩相思不應李杜翻鯨海更羨夔龍集鳳池道是樊川輕薄殺猶將萬戸比千詩葢切磋之也然南園記唯勉以忠獻之事業無諛辭晚年和平粹美有中原承平時氣象朱文公喜稱之

耆舊續聞陸放翁官南昌日代還有贈別詞云

雨斷西山晚照明悄無人幽夢自驚說道去多時也到如今眞箇口行遠山已是無心畫小樓空斜掩繡屏你嚎早收心呵趁劉郎雙鬢未星又閑居三山日方務德侍郎携妓訪之公有詞云三山山下閑居士巾屨蕭然小醉閑眠風引飛花落釣船並不載於集

齊東野語放翁在蜀日有所盼賦詩云碧玉當年未破瓜學成歌舞入侯家如今顦顇蓬窗底飛上青天妒落花出蜀後每懷舊遊多見之賦咏有云金鞭珠弾憶春游萬里橋東罨畫樓夢倩曉風吹不斷書憑春雁寄無由鏡中顏鬢今如此席上賓朋好在否箧有吳牋三百箇擬將細字說春愁又云裘馬清狂錦水濱最繁華地作閑人金壺投箭消長日翠袖傳杯領好春幽鳥語隨歌處拍落花鋪作舞時茵悠然自適君知否身與浮名孰重輕又以此詩櫽括作風入松云十年裘馬錦江濱酒隱紅塵黃金選勝鶯花海倚疎狂驅使青春弄笛魚龍盡出題詩風

陸淞

淞字子逸，號雲溪。山陰人。《耆舊續聞》云：『陸辰州子逸，左丞佃之孫。晚以疾廢，卜築於秀野，越之佳山水也。放傲世間，不復有榮念。對客則終日清談不倦，尤好語前輩事。』

瑞鶴仙

臉霞紅印枕，睡覺來、冠兒還是不整。屏間麝煤冷。但眉峰壓翠，淚珠彈粉。堂深晝永，燕交飛、風簾露井。恨無人說與相思，近

月俱新自憐華髮滿紗巾猶是官身鳳樓曾記
當時語問浮名何似身親欲寫吳牋說與這回
眞箇閒人前輩風流
雅韵猶可想見也

陸淞

淞字子逸號雲溪山陰人耆舊續聞云陸辰州子
逸左丞佃之孫晚以疾廢卜築於秀野越之佳山
水也放傲世間不復有榮念對客
則終日清談不倦尤好語前輩事

瑞鶴仙

臉霞紅印枕睡覺來冠兒還是不整屏間麝煤冷但眉
峰壓翠淚珠彈粉堂深晝永燕交飛風簾露井恨無人
說與相思近日帶圍寬盡　重省殘燈朱幌淡月紗窓

日帶圍寬盡。重省。殘燈朱幌，淡月紗窗，那時風景。陽臺路迥。雲雨夢，便無準。待歸來，先指花梢教看，却把心期細問。問因循、過了青春，怎生意穩。

韓元吉

元吉字无咎，號南磵。許昌人。門下侍郎維四世孫，東萊先生呂伯恭之外舅也。官至吏部尚書。有《焦尾集》詞一卷。子淲仲止，有詩名。

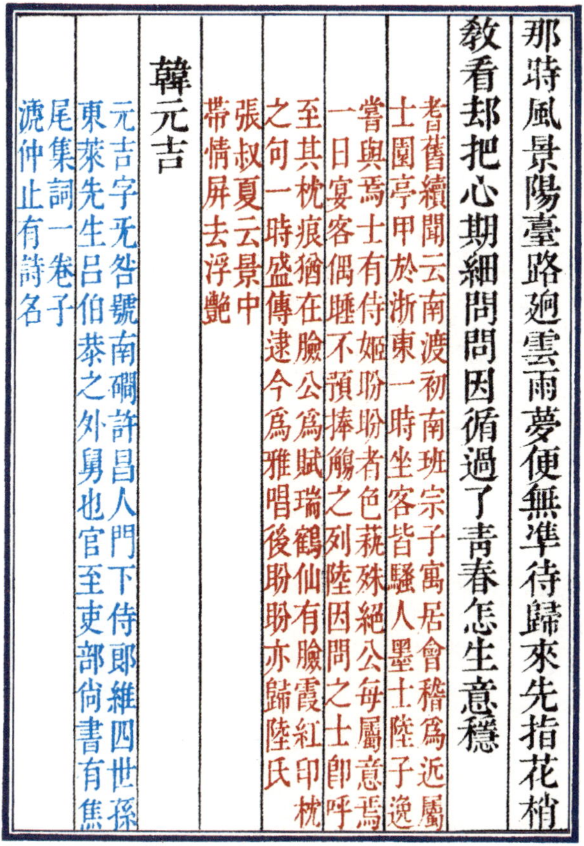
那時風景陽臺路迥雲雨夢便無準待歸來先指花梢
教看却把心期細問問因循過了青春怎生意穩
耆舊續聞云南渡初南班宗子寓居會稽爲近屬
士園亭甲於浙東一時坐客皆騷人墨士陸子逸
嘗與焉士有侍姬盼盼者色藝殊絶公每屬意焉
一日宴客偶睡不預捧觴之列陸因問之士即呼
至其枕痕猶在臉公爲賦瑞鶴仙有臉霞紅印枕
之句一時盛傳逮今爲雅唱後盼盼亦歸陸氏
張叔夏云景中帶情屏去浮艷
韓元吉
元吉字无咎號南磵許昌人門下侍郎維四世孫
東萊先生呂伯恭之外舅也官至吏部尚書有焦
尾集詞一卷子
淲仲止有詩名

水龍吟・書英華事

雨餘疊巘浮空，望中秀色仙都是。洞天未鎖，人間春老，玉妃曾墜。錦瑟繁絃，鳳簫清響，九霄歌吹。問分香舊事，劉郎去後，知誰伴，風前醉。回首暝煙千里。但紛紛、落紅如洗。多情易老，青鸞何許，詩成誰寄。斗轉參橫，半簾花影，一溪寒水。悵飛鳧路杳，行雲夢遠，有三峰翠。

水龍吟 書英華事

雨餘叠巘浮空望中秀色仙都是洞天未鎖人間春老
玉妃曾墜錦瑟繁絃鳳簫清響九霄歌吹問分香舊事
劉郎去後知誰伴風前醉 回首暝煙千里但紛紛落
紅如洗多情易老青鸞何許詩成誰寄斗轉參橫半簾
花影一溪寒水悵飛鳧路杳行雲夢遠有三峰翠

者舊續聞云元豐中縉雲令開封李長卿女慧性
過人姿度不凡染疾逝殯於邑之仙巖寺三峰閣
李公罷因舁歸宣和庚子青溪冦起焚燎無遺惟
三峰閣獨存主簿以爲廨舍濟南王傅慶及內表
曹穎偕來館曹于廳治之東一夕有女子扣扃而
至與語皆出塵氣詰其姓氏曰開封李長卿女季

蕚其名英華其字辟穀有年身輕於羽知子鰥居故來相慰唱和殆無虛日曹有親陳觀察挽之從軍將就道英華與訣曰妾與君之緣斷矣子宿緣寡淺塵業未償他日當有兵難敬授靈香一瓣有急請爇以告當陰有所護不然亦無如之何也曹公勇爲朔方之行不意獲譴麾下追惟英華之言欲取所遺香爇之軍行無宿火卒正法英華詩有云醒酒清風搖竹去催詩小雨過山來非詩人所易到也

文獻通考云英華集三卷李季蕚爲鬼仙緗雲人傳其詩亦怪矣

墨莊漫錄云處州緗雲簿廳爲武尉司頃有一婦人常現形與人接妍麗閒婉有殊色其來也異香芬馥非世間之香自稱曰英華或曰綠華前後官此者多爲所惑永嘉蔣輝遠爲邑簿祠以香火其怪遂絕

好事近 汴京賜宴

好事近·汴京賜宴

凝碧舊池頭，一聽管絃凄切。多少梨園聲在，總不堪華髮。杏花無處避春愁，也傍野花發。惟有御溝聲斷，似知人嗚咽。

姚寬

寬字令威，號西溪。《會稽續志》：『姚寬，嵊人。以父舜明任補官，權尚書戶部員外郎、樞密院編修官。詞章之外，頗工篆隸及工伎之事。請用韓世忠舊法，以意增損，為三弓合彈弩，詔許之。既成，矢激二里，所中皆沒羽。又嘗論大駕鹵薄指南車，得古不傳之法。』

凝碧舊池頭一聽管絃淒切多少梨園聲在總不堪華髮 杏花無處避春愁也傍野花發惟有御溝聲斷似知人嗚咽

金史交聘表云大定十三年三月癸巳朔宋遣試禮部尚書韓元吉利州觀察使鄭興裔等賀萬春節按宋孝宗乾道九年爲金世宗大定十三年南澗汴京賜宴之詞當是此時作

姚寬

寬字令威號西溪會稽續志姚寬嵊人以父舜明任補官權尚書戶部員外郎樞密院編修官詞章之外頗工篆隸及工伎之事請用韓世忠舊法以意增損爲三弓合彈弩詔許之既成矢激二里所中皆沒羽又嘗論大駕鹵簿指南車得古不傳之法所著有西溪集十卷注司馬遷史記一百三十

所著有《西溪集》十卷、注司馬遷《史記》一百三十卷、《西溪叢語》一卷、《玉璽書》一卷。葉水心跋《西溪集》云：『公著書二百卷，古今同異，無不槩括。惜其盛年不預采錄，晚始召對殿中，忽感風眩而死。』

菩薩蠻

斜陽山下明金碧，畫樓返照融春色。睡起揭簾旌，玉人蟬鬢輕。無言空竚立，花落東風急。燕子引愁來，眉愁那得開。

生查子

郎如陌上塵，妾似堤邊樹（一作絮）。相見兩悠揚，蹤跡無尋處。酒面撲春風，淚眼零秋雨。過了別離時，還解相思否？

卷西溪叢語一卷玉璽書一卷葉水心跋西溪集云公著書二百卷古今同異無不槩括惜其盛年不預采錄晚始召對殿中忽感風眩而死

菩薩蠻

斜陽山下明金碧畫樓返照融春色睡起揭簾旌玉人蟬鬢輕 無言空竚立花落東風急燕子引愁來眉愁那得開

生查子

郎如陌上塵妾似堤邊樹一作絮 相見兩悠揚蹤跡無尋處 酒面撲春風淚眼零秋雨過了別離時還解相思

吳琚

琚字居父，號雲壑。汴人。憲聖太后之姪，太寧郡王益之子。歷尚書郎、部使者、直學士，慶元間以鎮安節度使留守建康，遷少保。卒謚忠惠。有《雲壑集》。

柳梢青·元日立春

綵仗鞭春，椒盤迎旦，斗柄回寅。拂面東風，雖然料峭，終是寒輕。

帶花折柳心情。怎捱得、元宵放燈。不是東園，有些殘雪，先去踏青。

否

吳琚

琚字居父號雲壑汴人憲聖太后之姪太寧郡王益之子歷尚書郎部使者直學士慶元間以鎮安節度使留守建康遷少保卒謚忠惠有雲壑集

柳梢青 元日立春

綵仗鞭春椒盤迎旦斗柄回寅拂面東風雖然料峭終是寒輕　帶花折柳心情怎捱得元宵放燈不是東園有些殘雪先去踏青

浪淘沙

浪淘沙

雲葉弄輕陰，屋角鳩鳴。青梅著子欲生仁。冷落江天寒食雨，花事關情。　池館晝盈盈。人耐寒輕。一川芳草只銷凝。時有入簾新燕子，明日清明。

又

岸柳可藏鴉，路轉溪斜。忘機鷗鷺立汀沙。咫尺鐘山迷望眼，一半雲遮。　臨水整烏紗，兩鬢蒼華。故鄉心事在天涯。幾日不來春便老，開盡桃花。

雲葉弄輕陰屋角鳩鳴青梅著子欲生仁冷落江天寒
食雨花事關情　池館晝盈盈人耐寒輕一川芳草只
銷凝時有入簾新燕子明日清明

又

岸柳可藏鴉路轉溪斜忘機鷗鷺立汀沙咫尺鐘山迷
望眼一半雲遮　臨水整烏紗兩鬢蒼華故鄉心事在
天涯幾日不來春便老開盡桃花

景定建康志引此詞題云游青溪呈馬野亭野亭
跋其後云秦淮海之詞獨擅一時字未聞米寶晉
善詩然終不及字若公可謂兼之矣辛酉季春承
議郎充江南東路轉運司主管文字馬之純謹書

辛棄疾

棄疾字幼安，號稼軒。歷城人。耿京聚兵山東，節制忠義軍馬，留掌書記，奉表來歸。高宗召見，授承務郎，差簽判江陰，累官浙東安撫，加龍圖閣待制，樞密院都承旨。德祐初，以謝

武林舊事淳熙九年八月十八日駕詣德壽宮
奉迎上皇觀潮百戲擸弄各呈技藝上皇喜曰
錢唐形勝天下所無上起奏曰江潮亦天下所
獨宣諭侍臣各賦酹江月一闋至晚呈上以吳
琚爲第一其詞曰玉虹遙挂望青山隱隱恍如
一抹忽覺天風吹海立好似春霆初發白馬凌
空瓊鼇駕水日夜朝天闕飛龍舞鳳鬱葱環拱
吳越此景天下應無東南形勝偉觀眞奇絕好
是吳兒飛綵幟蹴起一江秋雪黃屋天臨水犀
雲擁看擊中流楫晚來波靜海門飛上明月兩
宮賞賜無限
至月上始還

辛棄疾

棄疾字幼安號稼軒歷城人耿京聚兵山東節制
忠義軍馬留掌書記奉表來歸高宗召見授承務
郎差簽判江陰累官浙東安撫加龍圖閣待制樞
密院都承旨德祐初以謝枋得請贈少師謚忠敏

枋得請，贈少師。謚忠敏。有《稼軒長短句》十二卷。

劉後邨云：『公所作大聲鞺鞳，小聲鏗鍧，橫絶六合，掃空萬古。其穠麗綿密者，亦不在小晏、秦郎之下。』

摸魚兒

更能消、幾番風雨，匆匆春又歸去。惜春長怕花開早，何况落紅無數。春且住，見説道、天涯芳草無歸路。怨春不語。算只有殷勤，畫簷蛛網，盡日惹飛絮。 長門事，準擬佳期又誤。蛾眉曾有人妬。千金縱買相如賦，脈脈此情誰訴？君莫舞，君不見、玉環飛燕皆塵土。閒愁最苦。休去倚危欄，斜陽正在，烟柳斷腸處。

有稼軒長短句十二卷

劉後邨云公所作大聲鞺鞳小聲鏗鍧橫絶六合掃空萬古其穠麗綿密者亦不在小晏秦郎之下

摸魚兒

更能消幾番風雨怱怱春又歸去惜春長怕花開早何況落紅無數春且住見說道天涯芳草無歸路怨春不語算只有殷勤畫簷蛛網盡日惹飛絮 長門事準擬佳期又誤蛾眉曾有人妬千金縱買相如賦脈脈此情誰訴君莫舞君不見玉環飛燕皆塵土閑愁最苦休去倚危欄斜陽正在煙柳斷腸處

瑞鶴仙・梅

雁霜寒透幙。正護月雲輕，嫩冰猶薄。溪奩照梳掠。想含香弄粉，靚妝難學。玉肌瘦弱。更重重、龍綃襯著。倚東風，一笑嫣然，轉盼萬花羞落。　寂寞。家山何在，雪後園林，水邊樓閣。瑤池舊約。鱗鴻更仗誰託。粉蝶兒，只解尋花覓柳，開徧南枝未覺。但傷心、冷淡黃昏，數聲畫角。

鶴林玉露云辛幼安晚春摸魚兒詞意殊怨斜陽
煙柳之句比之未須愁日暮天際是輕陰者異矣
使在漢唐時寧不賈種豆種桃之禍哉愚聞壽皇
見此詞頗不悅然終不加罪可謂盛德也已

瑞鶴仙　梅

雁霜寒透幙正護月雲輕嫩冰猶薄溪奩照梳掠想含
香弄粉靚妝難學玉肌瘦弱更重重龍綃襯著倚東風
一笑嫣然轉盼萬花羞落　寂寞家山何在雪後園林
水邊樓閣瑤池舊約鱗鴻更仗誰託粉蝶兒只解尋花
覓柳開徧南枝未覺但傷心冷淡黃昏數聲畫角

祝英臺近

祝英臺近

寶釵分，桃葉渡，煙柳暗南浦。怕上層樓，十日九風雨。斷腸點點飛紅，都無人管，倩誰勸、啼鶯聲住。 鬢邊覷，應把花卜歸期，纔簪又重數，羅帳燈昏，哽咽夢中語。是他春帶愁來，春歸何處。却不解、帶將愁去。

寶釵分桃葉渡煙柳暗南浦怕上層樓十日九風雨斷
腸點點飛紅都無人管倩誰勸啼鶯聲住 鬢邊覷應
把花卜歸期纔簪又重數羅帳燈昏哽咽夢中語是他
春帶愁來春歸何處却不解將愁歸去

貴耳集云吕婆吕正巳之妻正巳爲京畿漕有女
事辛幼安因以微事觸其怒竟逐之今稼軒桃葉
渡詞因此而作
詞旨警句應把花卜歸期纔簪又重數 祝英臺近
是他春帶愁來春歸何處却不解帶將愁去 同上
歸潛志党懷英辛棄疾少同舍屬金國初亂辛
率數千騎南渡顯于宋党在北擢第入翰林二
公皆有榮寵後辛退閑有鷓鴣天云壯歲旌旗
擁萬夫錦襜突騎渡江初燕兵夜捉銀胡彔漢
箭朝飛金僕姑思往事歎今吾春風不染白髭

劉過

鬚都將萬字平戎策換得東郊種樹書

清波别志稼軒在上饒屬其室病呼醫對脉吹笛婢名整整者侍側乃指以謂醫曰老妻病安以此人爲贈不數日果勿藥乃踐前約整整去因口占好事近云醫者索酬勞那得許多錢帛只有一箇整整也合盤盛得下官歌舞轉凄涼賸得幾枝笛覷著者般火色告媽媽將息一時戲謔風調不群

太平清話鉛山縣南二里許有稼軒書院分水嶺下厥墓在焉張埜古山樂府水龍吟酹辛稼軒墓云嶺頭一片青山可能埋没凌雲氣遐方異域當年滴盡英雄清淚星斗撑腸雲煙盈紙縱横遊戲謾人間留得陽春白雪千載下無人繼不見戟門華第見蕭蕭竹枯松悴問誰料理帶湖煙景瓢泉風味萬里中原不堪回首人生如寄且臨風高唱逍遥舊曲爲先生醉

劉過

過字改之，號龍洲道人。太和人。有《龍洲集》詞一卷。黃叔暘云：『改之，稼軒之客，詞多壯語，蓋學稼軒者也。』陶九成云：『改之，造詞贍逸，有思致。』

賀新郎

老去相如倦，向文君、說似而今，怎生消遣。衣袂京塵曾染處，空有香紅尚軟。料彼此、魂銷腸斷。一枕新涼眠客舍，聽梧桐、踈雨秋聲顫。燈暈冷，記初見。　樓低不放珠簾捲。晚妝殘、翠鈿狼籍，淚痕凝臉。人道愁來須殢酒，無奈愁多酒淺。但託意、焦琴紈扇。莫鼓琵琶江上曲，怕荻花、楓葉俱淒怨。雲萬疊，寸心遠。

過字改之號龍洲道人太和人有龍洲集詞一卷
黃叔暘云改之稼軒之客詞多壯語蓋學稼軒者
也
陶九成云改之造
詞贍逸有思致
賀新郎
老去相如倦向文君說似而今怎生消遣衣袂京塵曾
染處空有香紅尚軟料彼此魂銷腸斷一枕新涼眠客
舍聽梧桐踈雨秋聲顫燈暈冷記初見　樓低不放珠
簾捲晚妝殘翠鈿狼籍淚痕凝臉人道愁來須殢酒無
奈愁多酒淺但託意焦琴紈扇莫鼓琵琶江上曲怕荻

唐多令

蘆葉滿汀洲，寒沙帶淺流。二十年、重到南樓。柳下繫船猶未穩，能幾日、又中秋。　黃鶴斷磯頭。故人今在否？舊江山、總是新愁。欲買桂花重載酒，終不似、少年遊。

花楓葉俱淒怨雲萬疊寸心遠

龍洲詞題云去年秋余試牒四明賦贈老娼至今天下與禁中皆歌之江西人來以爲鄧南秀詞非也

唐多令

蘆葉滿汀洲寒沙帶淺流二十年重到南樓柳下繫船猶未穩能幾日又中秋　黃鶴斷磯頭故人今在否舊江山總是新愁欲買桂花重載酒終不似少年遊

龍洲詞題云安遠樓小集侑觴歌板之姬黃其姓者乞詞於龍洲道人爲賦此唐多令同柳阜之劉去非石民瞻周嘉仲陳孟參孟容時八月五日也

花菴詞選題云重過武昌

醉太平

情高意真。眉長鬢青。小樓明月調箏。寫春風數聲。思君憶君。魂牽夢縈。翠銷香暖雲屏。更那堪酒醒。

醉太平

情高意眞眉長鬢青小樓明月調箏寫春風數聲　思君憶君魂牽夢縈翠銷香暖雲屏更那堪酒醒

詞旨警句翠綃香煖雲屏更那堪酒醒 醉太平

吹劍錄稼軒帥越招劉改之不去　寄情沁園春日斗酒彘肩風雨渡江豈不快哉被香山居士約林和靖與東坡老駕勒吾回坡謂西湖正如西子濃抹淡妝臨照臺二人者俱掉頭不顧只管傳杯白云天竺去來看金碧崢嶸圖畫開更縱橫一澗東西水遶兩山南北高下雲堆逋日不然暗香疎影何似孤山先探梅須晴去訪稼軒未晚且此徘徊此詞雖粗而局段高與三賢游固可睨視稼軒視林白之清致則東坡所謂淡妝濃抹已不足道稼軒富貴焉能浼我哉

江湖紀聞劉改之性踈豪好施辛稼軒客之稼
軒帥淮時改之以母病告歸囊橐蕭然是夕稼
軒與改之微服登倡樓適一都吏命樂飲酒不
知爲稼軒也命左右逐之二公大咲而歸卽以
爲有機密文書喚某都吏其夜不至稼軒欲籍
其産而流之言者數十皆不能解遂以五千緡
爲改之母壽請言于稼軒稼軒曰未也令倍之
都吏如數增作萬緡稼軒爲買舟于岸舉萬緡
于舟中曰可卽行無如常日輕用也改之作念
奴嬌爲别云知音者少筭乾坤許大著身何處
直待功成方肯退何日可尋歸路多景樓前垂
虹亭下一枕眠秋雨虛名相誤十年枉費辛苦
不是奏賦明光上書北闕無驚人之語我自匆
忙天不肯贏得衣裾塵土白璧堆前黄金買咲
付與君爲主蓴鱸江上浩然明月歸去
游宦紀聞予於菊磵高九萬處見藴紹叟手書
憶劉改之摸魚兒一闋云望關河試窮遙眼新
愁似絲千縷劉郎豪氣今何在應是九疑三楚

謝懋

懋字勉仲，有《静寄居士樂章》二卷。

黄叔暘云：『《居士樂章》，吴坦伯明為序，稱其「片言隻字，戛玉敲金，藴藉風流，為世所賞。」』

驀山溪

厭厭睡起，無限春情緒。柳色借輕煙，尚瘦怯、東風倦舞。海棠紅皺，不奈晚來寒，簾半捲，日西沉，寂寞閒庭户。 飛雲無據，化作濛濛雨。愁裏見春來，又只恐、愁催春去。惜花人老，芳草夢凄迷，題欲徧，瑣窻紗，總是傷春句。

堪恨處便拚得一生寂寞長羈旅無人寄語但
弔麥傷桃邊松倚竹空憶舊詩句文章事到底
將身自誤功名難料遲暮鶉衣簞食年年瘦受
侮世間兒女君信否盡縣簿高門歲晚誰青顧
何如引去任樓上張鶩山中李廣商畧儘風度
紹叟有泠然詩集十卷行於世

謝懋

懋字勉仲有静寄
居士樂章二卷
黄叔暘云居士樂章吴坦伯明爲序稱其
片言隻字戛玉敲金藴藉風流爲世所賞

驀山溪

厭厭睡起無限春情緒柳色借輕煙尚瘦怯東風倦舞
海棠紅皺不奈晚來寒簾半捲日西沉寂寞閒庭户

風入松

老年常憶少年狂。宿粉棲香。自憐獨得東君意，有三年、窺宋東牆。笑舞落花紅影，醉眠芳草斜陽。

事隨春夢去悠揚，休去思量。近來眼底無姚魏，有誰更、管領年芳。換得河陽衰鬢，一簾煙雨梅黃。

浪淘沙

黃道雨初乾。霽靄空蟠。東風楊柳碧珍珍。燕子不歸花有恨，小院春寒。

倦客亦何堪，塵滿征衫。明朝野水幾重山。歸夢已隨芳草綠，先到江南。

飛雲無據化作溟濛雨愁裏見春來又只恐愁催春去
惜花人老芳草夢淒迷題欲徧瑣窗紗總是傷春句

風入松

老年常憶少年狂宿粉棲香自憐獨得東君意有三年
窺宋東墻笑舞落花紅影醉眠芳草斜陽　事隨春夢
去悠揚休去思量近來眼底無姚魏有誰更管領年芳
換得河陽衰鬢一簾煙雨梅黃

浪淘沙

黃道雨初乾霽靄空蟠東風楊柳碧珍珍燕子不歸花

霜天曉角·桂花

綠雲剪葉。低護黃金屑。占斷花中聲譽，香和韵、兩清潔。

勝絶。君聽説，當時來處别。試看仙衣猶帶，金庭露，玉階月。

章良能

良能字達之。麗水人。淳熙五年進士，除著作佐郎。嘉泰元年，為起居舍人。寧宗朝，居兩制，登政地。謚文莊。有《嘉林集》百卷。

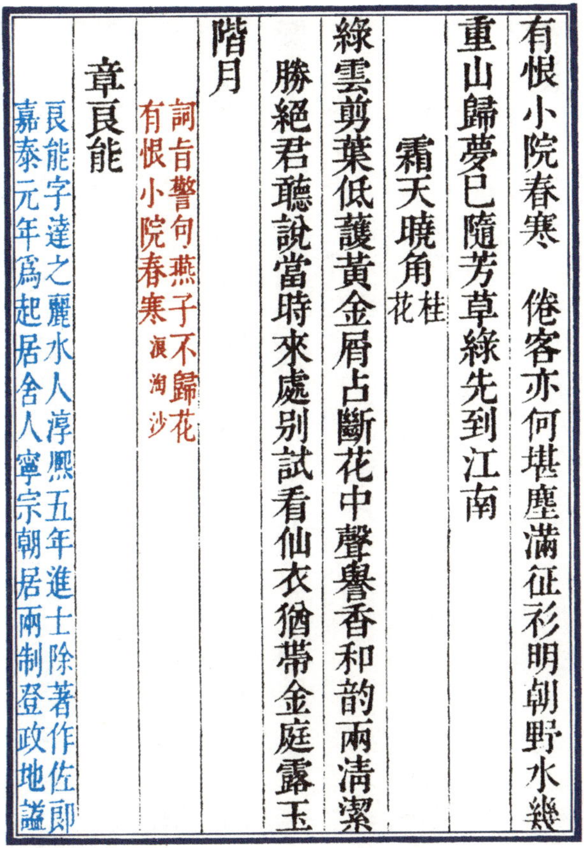

有恨小院春寒　倦客亦何堪塵滿征衫明朝野水幾
重山歸夢已隨芳草綠先到江南
霜天曉角 桂花
綠雲剪葉低護黃金屑占斷花中聲譽香和韵兩清潔
勝絶君聽説當時來處别試看仙衣猶帶金庭露玉
階月
詞旨警句 燕子不歸花
有恨小院春寒 浪淘沙
章良能
良能字達之麗水人淳熙五年進士除著作佐郎
嘉泰元年爲起居舍人寧宗朝居兩制登政地謚

小重山

柳暗花明春事深，小闌紅芍藥，已抽簪。雨餘風軟碎鳴禽。遲遲日，猶帶一分陰。往事莫沉吟。身閒時序好，且登臨。舊游無處不堪尋。無尋處，惟有少年心。

陳亮

亮字同甫，號龍川。永康人。隆興初，以解頭薦，上《中興五論》，不報，居太學上舍。紹興四年，光宗親策進士，擢為第一，授建康軍簽判，未至官，病，一夕而卒。端平初，

文莊有嘉林集百卷

小重山

柳暗花明春事深小闌紅芍藥巳抽簪雨餘風軟碎鳴禽遲遲日猶帶一分陰　往事莫沉吟身閒時序好且登臨舊游無處不堪尋無尋處惟有少年心

齊東野語外大父文莊章公自少好雅絜性滑稽居一室必汎埽圬飾陳列琴書親朋或譏其齷齪無遠志一日大書素屏云陳蕃不事一室而欲埽除天下吾知其無能爲矣識者知其不凡間作小詞極有思致先妣能口誦數首小重山云云

陳　亮

諡文毅。有《龍川集》詞二卷。葉水心云：『同甫長短句四卷，每一章成，輒自歎曰：「平生經濟之懷，畧已陳矣！」予所謂微言，多此類也。』

水龍吟

鬧花深處層樓，畫簾半捲東風軟。春歸翠陌，平莎茸嫩，垂楊金淺。遲日催花，淡雲閣雨，輕寒輕暖。恨芳菲世界，游人未賞，都付與、鶯和燕。寂寞憑高念遠。向南樓、一聲歸雁。金釵鬬草，青絲勒馬，風流雲散。羅綬分香，翠綃封淚，幾多幽怨。正銷魂，又是疎煙淡月，子規聲斷。

亮字同甫號龍川永康人隆興初以解頭薦上中
興五論不報居太學上舍紹興四年光宗親策進
士擢爲第一授建康軍簽判未至官病一夕而卒
端平初謚文毅有龍川集詞二卷
葉水心云同甫長短句四卷每一章成輒自歎曰
平生經濟之懷畧已陳矣予所謂微言多此類也

水龍吟

鬧花深處層樓畫簾半捲東風軟春歸翠陌平莎茸嫩
垂楊金淺遲日催花淡雲閣雨輕寒輕暖恨芳菲世界
游人未賞都付與鶯和燕　寂寞憑高念遠向南樓一
聲歸雁金釵鬬草青絲勒馬風流雲散羅綬分香翠綃
封淚幾多幽怨正銷魂又是疎煙淡月子規聲斷

真德秀

德秀字希元。浦城人。慶元五年進士，授南劍州判官。繼試，中博學宏詞科，為太學正。紹定中，召為禮部侍郎，拜參知政事，進資政殿直學士，提舉萬壽觀。卒謚文忠。學者稱西山先生，有《真文忠公集》五十四卷。

蝶戀花・紅梅

兩岸月橋花半吐。紅透肌香，暗把遊人誤。盡道武陵溪上路。不知迷入江南去。　先自冰霜真態度。何事枝頭，點點胭脂汙。莫是東君嫌淡素。問花花又嬌無語。

詞旨屬對羅綴分香翠綃封淚
龍川詞好事近咏梅云的皪三兩枝點破暮煙
蒼碧好在屋簷斜處傍玉奴吹笛月華如水過
林塘花影弄苔石欲向夢中飛蝶恐幽香難覓

眞德秀

德秀字希元浦城人慶元五年進士授南劒州判
官繼試中博學宏詞科爲太學正紹定中召爲禮
部侍郎拜參知政事進資政殿直學士提舉萬壽
觀卒謚文忠學者稱西山先生有眞文忠公集五
十四
卷

蝶戀花 紅梅

兩岸月橋花半吐紅透肌香暗把遊人誤盡道武陵溪
上路不知迷入江南去　先自冰霜眞態度何事枝頭

劉光祖

光祖字德修，號後谿。簡池人。登進士第。慶元初，官侍御史，改司農少卿，遷起居郎，終顯謨閣直學士，提舉嵩山崇福宮，卒。有《鶴林詞》一卷。

洞仙歌·敗荷

晚風收暑，小池塘荷靜。獨倚胡牀酒初醒，起徘徊、時有香氣吹來。雲藻亂，葉底游魚動影。　空擎承露蓋，不見冰容，惆悵明妝曉鸞鏡。後夜月凉時，月淡花低，幽夢覺、欲憑誰省？也應記、臨流凭闌干，便遥想、江南紅酣千頃。

點點胭脂汙莫是東君嫌淡素問花花又嬌無語

劉光祖

光祖字德修號後谿簡池人登進士第慶元初官侍御史改司農少卿遷起居郎終顯謨閣直學士提舉嵩山崇福宮卒有鶴林詞一卷

洞仙歌 敗荷

晚風收暑小池塘荷靜獨倚胡牀酒初醒起徘徊時有香氣吹來雲藻亂葉底游魚動影　空擎承露蓋不見冰容惆悵明妝曉鸞鏡後夜月涼時月淡花低幽夢覺欲憑誰省也應記臨流凭闌干便遥想江南紅酣千頃

蔡柟

柟字堅老。南城人。宣和以前人，沒於乾道庚寅。曾公卷、呂居仁輩皆與之倡和。有《雲壑隱居集》三卷，詞有《浩歌集》一卷。趙希弁讀書附志云：『嘗為宜春别駕。』

鶴林詞踏莎行埽徑花零閉門春晚恨長無奈
東風短起來消息探荼蘼雪條玉蕊都開徧晚
月魂清夕陽香遠故山别後誰拘管多情於此
更情多一枝鶤羅還重撚
魏了翁鶴山集劉左史光祖之生正月十日李
夫人之生以十九日賦浪淘沙寄之鶴外倚樓
看雲颺晴天天高雞犬礙雲關掉臂雙仙留不
徹還住人間客佩振珊珊來賀平安年年宜待
卷燈還似是天公
偏著意占破春閑

蔡柟

柟字堅老南城人宣和以前人沒於乾道庚寅曾
公卷呂居仁輩皆與之倡和有雲壑隱居集三卷
詞有浩歌集一卷趙希弁讀
書附志云嘗爲宜春别駕

鷓鴣天

鷓鴣天

病酒厭厭與睡宜，珠簾羅幙捲銀泥。風來綠樹花含笑，恨入西樓月斂眉。　驚瘦盡，怨歸遲。休將桐葉更題詩。不知橋下無情水，流到天涯是幾時。

洪咨夔

咨夔字舜俞，號平齋。於潛人。嘉定二年進士。累官刑部尚書、翰林學士、知制誥，加端明殿學士，提舉萬壽觀。端平三年，卒謚忠文。有《平齋集》詞一卷。

眼兒媚

平沙芳草渡頭村，綠遍去年痕。游絲上下，流鶯來往，無限銷魂。
　綺窗深靜人歸晚，金鴨水沉溫。海棠影下，子規聲裏，立盡黃昏。

病酒厭厭與睡宜珠簾羅幙捲銀泥風來綠樹花含笑
恨入西樓月斂眉　驚瘦盡怨歸遲休將桐葉更題詩
不知橋下無情水流到天涯是幾時
洪咨夔
咨夔字舜俞號平齋於潛人嘉定二年進士累官
刑部尚書翰林學士知制誥加端明殿學士提舉
萬壽觀端平三年卒謚
忠文有平齋集詞一卷
眼兒媚
平沙芳草渡頭村綠遍去年痕游絲上下流鶯來往無
限銷魂　綺窗深靜人歸晚金鴨水沉溫海棠影下子

岳珂

珂字肅之，號亦齋，亦號倦翁。相臺人。忠武王孫，敷文閣待制霖子。管內勸農使，知嘉興，歷官户部侍郎、淮東總領兼制置使。有《玉楮集》《媿郯錄》《讀史備忘》《東陲事畧》《桯史》《籲天辨誣錄》《金陀粹編》行世。

規聲裏立盡黃昏

詞旨警句海棠影下子規聲裏立盡黃昏 眼兒媚

平齋詞南鄉子德清舟中和韵云霜月冷娉婷夾岸蘆花雪點成短艇水晶宮裏繫閒情誰道芙蓉更有城阿鵲數歸程人倚低窗小畫屏莫恨年華飛上鬢堪憑一度春風一度鶯

岳珂

珂字肅之號亦齋亦號倦翁相臺人忠武王孫敷文閣待制霖子管內勸農使知嘉興歷官户部侍郎淮東總領兼制置使有玉楮集媿郯錄讀史備忘東陲事畧桯史籲天辨誣錄金陀粹編行世

滿江紅

小院深深悄鎮日陰晴無據春未足閨愁難寄琴心誰

滿江紅

小院深深，悄鎮日、陰晴無據。春未足，閨愁難寄，琴心誰與？曲徑穿花尋蛱蝶，虛闌傍日教鸚鵡。笑十三、楊柳女兒腰，東風舞。

雲外月，風前絮。情與恨，長如許。想綺窗今夜，與誰凝佇？洛浦夢回留珮客，秦樓聲斷吹簫侶。正黃昏時候，杏花寒，廉纖雨。

生查子

芙蓉清夜游，楊柳黃昏約。小院碧苔深，潤透雙鴛薄。　暖玉慣春嬌，簌簌花鈿落。缺月故窺人，影轉闌干角。

與曲徑穿花尋蛺蝶虛闌傍日教鸚鵡笑十三楊柳女
兒腰東風舞　雲外月風前絮情與恨長如許想綺窗
今夜與誰凝竚洛浦夢回留珮客秦樓聲斷吹簫侶正
黃昏時候杏花寒廉纖雨

生查子

芙蓉清夜游楊柳黃昏約小院碧苔深潤透雙鴛薄
暖玉慣春嬌簌簌花鈿落缺月故窺人影轉闌干角

京口三山志岳珂登多景樓祝英臺近云甕城
高盤徑近十里笋輿穩欲駕還休風雨苦無準
古來多少英雄平沙遺恨又總被長江流盡倩
誰問因甚衣帶中分吾家自畦畛落日潮頭慢

張鎡

鎡字功甫，號約齋。西秦人。循王諸孫，居臨安。官奉議郎。有《玉照堂詞》一卷。

念奴嬌·宜雨庭咏千葉海棠

綠雲影裏，把明霞織就，千里文繡。紫膩紅嬌扶不起，好是未開時候。半怯春寒，半便晴色，養得胭脂透。小亭人静，嫩鶯啼破春晝。　猶記攜手芳陰，一枝斜戴，嬌艷波雙秀。小語輕憐花總見，爭得似花長久。醉淺休歸，夜深同睡，明日還相守。免教春去，斷腸空歎詩瘦。

寫屬鏤憤斷腸煙樹揚州興亾休論正愁盡河山雙鬢

張鎡

鎡字功甫號約齋西秦人循王諸孫居臨安官奉議郎有玉照堂詞一卷

念奴嬌宜雨庭咏千葉海棠

綠雲影裏把明霞織就千里文繡紫膩紅嬌扶不起好是未開時候半怯春寒半便晴色養得胭脂透小亭人静嫩鶯啼破春晝　猶記攜手芳陰一枝斜戴嬌艷波雙秀小語輕憐花總見爭得似花長久醉淺休歸夜深同睡明日還相守免教春去斷腸空歎詩瘦

昭君怨・園池夜泛

月在碧虛中住，人向亂荷中去。花氣雜風涼，滿船香。　雲被歌聲摇動，酒被詩情掇送。醉裏卧花心，擁紅衾。

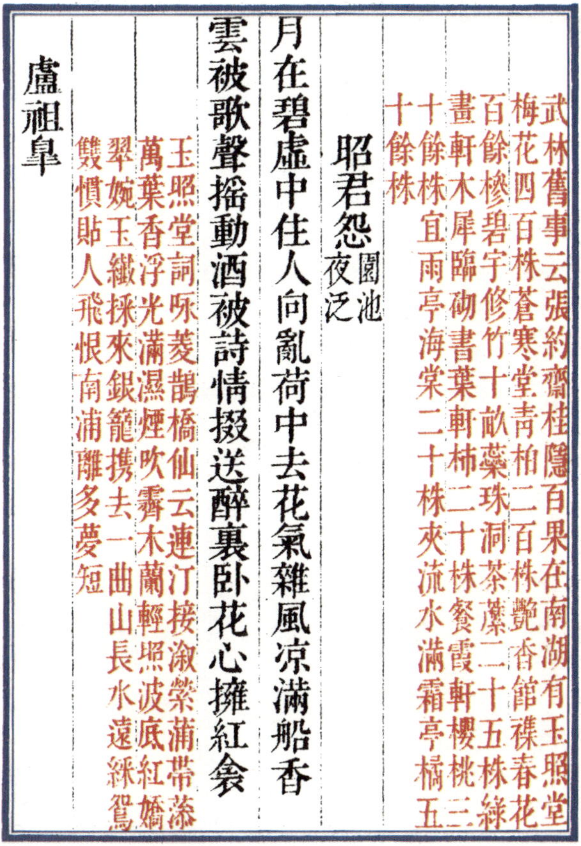

武林舊事云張約齋桂隱百果在南湖有玉照堂梅花四百株蒼寒堂青柏二百株艷香館䅉春花百餘椽碧宇修竹十畝蘂珠洞荼蘪二十五株緑畫軒木犀臨砌書葉軒柿二十株餐霞軒櫻桃三十餘株宜雨亭海棠二十株夾流水滿霜亭橘五十餘株

昭君怨園池夜泛

月在碧虛中住人向亂荷中去花氣雜風涼滿船香

雲被歌聲摇動酒被詩情掇送醉裏卧花心擁紅衾

玉照堂詞咏菱鵲橋仙云連汀接瀲縈蒲帶藻萬葉香浮光滿濕煙吹霽木蘭輕照波底紅嬌翠婉玉纖採來銀籠攜去一曲山長水遠綵鴛雙慣貼人飛恨南浦離多夢短

盧祖皐

盧祖皋

祖皋字申之，號蒲江。永嘉人。慶元中，登進士第，為軍器少監。嘉定十四年，權直學士院。有《蒲江詞》一卷。

黃叔暘云：『蒲江，樓攻媿之甥，趙紫芝、翁靈舒之詩友。樂章甚工，字字可入律呂。』

《東嘉姓譜》：『盧申之，嘉定中，以軍器少監直北門。屬時，慶澤孔殷綸言沓布，皋抒思泉湧，號為稱職，俄卒于官。工樂府，江浙間多歌之。』

宴清都·初春

春訊飛瓊管，風日薄、度牆啼鳥聲亂。江城次第，笙歌翠合，綺羅香暖。溶溶潤綠冰泮，醉夢裏、年華暗換。料黛眉、重鎖隋隄，芳心暗動梁苑。

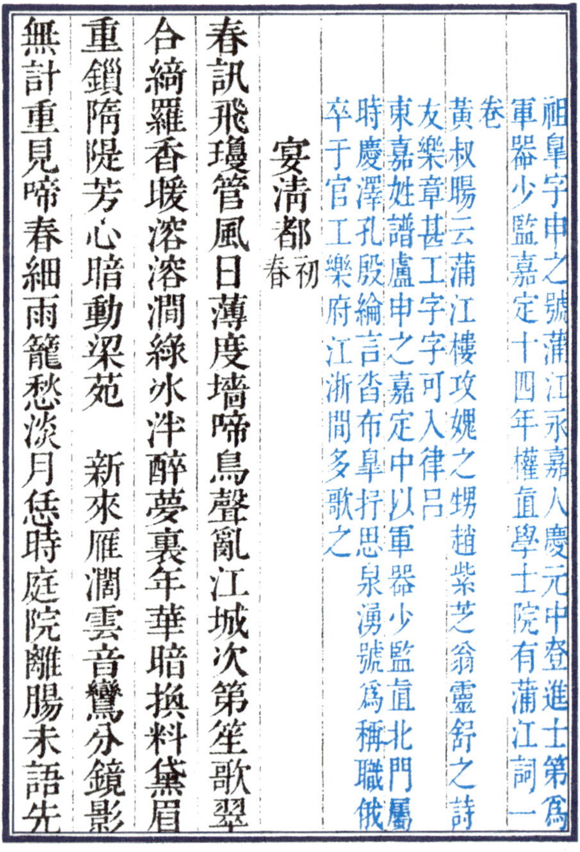
祖皐字申之號蒲江永嘉人慶元中登進士第爲
軍器少監嘉定十四年權直學士院有蒲江詞一
卷
黄叔暘云蒲江樓攻媿之甥趙紫芝翁靈舒之詩
友樂章甚工字字可入律呂
東嘉姓譜盧申之嘉定中以軍器少監直北門屬
時慶澤孔殷綸言沓布皐抒思泉湧號爲稱職俄
卒于官工樂府江浙間多歌之
宴清都　初春
春訊飛瓊管風日薄度墻啼鳥聲亂江城次第笙歌翠
合綺羅香暖溶溶潤綠冰泮醉夢裏年華暗換料黛眉
重鎖隋隄芳心暗動梁苑　新來雁濶雲音鸞分鏡影
無計重見啼春細雨籠愁淡月恁時庭院離腸未語先

新來雁濶雲音，鸞分鏡影，無計重見。啼春細雨，籠愁淡月，恁時庭院。離腸未語先斷，算猶有、憑高望眼。更那堪、芳草連天，飛梅弄晚。

江城子

畫樓簾幙捲新晴，掩銀屏，曉寒輕。墜粉飄香，日日喚愁生。暗數十年湖上路，能幾度，著娉婷。

年華空自感飄零，擁春酲，對誰醒。天濶雲閒，無處覓簫聲。載酒買花年少事，渾不似，舊心情。

斷算猶有憑高望眼更那堪芳草連天飛梅弄晚

江城子

畫樓簾幙捲新晴掩銀屏曉寒輕墜粉飄香日日喚愁生暗數十年湖上路能幾度著娉婷　年華空自感飄零擁春酲對誰醒天濶雲閒無處覓簫聲載酒買花年少事渾不似舊心情

賀新涼　彭傳師于吳江三高堂之前作釣雪亭蓋擅漁人之窟宅以供詩境也子野命予賦之

挽住風前柳問鴟夷當日扁舟近曾來否月落潮生無

賀新涼・彭傳師于吳江三高堂之前作釣雪亭，蓋擅漁人之窟宅以供詩境也。子野命予賦之。

挽住風前柳。問鴟夷當日扁舟，近曾來否？月落潮生無限事，零亂茶煙未久。謾留得尊鱸依舊。可是從來功名誤，撫荒祠、誰繼風流後？今古恨，一搔首。　江涵雁影梅花瘦。四無塵、雪飛風起，夜窗如畫。萬里乾坤清絕處，付與漁翁釣叟。又恰是、題詩時候。猛拍闌干呼鷗鷺，道他年、我亦垂綸手。飛過我，共樽酒。

限事零亂茶煙未久謾留得尊鱸依舊可是從來功名誤撫荒祠誰繼風流後今古恨一搔首　江涵雁影梅花瘦四無塵雪飛風起夜窗如畫萬里乾坤清絕處付與漁翁釣叟又恰是題詩時候猛拍闌干呼鷗鷺道他年我亦垂綸手飛過我共樽酒

桯史云彭傳師名法以恩科得官依錢東岩之門督府嘗欲舉以使金不克遣終老于選調云

中吳紀聞云越上將軍范蠡江東步兵張翰贈右補闕陸龜蒙各有畫像在吳江鱸鄉亭旁東坡嘗有吳江三賢畫像詩後易其名曰三高且更爲塑像矐菴主人王文孺獻其地雪灘因遷之今在長橋之北與垂虹亭相望石湖居士爲之記

吳郡志云三高祠在吳江縣垂虹橋北即王氏矐

倦尋芳・春思

香泥壘燕，密葉巢鶯，春暗寒淺。花徑風柔，著地舞茵紅軟。鬬草煙欺羅袂薄，鞦韆影落春遊倦。醉歸來，記寶帳歌慵，錦屏春暖。

　別來悵、光陰容易，還又荼蘼，牡丹開遍。妬恨踈狂，那更柳花盈面。鴻羽難憑芳信短，長安猶近歸期遠。倚危樓，但鎮日、繡簾高捲。

菴之雪灘也昔堂在垂虹南地極偏仄乾道三年
縣令趙伯虡徙之雪灘又云臞菴在松江之濱邑
人王份有超俗趣營此以居圍江湖以入圖故多
柳塘花嶼景物秀野名聞一時名勝喜游之皆爲
題詩圖中有與閑平遠種德及煙雨觀橫秋閣凌
風臺欝嶔城釣雪灘琉璃沼臞翁澗竹廳龜巢雲
關纈林楓林等處而浮天閣爲第一總謂之臞菴
份字文孺以特恩補官嘗爲大台令歸老焉
嘉靖吳江縣志釣雪亭在雪灘宋嘉泰二年縣尉
彭法建華亭林至記

倦尋芳春思

香泥壘燕密葉巢鶯春晴寒淺花徑風柔著地舞茵紅
軟鬬草煙欺羅袂薄鞦韆影落春遊倦醉歸來記寶帳
歌慵錦屏春暖　別來悵光陰容易還又荼蘼牡丹開

清平樂

錦屏開曉，寒入宮羅峭。脈脈不知春又老，簾外舞紅多少。舊時駐馬香階，如今細雨蒼苔。殘夢不成重理，一雙蝴蜨飛來。

又

柳邊深院，燕語明如剪。消息無憑聽又懶，隔斷畫屏雙扇。寶杯金縷紅牙，醉魂幾度兒家。何處一春游蕩，夢中猶恨楊花。

遍妬恨蹤狂那更柳花盈面鴻羽難憑芳信短長安猶
近歸期遠倚危樓但鎮日繡簾高捲
清平樂
錦屏開曉寒入宮羅峭脈脈不知春又老簾外舞紅多
少舊時駐馬香階如今細雨蒼苔殘夢不成重理一
雙蝴蜨飛來
又
柳邊深院燕語明如剪消息無憑聽又懶隔斷畫屏雙
扇寶杯金縷紅牙醉魂幾度兒家何處一春游蕩夢

謁金門

香漠漠，低捲水風池閣。玉腕籠紗金半約，睡濃團扇落。雨過涼生雲薄。女伴棹歌聲樂。采得雙蓮迎笑剝。柳陰多處泊。

又

風不定，移去移來簾影。一雨池塘新綠淨，杏梁歸燕並。翠袖玉屏金鏡，薄日綺疏人靜。心事一春疑酒病，鳥啼花滿徑。

中猶恨楊花

謁金門

香漠漠低捲水風池閣玉腕籠紗金半約睡濃團扇落
雨過涼生雲薄女伴棹歌聲樂采得雙蓮迎笑剝柳
陰多處泊

又

風不定移去移來簾影一雨池塘新綠淨杏梁歸燕並
翠袖玉屏金鏡薄日綺疏人靜心事一春疑酒病鳥
啼花滿徑

烏夜啼

幾曲微風按柳，生香暖日蒸花。
鴛鴦睡足方塘晚，新綠小窗紗。
尺素難將情緒，嫩羅還試年華。
憑高無處尋殘夢，春思入琵琶。

又·西湖

漾暖紋波颭颭，吹晴絲雨濛濛。
輕衫短帽西湖路，花氣撲青驄。
鬭草褰衣濕翠，鞦韆瞥眼飛紅。
日長不放春醪困，立盡海棠風。

烏夜啼
幾曲微風按柳生香暖日蒸花鴛鴦睡足方塘晚新綠
小窗紗　尺素難將情緒嫩羅還試年華憑高無處尋
殘夢春思入琵琶
又西湖
漾暖紋波颭颭吹晴絲雨濛濛輕衫短帽西湖路花氣
撲青驄　鬭草褰衣濕翠鞦韆瞥眼飛紅日長不放春
醪困立盡海棠風

張履信

張履信

履信字思順，號遊初。鄱陽人。侍郎南仲之孫。嘗監江口鎮，官至連江守。

柳梢青

雨歇桃繁，風微柳靜，日淡湖灣。寒食清明，雖然過了，未覺春閒。

行雲掩映春山，真水墨、山陰道間。燕語侵愁，花飛撩恨，人在江南。

謁金門

春睡起。小閣明窗兒底。簾外雨聲花積水，薄寒猶在裏。

欲起還慵未起，好是孤眠滋味。一曲廣陵應忘記，起來調綠綺。

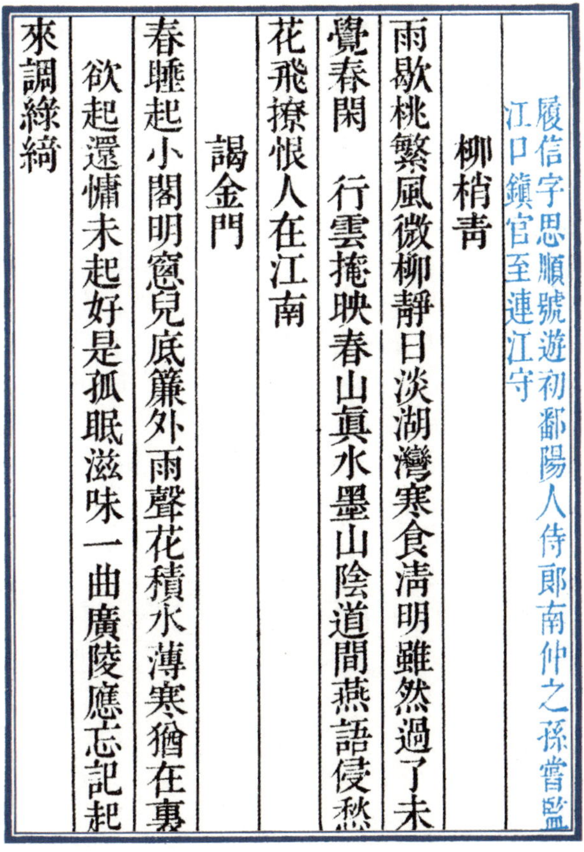
履信字思順號遊初鄱陽人侍郎南仲之孫嘗監
江口鎮官至連江守
柳梢青
雨歇桃繁風微柳靜日淡湖灣寒食清明雖然過了未
覺春閑　行雲掩映春山眞水墨山陰道間燕語侵愁
花飛撩恨人在江南
謁金門
春睡起小閣明窗兒底簾外雨聲花積水薄寒猶在裏
欲起還慵未起好是孤眠滋味一曲廣陵應忘記起
來調綠綺

周文璞

文璞字晉仙，號方泉，又號野齋，又號山楹。陽穀人。有《方泉先生集》二卷。子伯弢能詩。

一剪梅

風韻蕭疎玉一團，更著梅花，輕裊雲鬟。這回不是戀江南，只為溫柔，天上人間。　賦罷閒情共倚闌，江月庭蕪，總是銷魂。流蘇斜掩燭花寒，一樣眉尖，兩處闗山。

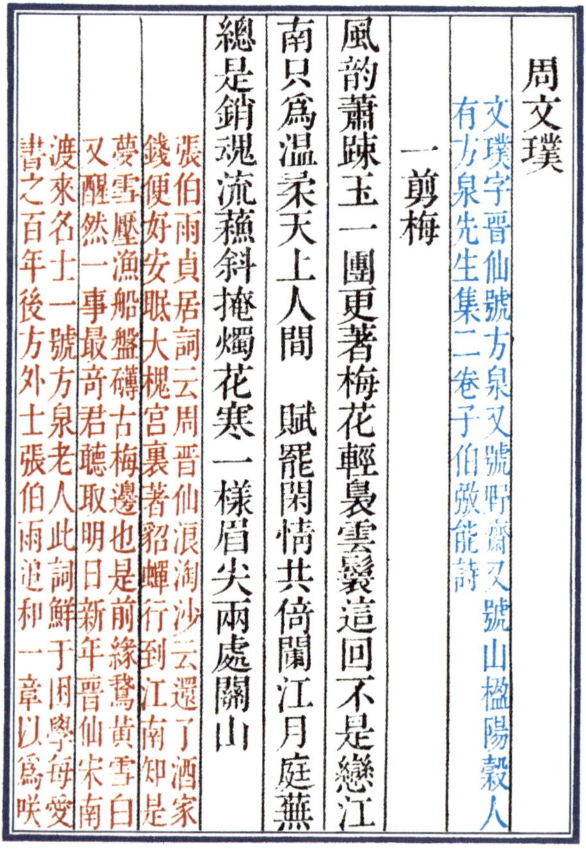

周文璞
文璞字晉仙號方泉又號野齋又號山楹陽穀人
有方泉先生集二卷子伯弢能詩
一剪梅
風韵蕭踈玉一團更著梅花輕裊雲鬟這回不是戀江
南只爲温柔天上人間　賦罷閑情共倚闌江月庭蕪
總是銷魂流蘇斜掩燭花寒一樣眉尖兩處闗山
張伯雨貞居詞云周晉仙浪淘沙云還了酒家
錢便好安眠大槐宮裏著貂蟬行到江南知是
夢雪壓漁船盤礴古梅邊也是前緣鷺黃雪白
又醒然一事最奇君聽取明日新年晉仙宋南
渡來名士一號方泉老人此詞鮮于困學每愛
書之百年後方外士張伯雨追和一章以爲咲

徐照

照字道輝，又字靈暉，號山民。永嘉人。與徐璣、翁卷、趙師秀號『永嘉四靈』。詩皆工晚唐體，有《山民集》。

南歌子

簾景篵金線，爐煙裊翠絲。菰芽新出滿盆池，喚取玉瓶添水、買魚兒。　意取釵重碧，慵梳髻翅垂。相思無處說相思。笑把畫羅小扇、覓春詞。

樂惜困學公不能爲我賞音挑下杖頭錢取次高眠玉梅金縷孟家蟬說著錢塘都是夢嬾問游船誰信酒壚邊別有仙緣自家天地一陶然醉寫桃符都不記明日新年

徐照

照字道輝又字靈暉號山民永嘉人與徐璣翁卷趙師秀號永嘉四靈詩皆工晚唐體有山民集

南歌子

簾景篵金線爐煙裊翠絲菰芽新出滿盆池喚取玉瓶添水買魚兒　意取釵重碧慵梳髻翅垂相思無處說相思笑把畫羅小扇覓春詞

清平樂

清平樂

綠圍紅繞，一枕屏山曉。怪得今朝偏起早，笑道牡丹開了。迎人捲上珠簾，小螺未拂眉尖。貪教玉籠鸚鵡，楊花飛滿妝奩。

阮郎歸

綠楊庭户静沈沈，楊花吹滿襟。晚來閒向水邊尋，驚飛雙浴禽。

分別後，重登臨，暮寒天氣陰。妾心移得在君心，方知人恨深。

綠圍紅繞一枕屏山曉怪得今朝偏起早笑道牡丹開了 迎人捲上珠簾小螺未拂眉尖貪教玉籠鸚鵡楊花飛滿妝奩

阮郎歸

綠楊庭戶靜沉沉楊花吹滿襟晚來閒向水邊尋驚飛雙浴禽 分別後重登臨暮寒天氣陰妾心移得在君心方知人恨深

詞旨警句相思無處說相思笑把畫羅小扇覓春詞南歌子妾心移得在君心方知人恨深阮郎歸

俞灝

俞灝

灝字商卿。世居杭。紹興四年進士，開禧，議開邊，政府密引灝畫計，灝言輕脱寡謀之人不可信。趙良嗣、張覺，往轍可鑒。歷秉麾節，皆有聲。寶慶二年，致仕。築室九里松，自號青松居士。有《青松居士集》。

點絳唇

欲問東君，為誰重到江頭路？斷橋薄暮，香透溪雲渡。　細草平沙，愁入淩波步。今何許？怨春無語。片片隨流水。

潘牥

牥字庭堅，號紫巖。閩人。端平二年進士，廷對第三人。歷太學正，通判潭州。有《紫巖集》。

灝字商卿世居杭紹興四年進士開禧議開邊政
府密引灝畫計灝言輕脱寡謀之人不可信趙良
嗣張覺往轍可鑒歷秉麾節皆有聲寶慶二年致
仕築室九里松自號青松居士有青松居士集

點絳唇

欲問東君爲誰重到江頭路斷橋薄暮香透溪雲渡
細草平沙愁入凌波步今何許怨春無語片片隨流水

潘　牥

牥字庭堅號紫巖閩人端平二年進士廷對第三
人歷太學正通判潭州有紫巖集

南鄉子

生怕倚闌干閣下溪聲閣外山空有舊時山共水依然

南鄉子

生怕倚闌干。閣下溪聲閣外山。空有舊時山共水，依然，暮雨朝雲去不還。　相見躡飛鸞。月下時時認佩環。月又漸低霜又下，更闌，折得梅花獨自看。

暮雨朝雲去不還　相見躡飛鸞月下時時認佩環月又漸低霜又下更闌折得梅花獨自看

劉後村詩話題云鐔津懷舊花菴絕妙詞選題云題南劒州妓館

劉後村詩話延平樂籍中有能墨竹草聖者潘廷堅爲賦念奴嬌美其書畫末云玉帶懸魚黃金鑄印侯封萬戶待從頭繳納君王覓取愛卿歸去余罷袁守歸塗赴郡集席間借觀今不復有此雋人矣

吳中舊事潘庭堅羽仙歌云雕簷綺戶倚晴空如畫曾是吳王舊臺榭自浣紗去後落日平蕪行雲斷幾見花開花謝凄凉闌干外一簇江山多少圖王共爭霸莫閑愁金杯瀲灩對酒當歌歡娛地夢中興亾休話漸倚遍西風晚潮生明月裡鷺鷥背人飛下

劉翰

翰字武子。長沙人。吴雲壑居父之客。有《小山集》一卷。

好事近

花底一聲鶯，花上半鉤斜月。月落烏啼何處？點飛英如雪。東風吹盡去年愁，解放丁香結。驚動小亭紅雨，舞雙雙金蝶。

蝶戀花

團扇題詩春又晚，小夢驚殘，碧草池塘滿。一曲銀鉤簾半捲，綠窗睡足鶯聲軟。　瘦損衣圍羅帶減，前度風流，陡覺心情嬾。誰品新腔拈翠管，畫樓吹徹江南怨。

劉　翰

翰字武子長沙人吳雲壑居父之客有小山集一卷

好事近

花底一聲鶯花上半鉤斜月月落烏啼何處點飛英如雪　東風吹盡去年愁解放丁香結驚動小亭紅雨舞雙雙金蝶

蝶戀花

團扇題詩春又晚小夢驚殘碧草池塘滿一曲銀鉤簾半捲綠窗睡足鶯聲軟　瘦損衣圍羅帶減前渡風流

清平樂

凄凄芳草，怨得王孫老。瘦損腰圍羅帶小，長是錦書來少。玉簫吹落梅花，曉烟猶透輕紗。驚起半簾幽夢，小窻淡月啼鴉。

劉子寰

子寰字圻父，號篁㟲。建陽人，居麻沙。早登朱子之門。劉後邨序其詩行世。

陡覺心情嬾誰品新腔拈翠管畫樓吹徹江南怨

清平樂

凄凄芳草怨得王孫老瘦損腰圍羅帶小長是錦書來少 玉簫吹落梅花曉烟猶透輕紗驚起半簾幽夢小窻淡月啼鴉

詞旨警句驚起半簾幽夢
小窻淡月啼鴉 清平樂

劉子寰

子寰字圻父號篁㟲建陽人居麻沙早登朱子之門劉後邨序其詩行世

霜天曉角

霜天曉角

橫陰漠漠，似覺羅衣薄。正是海棠時候，紗窻外，東風惡。惜春春寂寞，尋花花冷落。不會這些情味，元不是，念離索。

張良臣（俗本作景臣，誤）

良臣字武子，號雪窻。大梁人，避地來鄞，因家焉。隆興元年，試南省。魏文節公杞時為參詳官。擕其三策見知舉張燾，曰：『此文拙古，必故人張武子所為。』及撤棘，果良臣也。官止監左藏庫。有集十卷，刻於廣信郡。

橫陰漠漠似覺羅衣薄正是海棠時候紗窻外東風惡
惜春春寂寞尋花花冷落不會這些情味元不是念
離索
古今詞話圻父咏山泉詞云靜坐時看松鼠飲
醉眠不礙山禽浴是眞得山泉之趣者
張良臣 俗本作景臣誤
良臣字武子號雪窻大梁人避地來鄞因家焉隆
興元年試南省魏文節公杞時爲參詳官擕其三
策見知舉張燾曰此文拙古必故人張武子所爲
及撤棘果良臣也官止監左藏庫有集十卷刻於
廣信郡
西江月

西江月

四壁空圍恨玉，十香淺捻啼綃。殷雲度雨井桐凋。雁雁無書又到。

別後釵分燕尾，病餘鏡減鸞腰。鸞江荳蔻影連梢。不道參橫易曉。

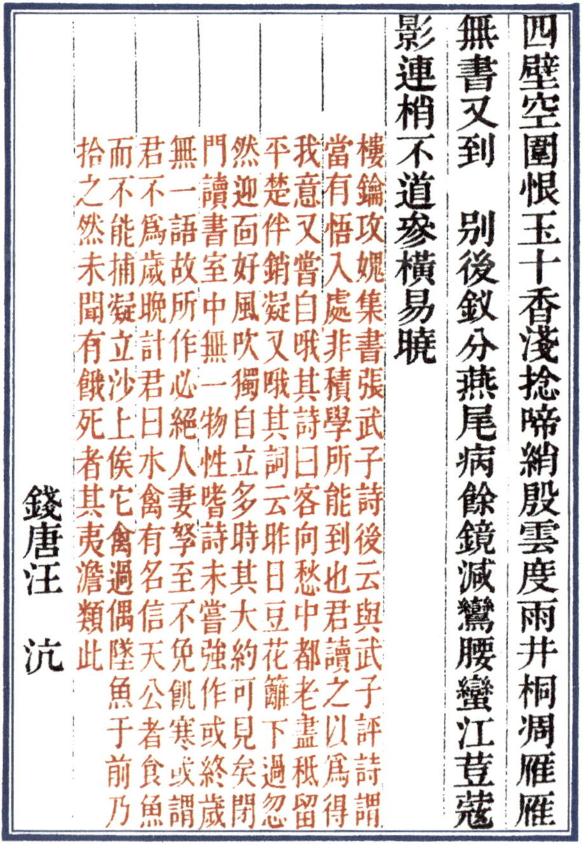

四壁空圍恨玉十香淺捻啼綃殷雲度雨井桐凋雁雁無書又到　別後釵分燕尾病餘鏡減鸞腰鸞江荳蔻影連梢不道參橫易曉

樓鑰攻媿集書張武子詩後云與武子評詩謂當有悟入處非積學所能到也君讀之以爲得我意又嘗自哦其詩曰客向愁中都老盡秖留平楚伴銷凝又哦其詞云昨日豆花籬下過忽然迎面好風吹獨自立多時其大約可見矣閉門讀書室中無一物性嗜詩未嘗強作或終歲無一語故所作必絕人妻孥至不免飢寒或謂君不爲歲晚計君曰水禽有名信天公者食魚而不能捕凝立沙上俟它禽過偶墜魚于前乃拾之然未聞有餓死者其夷澹類此

錢唐汪　沆

陳　皋同校勘

絕妙好詞箋卷一終

絕妙好詞箋卷二

姜夔

夔字堯章。鄱陽人。蕭東夫愛其詞。妻以兄子。因寓居吳興之武康。與白石洞天為鄰。自號白石道人，又號石帚。慶元中，曾上書乞正太常雅樂。得免解。訖不第。有《白石詩》一卷，詞五卷，又有《絳帖平》《續書譜》《大樂議》《張循王遺事》《集古印譜》。黃叔暘云：『《白石詞》極精妙，不減清真，其高處有美成所不能及。』沈伯時云：『白石清勁知音，未免有生硬處。』張叔夏云：『詞要清空，不要質實。姜白石如野雲孤飛，去留無迹。』

絕妙好詞箋卷二

弁陽老人周密原輯

宛平查爲仁 錢唐厲鶚 同箋

姜夔

夔字堯章鄱陽人蕭東夫愛其詞妻以兄子因寓居吳興之武康與白石洞天爲鄰自號白石道人又號石帚慶元中曾上書乞正太常雅樂得免解訖不第有白石詩一卷詞五卷又有絳帖平續書譜大樂議張循王遺事集古印譜黃叔暘云白石詞極精妙不減清眞其高處有美成所不能及沈伯時云姜白石清勁知音未免有生硬處張叔夏云詞要淸空不要質實姜白石如野雲孤飛去留無迹

暗香

舊時月色，算幾番照我，梅邊吹笛。喚起玉人，不管清寒與攀。何遜而今漸老，都忘却春風詞筆。但怪得竹外疎花，香冷入瑤席。

江國，正寂寂。歎寄與路遥，夜雪初積。翠樽易竭。紅萼無言耿相憶。長記曾攜手處，千樹壓、西湖寒碧。又片片、吹盡也，幾時見得。

暗香

舊時月色算幾番照我梅邊吹笛喚起玉人不管清寒
與攀摘何遜而今漸老都忘郤春風詞筆但怪得竹外
疎花香冷入瑤席　江國正寂寂歎寄與路遥夜雪初
積翠樽易竭紅蕚無言耿相憶長記曾携手處千樹壓
西湖寒碧又片片吹盡也幾時見得

硯北雜志小紅花成大青衣也有色藝成大請老
姜夔詣之一日授簡徵新聲夔製暗香疎影兩曲
成大使二妓習之音節清婉成大尋以小紅贈之
其夕大雪過垂虹賦詩曰自喜新詞韵最嬌小紅
低唱我吹簫曲終過盡松
陵路回首煙波十四橋

踈影·仲呂宮

苔枝綴玉，有翠禽小小，枝上同宿。客裏相逢，籬角黃昏，無言自倚修竹。昭君不慣吳沙遠，但暗憶、江南江北。想珮環、月下歸來，化作此花幽獨。　猶記深宮舊事，那人正睡裏，飛近蛾綠。莫似春風，不管盈盈，蚤與安排金屋。還教一片隨波去，又却怨、玉龍哀曲。等恁時，重覓幽香，已入小窗橫幅。

踈影仲呂宮

苔枝綴玉有翠禽小小枝上同宿客裏相逢籬角黃昏
無言自倚修竹昭君不慣吳沙遠但暗憶江南江北想
珮環月下歸來化作此花幽獨　猶記深宮舊事那人
正睡裏飛近蛾綠莫似春風不管盈盈蚤與安排金屋
還教一片隨波去又却怨玉龍哀曲等恁時重覓幽香
已入小窻橫幅

白石道人歌曲題云辛亥之冬予載雪詣石湖止
旣月授簡索句且徵新聲作此兩曲石湖把玩不
已使妓肄習之音節諧婉乃命之曰暗香踈影
張叔夏云白石暗香踈影二曲前無古人後無來

揚州慢·仲呂宮

淮左名都，竹西佳處，解鞍少駐初程。過春風十里，盡薺麥青青。自鎧馬窺江去後，廢池喬木，猶厭言兵。漸黃昏，清角吹寒，都在空城。　杜郎俊賞，算而今、重到須驚。縱荳蔻詞工，青樓夢好，難賦深情。二十四橋仍在，波心蕩、冷月無聲。念橋邊紅藥，年年知為誰生？

者自立新意眞爲絕唱踈影前段用少陵詩後段用壽陽事此皆用事不爲事使

揚廉夫東維子集云元松陵陸子敬居分湖之北壘石爲山樹梅成林取姜白石詞語名其軒曰舊時月色

揚州慢 仲呂宮

淮左名都竹西佳處解鞍少駐初程過春風十里盡薺麥青青自胡馬窺江去後廢池喬木猶厭言兵漸黃昏清角吹寒都在空城　杜郎俊賞算而今重到須驚縱荳蔻詞工青樓夢好難賦深情二十四橋仍在波心蕩冷月無聲念橋邊紅藥年年知爲誰生

玲瓏四犯·黄鍾商

疊鼓夜寒，垂燈春淺，悤悤時事如許。倦遊歡意少，俛仰悲今古。江淹又吟《恨賦》，記當時，送君南浦。萬里乾坤，百年身世，惟有此情苦。　揚州柳垂官路，有輕盈換馬，端正窺户。酒醒明月下，夢逐潮聲去。文章信美知何用？謾贏得，天涯羈旅。教説與，春來要尋花伴侣。

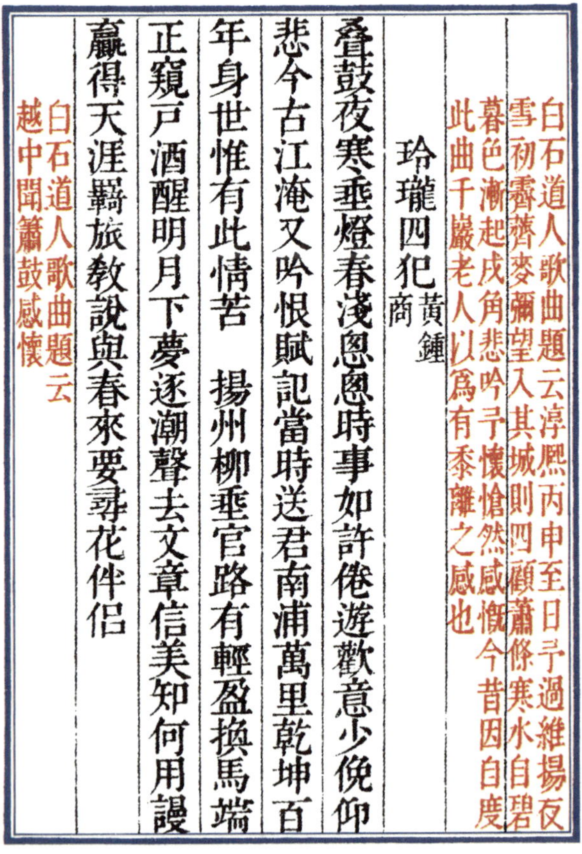
白石道人歌曲題云淳熙丙申至日予過維揚夜雪初霽薺麥彌望入其城則四顧蕭條寒水自碧暮色漸起戍角悲吟予懷愴然感慨今昔因自度此曲千巖老人以爲有黍離之感也

玲瓏四犯 黄鍾商

疊鼓夜寒垂燈春淺悤悤時事如許倦遊歡意少俛仰悲今古江淹又吟恨賦記當時送君南浦萬里乾坤百年身世惟有此情苦　揚州柳垂官路有輕盈換馬端正窺戶酒醒明月下夢逐潮聲去文章信美知何用謾贏得天涯羈旅教説與春來要尋花伴侶

白石道人歌曲題云越中聞簫鼓感懷

琵琶仙・吳興春遊

雙槳來時，有人似，舊曲桃根桃葉。歌扇輕約飛花，蛾眉正奇絕。春漸遠，汀洲自綠，更添了、幾聲啼鴂。十里揚州，三生杜牧，前事休說。　又還是、宮燭分煙，奈愁裏，悤悤換時節。却把一襟芳思，與空階榆莢。千萬縷、藏鴉細柳，為玉樽、起舞回雪。想見西出陽關故，人初別。

琵琶仙 吳興春遊

雙槳來時有人似舊曲桃根桃葉歌扇輕約飛花蛾眉正奇絕春漸遠汀洲自綠更添了幾聲啼鴂十里揚州三生杜牧前事休說　又還是宮燭分煙奈愁裏悤悤換時節却把一襟芳思與空階榆莢千萬縷藏鴉細柳爲玉樽起舞回雪想見西出陽關故人初別

白石道人歌曲題云吳都賦戶藏煙浦家具畫船惟吳興爲然春遊之盛西湖未能過也已酉歲予與蕭時甫載酒南遊因遇成歌

張叔夏云情景交鍊得言外意又云白石疎影暗香揚州慢一萼紅琵琶仙淡黃柳等曲不惟清虛且又騷雅讀之使人神觀飛越

法曲獻仙音・張彥功官舍

虛閣籠寒，小簾通月，暮色偏憐高處。樹隔離宮，水平馳道，湖山盡入樽俎。奈楚客，淹留久，砧聲帶愁去。　屢回顧，過秋風，未成歸計。誰念我，重見冷楓紅舞。喚起淡妝人，問逋仙，今在何許？象筆鸞牋，甚如今，不道秀句。怕平生幽恨，化作沙邊煙雨。

法曲獻仙音 張彥功官舍

虛閣籠寒小簾通月暮色偏憐高處樹隔離宮水平馳道湖山盡入樽俎奈楚客淹留久砧聲帶愁去　屢回顧過秋風未成歸計誰念我重見冷楓紅舞喚起淡妝人問逋仙今在何許象筆鸞牋甚如今不道秀句怕平生幽恨化作沙邊煙雨

白石道人歌曲題云張彥功官舍在鐵冶嶺上即昔之教坊使宅高齋下瞰湖山光景奇絕予數過之爲賦此

念奴嬌 吳興荷花

念奴嬌・吴興荷花

鬧紅一舸，記來時、長與鴛鴦為侶。三十六陂人未到，水佩風裳無數。翠葉吹凉，玉容消酒，更洒菰蒲雨。嫣然摇動，冷香飛上詩句。　日暮，青蓋亭亭，情人不見，争忍淩波去。只恐舞衣寒易落，愁入西風南浦。高柳垂陰，老魚吹浪，留我花間住。田田多少，幾回沙際歸路。

鬧紅一舸記來時長與鴛鴦爲侶三十六陂人未到水佩風裳無數翠葉吹凉玉容消酒更洒菰蒲雨嫣然搖動冷香飛上詩句　日暮青蓋亭亭情人不見爭忍淩波去只恐舞衣寒易落愁入西風南浦高柳垂陰老魚吹浪留我花間住田田多少幾回沙際歸路

白石道人歌曲題云予客武陵湖北憲治在焉古城野水喬木參天予與二三友日蕩舟其間意象幽閑不類人境秋水且涸荷葉出地尋丈因列坐其下上不見日清風徐來綠雲自動間於疎處窺見游人畫船亦一樂也朅來吳興數得相羊荷花中又夜汎西湖光影奇絕故以此句寫之

一萼紅 人日登定王臺

一萼紅・人日登定王臺

古城陰，有宮梅幾許，紅萼未宜簪。池面冰膠，牆腰雪老，雲意還又沈沈。翠藤共、閒穿徑竹，漸笑語、驚起卧沙禽。野老林泉，故王臺榭，呼喚登臨。　南去北來何事，蕩湘雲楚水，極目傷心。朱户黏雞，金盤簇燕，空歎時序侵尋。記曾共、西樓雅集，想垂柳、還裊萬絲金。待得歸鞭到時，只怕春深。

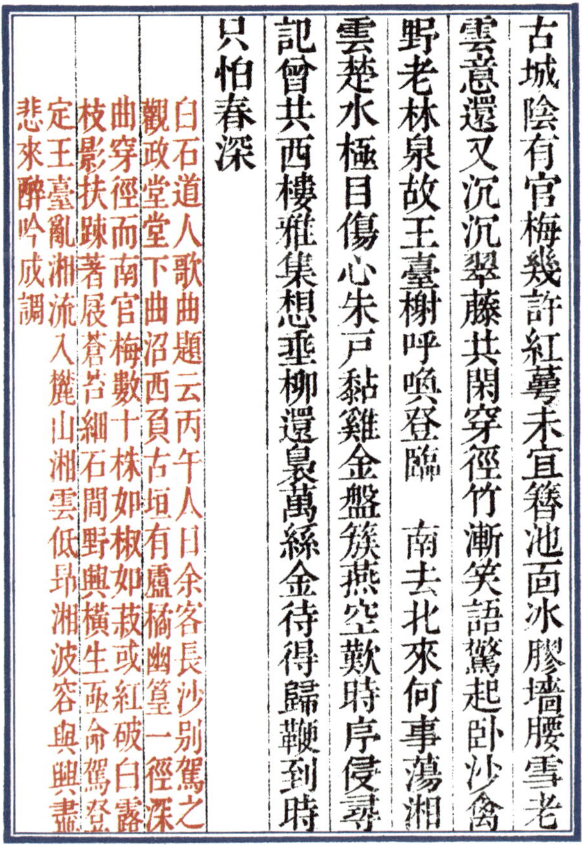
古城陰有宮梅幾許紅萼未宜簪池面冰膠墻腰雪老
雲意還又沉沉翠藤共閑穿徑竹漸笑語驚起卧沙禽
野老林泉故王臺榭呼喚登臨　南去北來何事蕩湘
雲楚水極目傷心朱戶黏雞金盤簇燕空歎時序侵尋
記曾共西樓雅集想垂柳還裊萬絲金待得歸鞭到時
只怕春深

白石道人歌曲題云丙午人日余客長沙别駕之
觀政堂堂下曲沼西負古垣有盧橘幽篁一徑深
曲穿徑而南官梅數十株如椒如菽或紅破白露
枝影扶踈著屐蒼苔細石間野興橫生亟命駕登
定王臺亂湘流入麓山湘雲低昂湘波容與興盡
悲來醉吟成調

齊天樂・蟋蟀

庾郎先自吟愁賦，凄凄更聞私語。露濕銅鋪，苔侵石井，都是曾聽伊處。哀音似訴，正思婦無眠，起尋機杼。曲曲屏山，夜凉獨自甚情緒？西窗又吹暗雨。為誰頻斷續，相和砧杵？候館迎秋，離宫弔月，別有傷心無數。豳詩漫與。笑籬落呼燈，世間兒女。寫入琴絲，一聲聲更苦。

方輿勝覽云定王臺在潭州俗傳漢長沙定王載
米博長安土築臺於此以望其母唐姬張安國名
日定王臺
自爲書扁

齊天樂 蟋蟀

庾郎先自吟愁賦凄凄更聞私語露濕銅鋪苔侵石井
都是曾聽伊處哀音似訴正思婦無眠起尋機杼曲曲
屏山夜凉獨自甚情緒 西窗又吹暗雨爲誰頻斷續
相和砧杵候館迎秋離宫弔月別有傷心無數豳詩漫
與笑籬落呼燈世間兒女寫入琴絲一聲聲更苦

白石道人歌曲題云丙辰歲與張功父會飲張達
可之堂聞屋壁間蟋蟀有聲功父約予同賦以授

淡黃柳・客合肥

空城曉角，吹入垂楊陌。馬上單衣寒惻惻。看盡鵞黃嫩綠，都是江南舊相識。

正岑寂，明朝又寒食。強攜酒，小橋宅。怕梨花，落盡成秋色。燕燕飛來，問春何在，惟有池塘自碧。

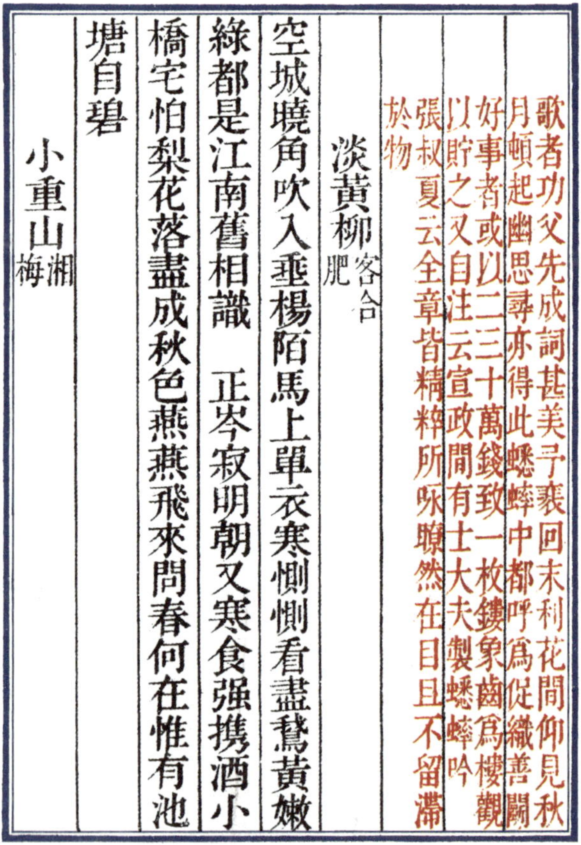

歌者功父先成詞甚美予裵回末利花間仰見秋月頓起幽思尋亦得此蟋蟀中都呼爲促織善鬭好事者或以二三十萬錢致一枚鏤象齒爲樓觀以貯之又自注云宣政間有士大夫製蟋蟀吟
張叔夏云全章皆精粹所咏瞭然在目且不留滯於物

淡黃柳 客合肥

空城曉角吹入垂楊陌馬上單衣寒惻惻看盡鵞黃嫩綠都是江南舊相識 正岑寂明朝又寒食強攜酒小橋宅怕梨花落盡成秋色燕燕飛來問春何在惟有池塘自碧

小重山 湘梅

小重山・湘梅

人繞湘皋月墜時。斜橫花自小，浸愁漪。一春幽事有誰知？東風冷，香遠茜裙歸。　鷗去昔遊非。遙憐花可可，夢依依。九疑雲杳斷魂啼。相思血，都沁綠筠枝。

點絳唇・松江

燕雁無心，太湖西畔隨雲去。數峰清苦，商略黃昏雨。　第四橋邊，擬共天隨住。今何許？凭闌懷古，殘柳參差舞。

人繞湘皋月墜時斜橫花自小浸愁漪一春幽事有誰知東風冷香遠茜裙歸　鷗去昔遊非遙憐花可可夢依依九疑雲杳斷魂啼相思血都沁綠筠枝

樓鑰攻媿集云潘端叔惠紅梅一本全體皆江梅也香亦如之但色紅爾來自湖湘非他種此自此當稱為紅江梅以別之王文公藴文忠石曼卿諸公有紅梅詩意其皆未見此種也

點絳唇　松江

燕雁無心太湖西畔隨雲去數峰清苦商略黃昏雨第四橋邊擬共天隨住今何許凭闌懷古殘柳參差舞

白石道人歌曲題云丁未冬過吳江作

吳郡志云松江在郡南四十五里禹貢三江之一

惜紅衣・吴興荷花無射宫

枕簟邀凉，琴書换日，睡餘無力。細灑冰泉，并刀破甘碧。牆頭唤酒，誰問訊、城南詩客。岑寂。高柳晚蟬，説西風消息。　虹梁水陌，魚浪吹香，紅衣半狼籍。維舟試望故國，渺天北。可惜柳邊沙外，不共美人游歷。問甚時同賦，三十六陂秋色。

也南與太湖接吴江縣在江濆垂虹跨其上天下
絶景也

惜紅衣 吴興荷花 無射宫

枕簟邀凉琴書换日睡餘無力細灑冰泉并刀破甘碧
牆頭唤酒誰問訊城南詩客岑寂高柳晚蟬説西風消
息　虹梁水陌魚浪吹香紅衣半狼籍維舟試望故國
渺天北可惜柳邊沙外不共美人游歷問甚時同賦三
十六陂秋色

白石道人歌曲題云吴興號水晶宫荷花盛麗陳
簡齋云今年何以報君恩一路荷花相送到青墩
亦可見矣丁未之夏余游千巖數往來紅香中自
度此曲以無射宫歌之

詞旨屬對虛閣籠寒小簾通月池面冰膠墻腰雪老翠葉吹京玉容銷酒

警句千樹壓西湖寒碧（暗香）波心蕩冷月無聲（揚州慢）墻頭喚酒誰問訊城南詩客岑寂高柳晚蟬說西風消息（惜紅衣）問甚時重賦三十六陂秋色（念奴嬌）

劉後村詩話姜堯章有平聲滿江紅自叙云滿江紅舊詞用仄韵多不協律如無心撲歌者將心字融入去聲方諧音律予欲以平韵爲之久不能成因泛巢湖祝曰得一夕風當以平韵滿江紅爲神姥壽言訖風與帆俱駛頃刻而成末句聞珮環則協律矣其詞云仙姥來時正一望千頃翠瀾旌旗與亂雲俱下依約前山命駕羣龍金作軛相從諸娣玉爲冠（廟中列坐如夫人者十五人）向夜深風定悄無人聞珮環神奇處君試看奠淮右阻江南遣六丁雷電别守東關應咲英雄無好手一篙春水走曹瞞又怎知人在小紅樓簾影間此闋甚佳惜無人能歌之者

澄懷錄云姜堯章云余别石湖歸吳興雪後過垂虹賦詩云笠澤茫茫雁影微玉峯重疊護雲衣長橋寂寞春寒夜只有詩人一舸歸後五年冬復與俞商卿張平甫銛朴翁自封禺同載詣梁溪道經吳淞山寒天迥雲浪四合中夕相呼步垂虹星斗下垂錯雜漁火朔風凛凛卮酒不能支朴翁以衾自纏猶相與行吟因賦慶宫春云雙槳蓴波一蓑松雨暮愁漸滿空濶呼我盟鷗翩翩欲下背人還過木末那回歸去蕩雲雪孤舟夜發傷心重見依約眉山黛痕低壓采香徑裏春寒老子婆娑自歌誰答垂虹西望飄然引去此興平生難遏酒醒波遠正凝想明璫素韈如今安在唯有闌干伴人一霎

耆舊續聞姜堯章嘗寓吳興張仲遠家仲遠屢出外其室人知書賓客通問必先窺來札性頗妒堯章戲作百宜嬌以遺仲遠云看垂楊連苑杜若吹沙愁損未歸眼信馬青樓去重簾下娉婷人妙飛燕翠尊共欵聽艷歌郎意先感便携

手月地雲階裏愛良夜微煖無限風流跡散有暗藏弓履偷寄香翰明日聞津鼓湘江上催人還解春纜亂紅萬點悵斷魂煙水遙遠又爭似相携乘一舸鎮長見仲遠歸竟莫能辨則受其指爪損面至不能出外云

開慶四明續志吳潛暗香疎影二詞序云猶記己卯庚辰之間初識堯章于維揚至己丑嘉興再會自此契濶間堯章死西湖嘗助諸丈爲殯之今又不知幾年矣自昭忽錄示堯章暗香疎影二詞因信手酬酢并賡潘德久之詩云雪來比色對淡然一笑休喧笙笛莫怪廣平鐵石心腸爲伊折偏是三花兩蘂消萬古才人騷筆尚記得醉卧東園天幕地爲席回首徃事寂正雨暗霧昏萬種愁積錦江路悄媒聘音沉兩空憶終是茅簷竹戶難指望凌煙金碧憔悴了羌管裏怨誰始得 右暗香 佳人步玉待月來弄影天挂參宿冷透屏幃清入肌膚風敲又聽簷竹前村不管深雪閉猶自繞枝南枝北算平生此段

劉仙倫

仙倫，一名儗，字叔擬，號招山。廬陵人。有《招山小集》一卷。

江神子

東風吹夢落巫山。整雲鬟，却霜紈。雪貌冰膚，曾共控雙鸞。吹罷玉簫香霧溼，殘月墜，亂峰寒。解璫回首憶前歡。見無緣，恨無端。憔悴蕭郎，贏得帶圍寬。紅葉不傳天上信，空流水，到人間。

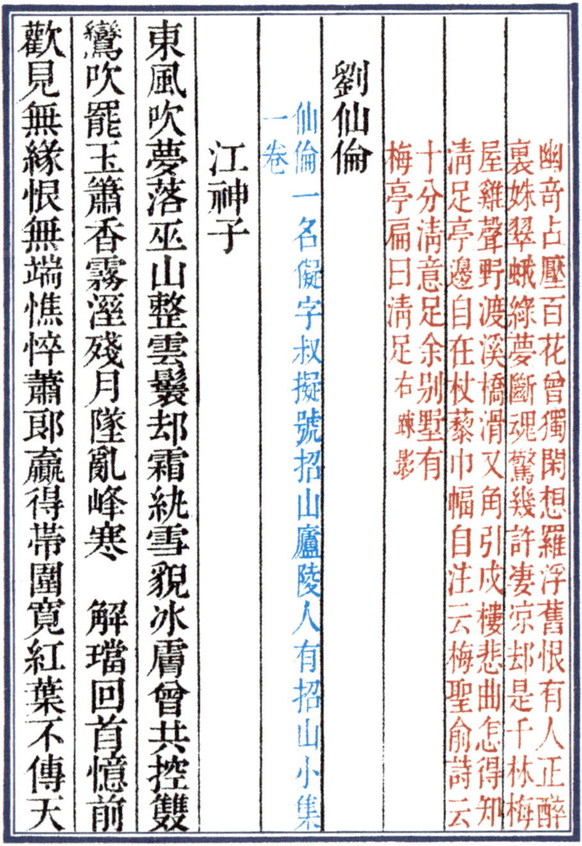

幽奇占壓百花曾獨閑想羅浮舊恨有人正醉
裏姝翠蛾緑夢斷魂驚幾許淒凉却是千林梅
屋雞聲野渡溪橋滑又角引戍樓悲曲怎得知
清足亭邊自在杖藜巾幅自注云梅聖俞詩云
十分清意足余别墅有
梅亭扁曰清足右疎影

劉仙倫

仙倫一名儗字叔擬號招山廬陵人有招山小集
一卷

江神子

東風吹夢落巫山整雲鬟却霜紈雪貌冰膚曾共控雙
鸞吹罷玉簫香霧溼殘月墜亂峰寒 解璫回首憶前
歡見無緣恨無端憔悴蕭郎贏得帶圍寬紅葉不傳天

菩薩蠻・效唐人閨怨

吹簫人去行雲杳，香篝繡被都閒了。疊損縷金衣，伊家渾不知。冷煙寒食夜，淡月梨花下。猶有軟心腸，為他燒夜香。

蝶戀花

小立東風誰共語。碧盡行雲，依約蘭皋暮。誰問離懷知幾許，一溪流水和煙雨。 媚蕩楊花無著處。纔伴春來，忙底隨春去。只恐遊蜂粘得住，斜陽芳草江頭路。

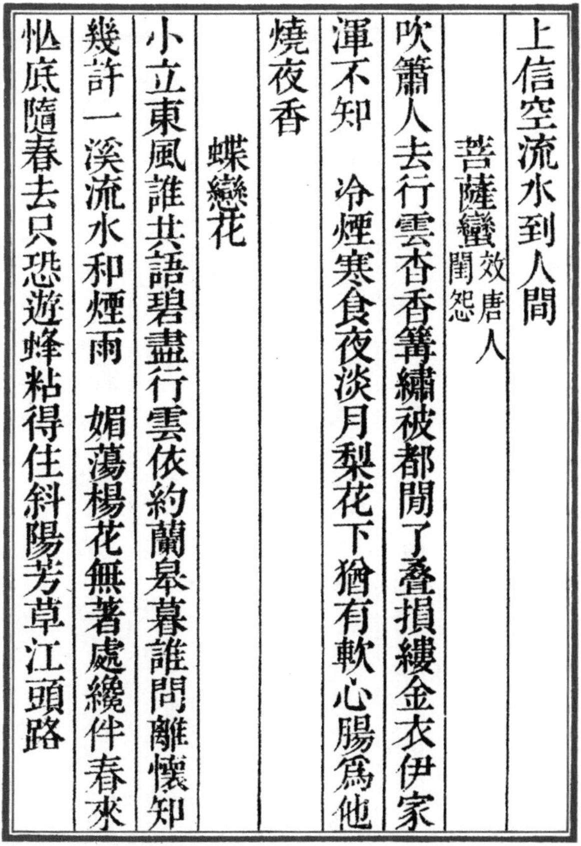
上信空流水到人間
菩薩蠻 效唐人閨怨
吹簫人去行雲杳香篝繡被都閒了疊損縷金衣伊家
渾不知 冷煙寒食夜淡月梨花下猶有軟心腸爲他
燒夜香
蝶戀花
小立東風誰共語碧盡行雲依約蘭皋暮誰問離懷知
幾許一溪流水和煙雨 媚蕩楊花無著處纔伴春來
忙底隨春去只恐遊蜂粘得住斜陽芳草江頭路

一剪梅

唱到陽關第四聲，香帶輕分，羅帶輕分。杏花時節雨紛紛。山繞孤村，水繞孤村。更沒心情共酒樽，春衫香滿，空有啼痕。一般離思兩銷魂，馬上黃昏，樓上黃昏。

霜天曉角

倚空絕壁，直下江千尺。天際兩蛾凝黛，愁與恨、幾時極。暮潮風正急，酒醒聞塞笛。試問謫仙何處，青山外、遠煙碧。

一剪梅

唱到陽關第四聲香帶輕分羅帶輕分杏花時節雨紛紛山繞孤村水繞孤村　更沒心情共酒樽春衫香滿空有啼痕一般離思兩銷魂馬上黃昏樓上黃昏

霜天曉角

倚空絕壁直下江千尺天際兩蛾凝黛愁與恨幾時極暮潮風正急酒醒聞塞笛試問謫仙何處青山外遠煙碧

方輿勝覽云天門山在當塗縣西南三十里又名蛾眉山夾大江東曰博望西曰梁山蛾眉亭在采

孫惟信

惟信字季蕃，號花翁。開封人。在江湖頗有標致。多見前輩，多聞舊事，善雅談，長短句尤工。嘗有官，棄去不仕。有《花翁集》一卷。沈伯時云：『孫花翁有好詞，亦善運意，但雅正中時有一二市井語。』

晝錦堂

薄袖禁寒，輕妝媚晚，落梅庭院春妍。映户盈盈回倩，笑整花鈿。柳裁雲剪腰支小，鳳盤鴉聳髻鬟偏。東風裏，香步翠摇，藍橋那日因緣。　嬋娟。流慧眄，渾當了，恩恩密愛深憐。夢過欄杆，猶認冷月鞦韆。杏梢空鬧相思眼，燕翎難繫斷腸牋。銀屏下，争信有人真個，病也天天。

石山上望見天門山壁間有詩日中分黛色三千尺不著人間一點愁

詞旨警句一般離思兩銷魂馬上黄昏樓上黄昏

一剪梅

孫惟信

惟信字季蕃號花翁開封人在江湖頗有標致多見前輩多聞舊事善雅談長短句尤工嘗有官棄去不仕有花翁集一卷

沈伯時云孫花翁有好詞亦善運意但雅正中時有一二市井語

晝錦堂

薄袖禁寒輕妝媚晚落梅庭院春妍映戶盈盈回倩笑整花鈿柳裁雲剪腰支小鳳盤鴉聳髻鬟偏東風裏香

夜合花

風葉敲窻，露蛩吟甃，謝娘庭院秋宵。鳳屏半掩，釵花映燭紅摇。潤玉暖，膩雲嬌。染芳情，香透鮫綃。斷魂留夢，煙迷楚驛，月冷藍橋。 誰念賣藥文簫。望仙城路杳，鶯燕迢迢。羅衫暗摺，蘭痕粉迹都銷。流水遠，亂花飄。苦相思，寛盡香腰。幾時重恁，玉驄過處，小袖輕招。

步翠搖藍橋那日因緣 嬋娟流慧眄渾當了悤悤寄
愛深憐夢過欄杆猶認冷月鞦韆杳梢空鬧相思眼燕
翎難繫斷腸牋銀屏下爭信有人眞個病也天天

夜合花

風葉敲窻露蛩吟甃謝娘庭院秋宵鳳屏半掩釵花映
燭紅摇潤玉暖膩雲嬌染芳情香透鮫綃斷魂留夢煙
迷楚驛月冷藍橋 誰念賣藥文簫望仙城路杳鶯燕
迢迢羅衫暗摺蘭痕粉迹都銷流水遠亂花飄苦相思
寛盡香腰幾時重恁玉驄過處小袖輕招

燭影搖紅

一朵鞓紅，寶釵壓髻東風溜。年時也是牡丹時，相見花邊酒。初試夾紗半袖。與花枝、盈盈鬬秀。對花臨景，為景牽情，因花感舊。

　題葉無憑，曲溝流水空回首。夢雲不到小山屏，真個歡難偶。別後知他安否。軟紅街、清明還又。絮飛春盡，天遠書沈，日長人瘦。

醉思凡

吹簫跨鸞，香銷夜闌。杏花樓上春殘。繡羅衾半閒。　衣寬帶寬，千山萬山。斷腸十二闌干。更斜陽暮寒。

燭影搖紅 牡丹

一朵鞓紅寶釵壓髻東風溜年時也是牡丹時相見花邊酒初試夾紗半袖與花枝盈盈鬬秀對花臨景爲景牽情因花感舊　題葉無憑曲溝流水空回首夢雲不到小山屏眞個歡難偶別後知他安否軟紅街淸明還又絮飛春盡天遠書沉日長人瘦

醉思凡

吹簫跨鸞香銷夜闌杏花樓上春殘繡羅衾半閑　衣寬帶寬千山萬山斷腸十二闌干更斜陽暮寒

南鄉子

璧月小紅樓，聽得吹簫憶舊遊。霜冷闌干天似水，揚州薄倖聲名總是愁。　塵暗鷫鸘裘，裁剪曾勞玉指柔。一夢覺來三十載，風流，空對梅花白了頭。

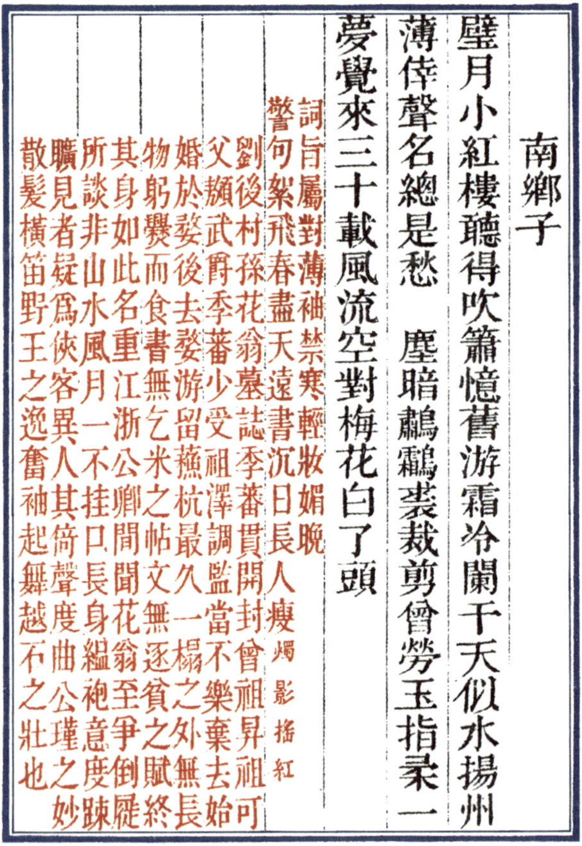
南鄉子
璧月小紅樓聽得吹簫憶舊游霜冷闌干天似水揚州薄倖聲名總是愁　塵暗鷫鸘裘裁剪曾勞玉指柔一夢覺來三十載風流空對梅花白了頭

詞旨屬對薄袖禁寒輕妝媚晚

警句絮飛春盡天遠書沉日長人瘦 燭影搖紅

劉後村孫花翁墓誌李蕃貫開封曾祖昇祖可父巔武爵季蕃少受祖澤調監當不樂棄去始婚於婺後去婺游留蘇杭最久一榻之外無長物躬爨而食書無乞米之帖文無逐貧之賦終其身如此名重江浙公卿間聞花翁至爭倒屣所談非山水風月一不挂口長身縕袍意度踈曠見者疑爲俠客異人其倚聲度曲公瑾之妙散髮橫笛野王之逸奮袖起舞越石之壯也

史達祖

達祖字邦卿，號梅溪。汴人。有《梅溪詞》一卷。《四朝聞見錄》：『韓侂胄為平章，專倚省吏。史達祖奉行文字，擬帖擬旨，俱出其手。侍從柬札，至用申呈。韓敗，遂黥焉。』

姜堯章云：『奇秀清逸，有李長吉之韻，蓋能融情景於一家，會句意於兩得。』

張功甫云：『史生之作，情詞俱到，織綃泉底，去塵眼中，有瓌奇警邁，清新閒婉之長，而無訑蕩汙淫之失，端可分鑣清真，平睨方回。』

史達祖

達祖字邦卿號梅溪汴人有梅溪詞一卷四朝聞
見錄韓侂胄爲平章專倚省吏史達祖奉行文字
擬帖擬旨俱出其手侍從柬札至用申呈韓敗遂
黥焉
姜堯章云奇秀清逸有李長吉之韵蓋能融情景
於一家會句意於兩得
張功甫云史生之作情詞俱到織綃泉底去塵眼
中有瓌奇警邁淸新閑婉之長而無訑蕩汙淫之
失端可分鑣淸
眞平睨方回

綺羅香 春雨

做冷欺花將煙困柳千里偷催春暮盡日冥迷愁裏欲
飛還住驚粉重蝶宿西園喜泥潤燕歸南浦最妨他佳

綺羅香·春雨

做冷欺花，將煙困柳，千里偷催春暮。盡日冥迷，愁裡欲飛還住。驚粉重、蝶宿西園，喜泥潤、燕歸南浦。最妨他、佳約風流，鈿車不到杜陵路。　沈沈江上望極，還被春潮晚急，難尋官渡。隱約遙峯，和淚謝娘眉嫵。臨斷岸、新綠生時，是落紅、帶愁流去。記當日、門掩梨花，剪燈深燕語。

雙雙燕

過春社了，度簾幙中間，去年塵冷。差池欲往，試入舊巢相並。還相雕梁藻井，又軟語、商量不定。飄然快拂花梢，翠尾分開紅影。　芳徑，芹泥雨潤。愛貼地爭飛，競誇輕俊。紅樓歸晚，看足柳昏花暝。應自棲香正穩，便忘了、天涯芳信。愁損玉人，日日畫欄獨凭。

約風流鈿車不到杜陵路　沉沉江上望極還被春潮
晚急難尋官渡隱約遙峯和淚謝娘眉嫵臨斷岸新綠
生時是落紅帶愁流去記當日門掩梨花剪燈深夜語
雙雙燕
過春社了度簾幙中間去年塵冷差池欲往試入舊巢
相並還相雕梁藻井又軟語商量不定飄然快拂花梢
翠尾分開紅影　芳徑芹泥雨潤愛貼地爭飛競誇輕
俊紅樓歸晚看足柳昏花暝應自棲香正穩便忘了天
涯芳信愁損玉人日日畫欄獨凭

夜行船

不剪春衫愁意態。過收燈、有些寒在。小雨空簾，無人深巷，已早杏花先賣。　白髮潘郎寬沈帶。怕看山、憶他眉黛。草色拖裙，煙光惹鬢，常記故園挑菜。

東風第一枝・春雪

巧剪蘭心，偷粘草甲，東風欲障新暖。謾疑碧瓦難留，信知暮寒較淺。行天入鏡，做弄出、輕鬆纖軟。料故園、不捲重簾，悮了乍來雙燕。　青未了、柳回白眼。紅不斷、杏開素面。舊遊憶著山陰，厚盟遂妨上苑。寒爐重煖，且慢放、春衫針線。恐鳳靴挑菜歸來，萬一灞橋相見。

黄叔暘云形容盡矣又云姜堯章最賞其柳昏花暝之句

夜行船

不剪春衫愁意態過收燈有些寒在小雨空簾無人深
巷已早杏花先賣　白髮潘郎寬沈帶怕看山憶他眉
黛草色拖裙煙光惹鬢常記故園挑菜

東風第一枝春雪

巧剪蘭心偷粘草甲東風欲障新暖謾疑碧瓦難留信
知暮寒較淺行天入鏡做弄出輕鬆纖軟料故園不捲
重簾悮了乍來雙燕　青未了柳回白眼紅不斷杏開

又·燈夕

酒館歌雲，燈街舞繡，笑聲喧似簫鼓。太平京國多歡，大酺綺羅幾處。東風不動，照花影，一天春聚。耀翠光、金縷相交，苒苒細吹香霧。　嗟醉玉、少年半度。懷豔雪、舊家伴侶。閉門明月關心，倚窗小梅索句。吟情欲斷，念嬌俊、知人無據。想袖寒、珠絡藏香，夜久帶愁歸去。

素面舊遊憶着山陰厚盟遂妨上苑寒爐重熨且慢放
春衫針線恐鳳靴挑菜歸來萬一灞橋相見
黃叔暘云結句尤爲姜堯章拈出
又 燈夕
酒館歌雲燈街舞繡笑聲喧似簫鼓太平京國多歡大
酺綺羅幾處東風不動照花影一天春聚耀翠光金縷
相交苒苒細吹香霧　嗟醉玉少年半度懷艷雪舊家
伴侶閉門明月關心倚窗小梅索句吟情欲斷念嬌俊
知人無據想袖寒珠絡藏香夜久帶愁歸去

黄鍾喜遷鶯・元宵

月波凝滴。望玉壺天近，了無塵隔。翠眼圈花，冰絲織練，黄道寶光相直。自憐詩酒瘦，難應接許多春色。最無賴，是隨香趁燭，曾伴狂客。　蹤跡。漫記憶。老了杜郎，忍聽東風笛。柳院燈踈，梅廳雪在，誰與細傾春碧。舊情拘未定，猶自學當年游歷。怕萬一悞玉人，夜寒簾隙。

清商怨

春愁遠，春夢亂，鳳釵一股輕塵滿。江煙白，江波碧。柳户清明，燕簾寒食，憶憶。　鶯聲晚，簫聲短，落花不許春拘管。新相識，休相失。翠陌吹衣，畫橋橫笛，得得。

黄鍾喜遷鶯元宵
月波凝滴望玉壺天近了無塵隔翠眼圈花冰絲織練
黄道寶光相直自憐詩酒瘦難應接許多春色最無賴
是隨香趁燭曾伴狂客　蹤跡漫記憶老了杜郎忍聽
東風笛柳院燈踈梅廳雪在誰與細傾春碧舊情拘未
定猶自學當年游歷怕萬一悞玉人夜寒簾隙
張叔夏云不獨措詞精粹
又且見時節風物之感
清商怨
春愁遠春夢亂鳳釵一股輕塵滿江煙白江波碧柳户

蝶戀花

二月東風吹客袂。蘇小門前，楊柳如腰細。蝴蝶識人遊冶地，舊曾來處花開未？ 幾夜湖山生夢寐。評泊尋芳，只怕春寒裏。今歲清明逢上巳，相思先到濺裙水。

玉樓春・社前一日

遊人等得春晴也，處處旗亭閒繫馬。雨前紅杏尚娉婷，風裏殘梅無顧藉。 忌拈針指還逢社，鬭草贏多裙欲卸。明朝新燕定歸來，叮囑重簾休放下。

清明燕簾寒食憶憶 鶯聲晚簫聲短落花不許春拘
管新相識休相失翠陌吹衣畫橋橫笛得得

蝶戀花

二月東風吹客袂蘇小門前楊柳如腰細蝴蝶識人遊
冶地舊曾來處花開未 幾夜湖山生夢寐評泊尋芳
只怕春寒裏今歲清明逢一作連上巳相思先到濺裙水

玉樓春 社前一日

遊人等得春晴也處處旗亭閑繫馬雨前紅杏尚娉婷
風裏殘梅無顧藉 忌拈針指還逢社鬭草贏多裙欲

青玉案

蕙花老盡離騷句。綠染徧，江頭樹。日暝酒消聽驟雨。青榆錢小，碧苔錢古。難買東君住。　官河不礙遺鞭路。被芳草、將愁去。多定紅樓簾影暮。蘭燈初上，夜香初炷，猶自聽鸚鵡。

郤明朝新燕定歸來叮囑重簾休放下

靑玉案

蕙花老盡離騷句綠染徧江頭樹日暝酒消聽驟雨靑榆錢小碧苔錢古難買東君住　官河不礙遺鞭路被芳草將愁去多定紅樓簾影暮蘭燈初上夜香初炷猶自聽鸚鵡

詞旨屬對斷浦沉雲空山挂雨畫裡移舟詩邊就夢做冷欺花將煙困柳巧剪蘭心偷粘草甲

警句臨斷岸新綠生時是落紅帶愁流去記當日門掩梨花剪燈深夜語綺羅香愁損玉人日日畫闌獨凭雙雙燕恐鳳靴挑菜歸來萬一灞橋相見東風第一枝自憐詩酒瘦難應接許多春色喜遷

鶯

詞眼柳昏花瞑

梅溪詞水龍吟陪節欲行留別社友云道人越布單衣興高愛學蘇門嘯有時也伴四佳公子五陵年少歌裏眼香酒酣喝月壯懷無撓楚江南每爲神州未復闌干靜憮登眺今日征夫在道敢辭勞風沙短帽休吟稷穗休尋喬木獨憐遺老同社詩囊小窻針線斷腸秋早看歸來幾許吳霜染鬢驗愁多少 按梅溪曾陪使臣至金故有此詞

高觀國竹屋癡語齊天樂中秋夜懷梅溪云晩雲知有關山念澄霄卷開清霽素景中分冰盤正溢何啻嬋娟千里危闌靜倚正玉筦吹涼翠觴留醉記約清吟錦袍初喚醉魂起孤光天地共影浩歌誰與舞淒涼風味古驛煙寒幽垣夢冷應念秦樓十二歸心對此想斗插天南雁橫遼水試問姮娥有愁能爲寄

高觀國

觀國字賓王。山陰人。有《竹屋癡語》一卷。陳唐卿云：『竹屋《梅溪詞》，要是不經人道語，其妙處少游、美成不及也。』張叔夏云：『竹屋、白石、夢窗、梅溪俱能特立清新之意，刪削靡曼之詞，自成一家。』

齊天樂

碧雲缺處無多雨，愁與去帆俱遠。倒葦沙閒，枯蘭溆冷，寥落寒江秋晚。樓陰縱覽，正魂怯清吟，病多依黯。怕挹西風，袖羅香自去年減。　風流江左久客，舊遊得意處，珠簾曾捲。載酒春情，吹簫夜約，猶憶玉嬌香怨。塵棲故苑，歎璧月空檐。夢雲飛觀，送絕征鴻，楚峰煙數點。

高觀國

觀國字賓王山陰人有竹屋癡語一卷陳唐卿云竹屋梅溪詞要是不經人道語其妙處少游美成不及也張叔夏云竹屋白石夢窗梅溪俱能特立清新之意刪削靡曼之詞自成一家

齊天樂

碧雲缺處無多雨愁與去帆俱遠倒葦沙閒枯蘭溆冷寥落寒江秋晚樓陰縱覽正䰟怯清吟病多依黯怕挹西風袖羅香自去年減　風流江左久客舊遊得意處珠簾曾捲載酒春情吹簫夜約猶憶玉嬌香怨塵棲故

玉樓春・宮詞

幾雙海燕來金屋。春滿離宮三十六。春風剪草碧纖纖，春雨浥花紅撲撲。衛姬鄭女腰如束。齊唱陽關新製曲。曲終移宴起笙簫，花下晚寒生翠縠。

金人捧露盤・水仙

夢湘雲，吟湘月，弔湘靈。有誰見、羅韈塵生，淩波步弱，背人羞整六銖輕。娉娉裊裊，暈嬌黃、玉色輕明。　香心静，波心冷，琴心怨，客心驚。怕佩解、却返瑤京。盃擎清露，醉春蘭友與梅兄。暮煙萬頃，斷腸是、雪冷江清。

苑歎璧月空檐夢雲飛觀送絕征鴻楚峰煙數點
玉樓春 宮詞
幾雙海燕來金屋春滿離宮三十六春風剪草碧纖纖
春雨浥花紅撲撲　衛姬鄭女腰如束齊唱陽關新製
曲曲終移宴起笙簫花下晚寒生翠縠
金人捧露盤 水仙
夢湘雲吟湘月弔湘靈有誰見羅韈塵生淩波步弱背
人羞整六銖輕娉娉裊裊暈嬌黃玉色輕明　香心静
波心冷琴心怨客心驚怕佩解却返瑤京盃擎清露醉

又・梅

念瑤姬，翻瑤珮，下瑤池，冷香夢，吹上南枝。羅浮路杳，憶曾清晚見仙姿。天寒翠袖，可憐是、倚竹依依。　溪痕淺，雪痕凍，月痕淡，粉痕微。江樓怨、一笛休吹。芳香待寄，玉堂煙驛雨凄迷。新愁萬斛，為春瘦、却怕春知。

祝英臺近

一窗寒，孤燼冷，獨自箇春睡。繡被薰香，不是舊風味。靜聽滴滴簷聲，驚愁攪夢，更不管、庾郎心碎。　念芳意，一併十日春風，梅花煞憔悴。懶做新詞，春在可憐裏。幾時挑菜踏青，雲沈雨斷，盡分付、楚天之外。

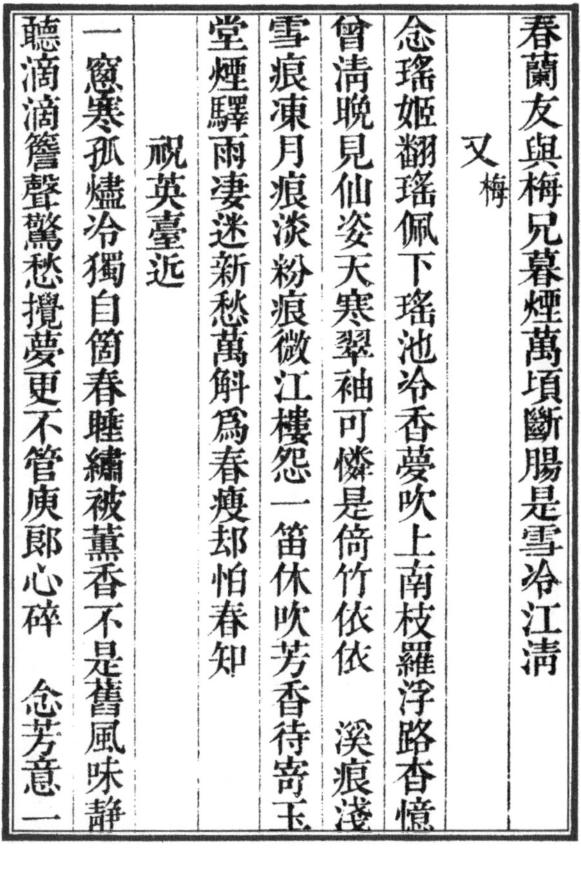
春蘭友與梅兄暮煙萬頃斷腸是雪冷江清
又　梅
念瑤姬翻瑤佩下瑤池冷香夢吹上南枝羅浮路杳憶
曾清晚見仙姿天寒翠袖可憐是倚竹依依　溪痕淺
雪痕凍月痕淡粉痕微江樓怨一笛休吹芳香待寄玉
堂煙驛雨凄迷新愁萬斛爲春瘦却怕春知
祝英臺近
一窗寒孤燼冷獨自箇春睡繡被薰香不是舊風味靜
聽滴滴簷聲驚愁攪夢更不管庾郎心碎　念芳意一

思佳客

剪翠衫兒穩四停。最憐一曲鳳簫吟。同心羅帕輕藏素，合字香囊半影金。　春思悄，畫窻深。誰能拘束少年心？鶯來驚碎風流膽，踏動櫻桃葉底鈴。

霜天曉角

春雲粉色，春水和雲濕。試問西湖楊柳，東風外、幾絲碧。　望極，連翠陌，蘭橈雙槳急。欲訪莫愁何處，旗亭在、畫橋側。

併十日春風梅花瞧憔悴懶做新詞春在可憐裏幾時
挑菜踏青雲沉雨斷盡分付楚天之外
思佳客
剪翠衫兒穩四停最憐一曲鳳簫吟同心羅帕輕藏素
合字香囊半影金　春思悄畫窻深誰能拘束少年心
鶯來驚碎風流膽踏動櫻桃葉底鈴
霜天曉角
春雲粉色春水和雲溼試問西湖楊柳東風外幾絲碧
望極連翠陌蘭橈雙槳急欲訪莫愁何處旗亭在畫

風入松

捲簾日日恨春陰，寒食新晴。馬蹄只向南山去，長橋愛花柳多情。紅外風嬌日暖，翠邊水秀山明。

杜郎歌酒過平生，到處蓬瀛。醉魂不入重城晚，穠歡寄、桃葉桃根。繡被嫩寒清曉，鶯啼喚起春酲。

謁金門

煙墅暝，隔斷仙源芳徑。雨歇花梢魂未醒，溼紅如有恨。別後香車誰整，怪得畫橋春靜。碧漲平湖三十頃。歸雲何處問？

橋側

風入松

捲簾日日恨春陰寒食新晴馬蹄只向南山去長橋愛
花柳多情紅外風嬌日暖翠邊水秀山明　杜郎歌酒
過平生到處蓬瀛醉䰟不入重城晚穠歡寄桃葉桃根
繡被嫩寒清曉鶯啼喚起春酲

謁金門

煙墅暝隔斷仙源芳徑雨歇花梢䰟未醒溼紅如有恨
別後香車誰整怪得畫橋春靜碧漲平湖三十頃歸

劉鎮

鎮字叔安。南海人。嘉泰二年進士。學者稱為隨如先生。有《隨如百詠》。劉潛夫云：『麗不至褻，新不犯陳，周、柳、辛、陸之能，庶乎兼之。』

玉樓春·東山探梅

泠泠水向橋東去。漠漠雲歸溪上住。疎風淡月有來時，流水行雲無覓處。 佳人獨立相思苦。薄袖欺寒修竹暮。白頭空負雪邊春，著意問春春不語。

雲何處問

詞旨屬對倒葦沙閑枯蘭湫冷

警句愁萬斛爲春瘦却怕春知 金人捧露盤 驚愁

攙夢更不管庾郎心碎 祝英臺近

詞眼玉嬌香怨

劉鎮

鎮字叔安南海人嘉泰二年進士學者稱爲隨如先生有隨如百詠

劉潛夫云麗不至褻新不犯陳周柳辛陸之能庶乎兼之

玉樓春 東山探梅

泠泠水向橋東去漠漠雲歸溪上住疎風淡月有來時流水行雲無覓處 佳人獨立相思苦薄袖欺寒修竹

張輯

輯字宗瑞，號東澤。鄱陽人。連江太守思順之子。有《東澤綺語債》二卷。朱湛盧云：『東澤得詩法於姜堯章，世所傳《欸乃集》，皆以為月下謫仙復作，不知其又能詞也。其詞皆以篇末之語立新名云。』

暮白頭空負雪邊春著意問春春不語

隨如百詠丙戌清明和章質夫韵水龍吟云弄晴臺館收煙候時有燕泥香墜宿酲未解單衣初試騰騰春思前度桃花去年人面重門深閉記彩鸞別後青驄歸去長亭路芳塵起十二屏山遍倚任蒼苔點紅如綴黃昏人靜㷆香吹月一簾花碎芳意婆娑綠陰風雨畫橋煙水笑多情司馬留春無計濕青衫淚

張輯

輯字宗瑞號東澤鄱陽人連江太守思順之子有東澤綺語債二卷朱湛盧云東澤得詩法於姜堯章世所傳欽乃集皆以爲月下謫仙復作不知其又能詞也其詞皆以篇末之語立新名云

踈簾淡月

梧桐雨細，漸滴作秋聲，被風驚碎。潤逼衣篝，線裊蕙爐沉水。悠悠歲月天涯醉，一分秋，一分憔悴。紫簫吹斷，素牋恨切，夜寒鴻起。
　又何苦、凄涼客裏。負草堂春綠，竹溪空翠。落葉西風，吹老幾番塵世。從前諳盡江湖味，聽商歌、歸興千里。露侵宿酒，踈簾淡月，照人無寐。

山漸青

山無情，水無情，楊柳飛花春雨晴。征衫長短亭。　擬行行，重行行，吟到江南第幾程。江南山漸青。

踈簾淡月

梧桐雨細漸滴作秋聲被風驚碎潤逼衣篝線裊蕙爐沉水悠悠歲月天涯醉一分秋一分憔悴紫簫吹斷素牋恨切夜寒鴻起　又何苦凄涼客裏負草堂春綠竹溪空翠落葉西風吹老幾番塵世從前諳盡江湖味聽商歌歸興千里露侵宿酒踈簾淡月照人無寐

山漸青

山無情水無情楊柳飛花春雨晴征衫長短亭　擬行行重行行吟到江南第幾程江南山漸青

謁金門

花半溼，睡起一簾晴色。千里江南真咫尺，醉中歸夢直。　前度蘭舟送客，雙鯉沈沈消息。樓外垂楊如此碧，問春來幾日。

念奴嬌

嫩涼生曉，怪得今朝湖上，秋風無迹。古寺桂香山色外，腸斷幽叢金碧。驟雨俄來，蒼煙不見，苔徑孤唫屐。繫船高柳，晚蟬嘶破愁寂。　且約攜酒高歌，與鷗相好，分坐漁磯石。算只藕花知我意，猶把紅芳留客。樓閣空濛，管絃清潤，一水盈盈隔。不如休去，月懸良夜千尺。

謁金門

花半溼睡起一簾晴色千里江南眞咫尺醉中歸夢直
前度蘭舟送客雙鯉沉沉消息樓外垂楊如此碧問
春來幾日

念奴嬌

嫩涼生曉怪得今朝湖上秋風無迹古寺桂香山色外
腸斷幽叢金碧驟雨俄來蒼煙不見苔徑孤唫屐繫船
高柳晚蟬嘶破愁寂　且約攜酒高歌與鷗相好分坐
漁磯石算只藕花知我意猶把紅芳留客樓閣空濛管

祝英臺近

竹間棋，池上字。風日共清美。誰道春深，湘綠漲沙觜。更添楊柳無情，恨煙顰雨，却不把、扁舟偷繫。去千里。明日知幾重山，後朝幾重水。對酒相思，争似且留醉。奈何琴劍悤悤，而今心事，在月夜、杜鵑聲裡。

紘清潤一水盈盈隔不如休去月懸良夜千尺
祝英臺近
竹間棋池上字風日共清美誰道春深湘綠漲沙觜更
添楊柳無情恨煙顰雨却不把扁舟偷繫　去千里明
日知幾重山後朝幾重水對酒相思争似且留醉奈何
琴劍悤悤而今心事在月夜杜鵑聲裡

詞旨警句悠悠歲月天涯醉一分秋一分憔悴 踈
簾淡月 落葉西風吹老幾番塵世 同上 露侵宿酒
踈簾淡月照人無寐 同上 算只藕花知我意猶把
紅芳留客 念奴嬌
詞眼恨煙顰雨
東澤綺語債馮可遷號予爲東仙故賦東仙寓

李石

石字知幾，號方舟。資陽人。乾道中進士，以薦任太學博士，出為成都倅仕，至都官員外郎。有《方舟集》。

朩蘭花令

轆轤軛軛門前井，不道隔窗人睡醒。柔絲無力玉琴寒，殘麝徹心金鴨冷。　一鶯啼破簾櫳静，紅日漸高花轉影。起來情緒寄游絲，飛絆翠翹風不定。

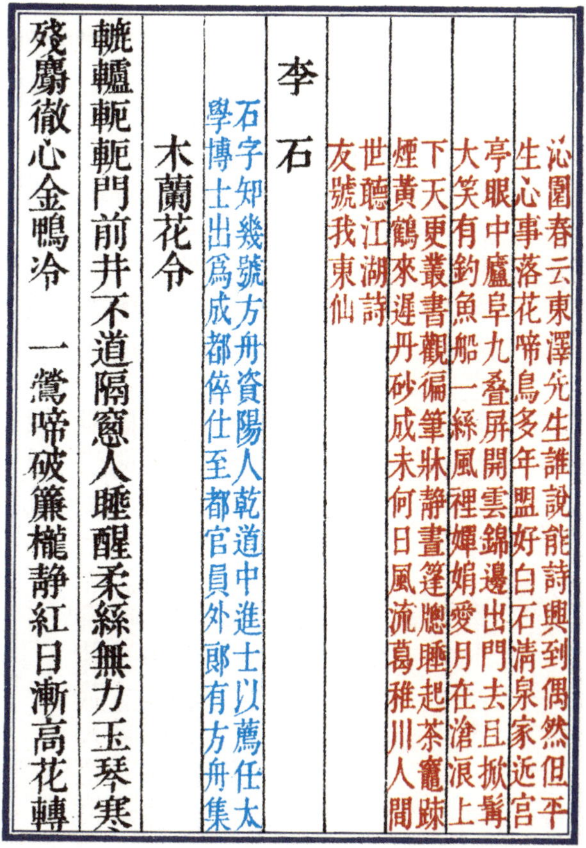
沁園春云東澤先生誰說能詩興到偶然但平
生心事落花啼鳥多年盟好白石清泉家近宮
亭眼中廬阜九叠屏開雲錦邊出門去且掀髯
大笑有釣魚船一絲風裡嬋娟愛月在滄浪上
下天更叢書觀徧筆牀静畫篷牕睡起茶竈跡
煙黃鶴來遲丹砂成未何日風流葛稚川人間
世聽江湖詩
友號我東仙

李石

石字知幾號方舟資陽人乾道中進士以薦任太
學博士出爲成都倅仕至都官員外郎有方舟集

朩蘭花令

轆轤軛軛門前井不道隔窻人睡醒柔絲無力玉琴寒
殘麝徹心金鴨冷　一鶯啼破簾櫳静紅日漸高花轉

李泳

泳字子永，號蘭澤。廬陵人。嘗為溧水令，與兄洪子大、漳子清，弟淛子秀、淦子召著《李氏華萼集》五卷，姪倫為序。

定風波

點點行人趁落暉，搖搖煙艇出漁扉。一路水香流不斷，零亂，春潮綠浸野薔薇。南去北來愁幾許，登臨懷古欲沾衣。試問越王歌舞地，佳麗，只今惟有鷓鴣啼。

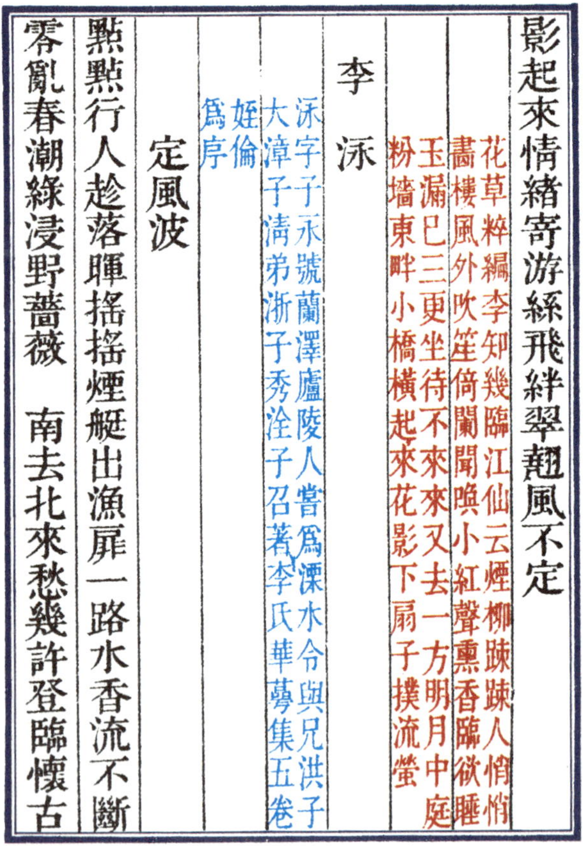

影起來情緒寄游絲飛絆翠翹風不定
花草粹編李知幾臨江仙云煙柳疎疎人悄悄
畫樓風外吹笙倚闌聞喚小紅聲熏香臨欲睡
玉漏已三更坐待不來來又去一方明月中庭
粉墻東畔小橋橫起來花影下扇子撲流螢

李泳

泳字子永號蘭澤廬陵人嘗爲溧水令與兄洪子
大漳子淸弟淛子秀淦子召著李氏華萼集五卷
姪倫爲序

定風波

點點行人趁落暉搖搖煙艇出漁扉一路水香流不斷
零亂春潮綠浸野薔薇　南去北來愁幾許登臨懷古

清平樂

亂雲將雨，飛過鴛鴦浦。人在小樓空翠處，分得一襟離緒。片帆隱隱歸舟，天邊雪捲雲游。今夜夢魂何處，青山不隔人愁。

欲沾衣試問越王歌舞地佳麗只今惟有鷓鴣啼

清平樂

亂雲將雨飛過鴛鴦浦人在小樓空翠處分得一襟離
緒　片帆隱隱歸舟天邊雪捲雲游今夜夢魂何處青
山不隔人愁

夷堅志大江富池縣有甘寧將軍廟殿宇雄偉
行舟過之者必具牲醴祇謁李子永嘗自西下
舟次散花洲有神鴉飛立檣竿久之東去即遇
便風晡時抵岸步青蛇激箭而來至舟尾不見
是夕艤泊明日賽神其前大樓七間尤壯偉郡
守周少隱采東坡祠語扁爲卷雪子永作詩曰
卷雪樓前萬里江亂峯卓立森旗槍上有甘公
古祠宇節制洪流掌風雨甘公一去踰千年至

鄭域（**俗本作陸域，誤**）

域字中卿，號松窻。三山人。慶元丙辰隨張貴謨使金。有《燕谷剽聞》二卷，記北庭甚詳。

昭君怨·梅

道是花來春未，道是雪來香異。水外一枝斜，野人家。冷落竹籬茅舍，富貴玉堂瓊榭。兩地不同栽，一般開。

今忠氣猶凜然我來再拜攬陳迹斜陽白鳥横
蒼煙初題梁間時本云英威凜然如有人掣其
肘乃改爲忠氣又賦望月水調歌頭云危樓雲
雨上其下水共天群山四合飛動寒翠落簷前
盡是秋清闌檻一吹波翻濤怒雪陣卷蒼煙炎
暑去無跡清駛久翩翩夜將闌人欲靜月初圓
素娥弄影光射空際縹嬋娟不用濯纓垂釣喚
取龍公仙駕耕此萬瓊田横笛望中起吾意已
超然及旦移舟神鴉青
蛇送至長風沙而止

鄭 域 俗本作陸域誤

域字中卿號松窻三山人慶元丙辰隨張貴謨使
金有燕谷剽聞二卷記北庭甚詳

昭君怨 梅

道是花來春未道是雪來香異水外一枝斜野人家

王嵎

嵎字季夷，號貴英。陳氏《書錄解題》：『季夷北海人，紹淳間名士，寓居吳興。陸務觀與之厚善。三子甲、田、申皆登科。』有《北海集》。

祝英臺近

柳煙濃，花露重，合是醉時候。樓倚花梢，長記小垂手。誰教釵燕輕分，鏡鸞慵舞，是孤負、幾番晴晝。自別後，聞道花底花前，多是兩眉皺。又說新來，比似舊時瘦。須知兩意常存，相逢終有。莫謾被、春光僝僽。

冷落竹籬茅舍富貴玉堂瓊樹兩地不同栽一般開

王嵎

嵎字季夷號貴英陳氏書錄解題季夷北海人紹淳間名士寓居吳興陸務觀與之厚善三子甲田申皆登科

有北海集

祝英臺近

柳煙濃花露重合是醉時候樓倚花梢長記小垂手誰教釵燕輕分鏡鸞慵舞是孤負幾番晴晝　自別後聞道花底花前多是兩眉皺又說新來比似舊時瘦須知兩意常存相逢終有莫謾被春光僝僽

夜行船

曲水濺裙三月二，馬如龍，鈿車如水。風颭游絲，日烘晴晝，人共海棠俱醉。客裏光陰難可意，掃芳塵、舊遊誰記。午夢醒來，不覺小窗人靜，春在賣花聲裏。

蔡松年

松年字伯堅。從父靖除真定府判官，遂為真定人。仕金，官至尚書右丞相，封衛國公。自號蕭閒老人。卒謚文簡。工樂府，與吴彦高齊名，號『吴蔡體』。有《蕭閒公集》六卷。

夜行船

曲水濺裙三月二馬如龍鈿車如水風颭游絲日烘晴晝人共海棠俱醉　客裏光陰難可意掃芳塵舊遊誰寄午夢醒來不覺小窗人靜春在賣花聲裏

詞旨警句春在賣花聲裏夜行船

蔡松年

松年字伯堅從父靖除眞定府判官遂爲眞定人仕金官至尚書右丞相封衛國公自號蕭閒老人卒謚文簡工樂府與吳彥高齊名號吳蔡體有蕭閒公集六卷

鷓鴣天　賞荷

鷓鴣天・賞荷

秀樾橫塘十里香，水光晚色靜年芳。燕支膚瘦薰沉水，翡翠盤高走夜光。　山黛遠，月波長，暮雲秋影照瀟湘。醉魂應逐淩波夢，分付西風此夜涼。

尉遲盃

紫雲暖，恨翠雛、珠樹雙棲晚。小花静院逢迎，的的風流心眼。紅潮照玉椀。午香重，草綠宮羅淡。喜銀屏、小語私分。麝月春心一點。

華年共有好願，何時定妝鬢，莫雨零亂。夢似花飛，人歸月冷。一夜曉山新怨。劉郎興，尋常不淺，況不似，桃花春溪遠。覺情隨、曉馬東風，病酒餘香相半。

秀樾橫塘十里香水光晚色靜年芳燕支雪瘦薰沉水
翡翠盤高走夜光　山黛遠月波長暮雲秋影照瀟湘
醉魂應逐淩波夢分付西風此夜涼

王若虛滹南集詩話云蕭閒樂善堂賞荷詞臙脂
膚瘦薰沉水翡翠盤高走夜光世多稱之此句誠
佳然蓮體實肥不宜言瘦予友
彭子升嘗易膩字此似差勝

尉遲盃

紫雲暖恨翠雛珠樹雙棲晚小花靜院逢迎的的風流
心眼紅潮照玉椀午香重草綠宮羅淡喜銀屏小語私
分麝月春心一點　華年共有好願何時定妝鬢莫雨

零亂夢似花飛人歸月冷一夜曉山新怨劉郎興尋常
不淺況不似桃花春溪遠覺情隨曉馬東風病酒餘香
相半

歸潜志云蔡丞相伯堅嘗奉使高麗爲館伴賦
石州慢云雲海蓬萊風霧鬢鬟不假梳掠仙衣
卷盡霓裳方見宮腰纖弱心期得處世間言語
非眞海犀一點通寥廓無物比情濃與無情相
愽離索曉來一枕餘香酒病賴花醫却灔灔金
尊收拾新愁重酌半帆雲影載得無限關山夢
寃應被梅花覺梅子雨絲絲滿江干樓閣高麗
故事上國使來館中有侍妓蔡之仙衣卷盡霓
裳方見宮腰纖弱不免爲人疵議之矣
滹南詩話蕭閑云風頭夢雨吹無跡蓋雨之至
細者若有若無謂之夢田夫野婦皆道之賀方
回有風頭夢雨吹成雪之句又云蕭閑憶恒陽

韓嘐

嘐字子耕，號蕭閒。《文獻通考》：『韓嘐有《蕭閒詞》一卷。』

家山云好在斜川三尺玉公宅前有池可三畝
號小斜川又自鎮陽還兵府贈離筵乞言者云
待人間覓箇無情心緒著多情換此篇有恨別
之意故以情爲苦而還羨無情終章言之宜矣
中州樂府蔡松年聲聲慢京陘寄內云青燕平
野小雨千峯還成暮陘寒色裁剪芸窗憶得伴
人良夕遥憐幾重眉黛恨相逢少於行役梨花
淚正宫衣春瘦曉紅無力應怪浮雲夫壻不解
趁新醅醉眠京月怨入關山西去又傳消息誰
知倦游心事向年來苦思泉石人未老約閒峯
多占秀碧

韓嘐

嘐字子耕號蕭閒文獻通考韓嘐有蕭閒詞一卷

高陽臺 除夕

高陽臺・除夕

頻聽銀籤，重燃絳蠟，年華袞袞驚心。餞舊迎新，能消幾刻光陰。老來可慣通宵飲？待不眠，還怕寒侵。掩清尊，多謝梅花，伴我微吟。　鄰娃已試春妝了，更蜂枝簇翠，燕股橫金。勾引春風，也知芳意難禁。朱顏那有年年好，逞艷游，贏取如今。恣登臨，殘雪樓臺，遲日園林。

浪淘沙

莫上玉樓看，花雨斑斑。四垂羅幙護朝寒。燕子不知春去也，飛認闌杆。　回首幾關山，後會應難。相逢祇有夢魂間。可奈夢隨春漏短，不到江南。

頻聽銀籤重燃絳蠟年華袞袞驚心餞舊迎新能消幾
刻光陰老來可慣通宵飲待不眠還怕寒侵掩清尊多
謝梅花伴我微吟　鄰娃已試春妝了更蜂枝簇翠燕
股橫金勾引春風也知芳意難禁朱顏那有年年好逞
豔游贏取如今恣登臨殘雪樓臺遲日園林

浪淘沙

莫上玉樓看花雨斑斑四垂羅幙護朝寒燕子不知春
去也飛認闌杆　回首幾關山後會應難相逢祇有夢
魂間可奈夢隨春漏短不到江南

又・豐樂樓

裙色草初青，鴨鴨波輕。試花霏雨溼春晴。三十六梯人不到，獨喚瑤箏。艇子憶逢迎，依舊多情。朱門只合鎖娉婷。却逐彩鸞歸去路，香陌春城。

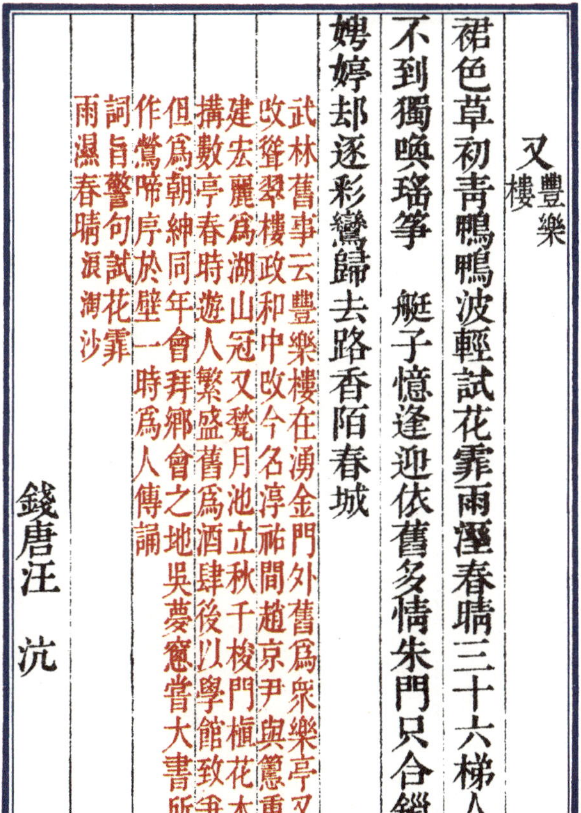
又 豐樂樓

裙色草初青鴨鴨波輕試花霏雨溼春晴三十六梯人不到獨喚瑤箏 艇子憶逢迎依舊多情朱門只合鎖娉婷却逐彩鸞歸去路香陌春城

武林舊事云豐樂樓在湧金門外舊爲衆樂亭又改聳翠樓政和中改今名淳祐間趙京尹與𥳑重建宏麗爲湖山冠又甃月池立秋千梭門植花木搆數亭春時遊人繁盛舊爲酒肆後以學館致爭但爲朝紳同年會拜鄉會之地吳夢窗嘗大書所作鶯啼序於壁一時爲人傳誦

詞旨警句試花霏雨濕春晴淚淍沙

錢唐汪 沆

陳　皋同校勘

絕妙好詞箋卷二終

絕妙好詞箋卷三

劉克莊

克莊字潛夫，號後邨。莆田人。以蔭仕，淳佑中賜同進士出身，官至龍圖閣直學士。有《後村別調》一卷。

摸魚兒・海棠

甚春來、冷煙凄雨，朝朝遲了芳信。驀然作暖晴三日，又覺萬姝嬌困。天怎忍。潘令老，不成也沒看花分。才情減盡。悵玉局飛仙，石湖絕筆，辜負這風韻。　傾城色，懊惱佳人薄命。牆頭岑寂誰問。東風日莫無聊賴，吹得燕支成粉。君細認。花共酒，古來二事天尤吝。年光去迅。漫綠葉成陰，青苔滿地，做取異時恨。

絕妙好詞箋卷三

弁陽老人周密原輯　宛平查爲仁　錢唐厲鶚　同箋

劉克莊

克莊字潛夫號後邨莆田人以蔭仕淳祐中賜同進士出身官至龍圖閣直學士有後村別調一卷

摸魚兒　海棠

甚春來冷煙淒雨朝朝遲了芳信驀然作暖晴三日又覺萬姝嬌困天怎忍潘令老不成也沒看花分才情減盡悵玉局飛仙石湖絕筆辜負這風韻　傾城色懊惱

卜算子・海棠為風雨所損

片片蝶衣輕，點點猩紅小。道是天工不惜花，百種千般巧。　朝見樹頭繁，莫見枝頭少。道是天工果惜花，雨洗風吹了。

清平樂・頃在維揚陳師文參議家，舞姬絶妙，為賦此詞

宮腰束素，只怕能輕舉。好築避風臺護取，莫遣驚鴻飛去。　一團香玉溫柔，笑顰俱有風流。貪與蕭郎眉語，不知舞錯伊州。

佳人薄命墻頭岑寂誰問東風日莫無聊賴吹得燕支
成粉君細認花共酒古來二事天尤吝年光去迅漫綠
葉成陰青苔滿地做取異時恨

卜算子 海棠爲風雨所損

片片蝶衣輕點點猩紅小道是天工不惜花百種千般
巧　朝見樹頭繁莫見枝頭少道是天工果惜花雨洗
風吹了

清平樂 頃在維揚陳師文參議家舞姬絶妙爲賦此

宮腰束素只怕能輕舉好築避風臺護取莫遣驚鴻飛

生查子・燈夕戲陳敬叟

繁燈奪霽華，戲鼓侵明滅。物色舊時同，情味中年别。淺畫鏡中眉，深拜樓中月。人散市聲收，漸入愁時節。

去　一團香玉温柔笑顰俱有風流貪與蕭郎眉語不
知舞錯伊州

生查子 燈夕戲陳敬叟

繁燈奪霽華戲鼓侵明滅物色舊時同情味中年别
淺畫鏡中眉深拜樓中月人散市聲收漸入愁時節

花菴絶妙詞選云陳以莊名敬叟號月溪建安人
劉後村陳敬叟集序云敬叟詩才氣清拔力量宏
放爲人曠達如列禦寇莊周飲酒如阮嗣宗李太
白筆札如谷子雲草隸如張顛李潮樂府如温飛
卿韓致光余每歎其所長非復一事爲轂城黃子
厚之甥故其詩酷似云

詞旨警句貪與蕭郎眉語不知舞錯伊州 清平樂

瀛奎律髓注寶慶初史彌遠廢立之際錢唐書

吳潛

潛字毅夫，號履齋。寧國人。嘉定十年進士第一，淳佑中觀文殿大學士。封慶國公，改封許國公。景定初，安置循州。卒贈少師。有《履齋詩餘》三卷。

肆陳起宗之能詩凡江湖詩人俱與之善刊江湖集以售劉潛夫南岳藁與焉宗之賦詩有云秋雨梧桐皇子府春風楊柳相公橋本改劉屏山句也或嫁秋雨春風之句爲敖器之所作言者併梅詩論列劈江湖集板二人皆坐罪初彌遠議下大理逮治鄭丞相清之在瑣闥白彌遠中輟而宗之坐流配於是詔禁士大夫作詩如孫花翁之徒改業爲長短句絕定癸巳彌遠死詩禁解潛夫爲訪梅絕句云夢得因桃却左遷長源爲柳忤當權幸然不識桃并李也被梅花累十年此可備梅花大公案也

吳潛

潛字毅夫號履齋寧國人嘉定十年進士第一淳祐中觀文殿大學士封慶國公改封許國公景定初安置循州卒贈少師有履齋詩餘三卷

滿江紅・金陵烏衣園

柳帶榆錢，又還過、清明寒食。天一笑、滿園羅綺，滿城簫笛。花樹得晴紅欲染，遠山過雨青如滴。問江南池館有誰來，江南客。

烏衣巷，今猶昔。烏衣事，今難覓。但年年燕子，晚煙斜日。抖擻一春塵土債，悲涼萬古英雄迹。且芳樽隨分趁芳時，休虛擲。

滿江紅 金陵烏衣園

柳帶榆錢又還過淸明寒食天一笑滿園羅綺滿城簫笛花樹得晴紅欲染遠山過雨青如滴問江南池館有誰來江南客 烏衣巷今猶昔烏衣事今難覓但年年燕子晚煙斜日抖擻一春塵土債悲凉萬古英雄迹且芳樽隨分趁芳時休虛擲

景定建康志云烏衣園在城南二里烏衣巷之東一堂扁曰來燕歲久傾圯咸淳元年馬公光祖撤而新之堂後植桂亭曰綠玉香中梅花彌望堂曰百花頭上其餘亭館曰更屐曰颍立曰長春曰望岑曰挹華曰更好左右位置森列佳花美木芳蔭蔽虧非復曩時寒煙衰草之陋矣

南柯子

池水凝新碧，闌花駐老紅。有人獨倚畫橋東。手把一枝楊柳、繫春風。　鵲絆游絲墜，蜂粘落蕊空。鞦韆庭院小簾櫳。多少閒情閒緒，雨聲中。

南柯子

池水凝新碧闌花駐老紅有人獨倚畫橋東手把一枝

楊柳繫春風　鵲伴游絲墜蜂粘落蕊空鞦韆庭院小

簾櫳多少閑情閑緒雨聲中

景定建康志吳潛雨花臺再用前韵滿江紅云

瑪瑙岡頭左釃酒右持螯食懷舊處磨東冶劍

弄青溪笛望裏向嫌山是障醉中要捲江無滴

這一堆心事總成灰蒼波客歎俛仰成今昔愁

易攪歡難覓正平蕪遠樹落霞殘日自咲頻招

猿鶴怨相期蚤混漁樵跡把是非得失與榮枯

虛空擲

開慶四明續志吳潛永遇樂己未元夕云觀告

天公放燈時節且收今雨萬戶千門六街三市

綻水晶雲母香車寶馬珠簾翠幙不怕禁更敲

五霓裳曲驚回好夢謀遊紫宮朱府沉思舊日京華風景逗曉猶聽戲鼓分鏡圓時斷釵合處倩咲歌與舞如今閑院蜂殘蛾褪消夜果邊自語虧人殺去聲梅花紙帳權將睡補滿江紅戊午二月十七日四明窗賦云芳景無多又還是亂紅飛墜空悵望昭亭深處家山桃李柳眼花心都脫換蜂鬚蝶翅難沾綴謾相携一笑競良辰春醪美金獸爇香風細金鳳拍歌雲膩儘秦簫燕管但逢場爾只恐思鄉情味惡怎禁寒食清明裏問此翁不止四宜休翁歸未

豹隱紀談徐參政清叟微時贈建寧妓唐玉詩云上國新新行巧樣花一枝聊揷鬢雲斜嬌羞未肯從郎意故把芳容故故遮吳履齋丞相和以賀新郎詞云可意人如玉小簾櫳輕勻淡抹道家妝束長恨春歸無尋處全在波明黛綠看冶葉倡條渾俗比似江梅清有韵更臨風對月斜依竹看不足詠不足曲屏半掩春山簇正輕寒夜深花睡半欹殘燭縹緲九霞光裡夢香在衣

裳臏馥，又只恐銅壺聲促。試問送人歸去後，對一奩花影垂金粟。腸易斷，恨難續。

至元嘉禾志吳潛水調歌頭題煙雨樓云有客抱幽獨高立萬人頭東湖千頃煙雨占斷幾春秋自有茂林修竹不用買花沽酒此樂若爲酬秋到天空闊浩氣與雲浮歎吾曹緣五斗尚遲留練江亭下長憶閑了釣魚舟矧更飄搖身世又更奔騰歲月辛苦復何求咫尺桃源隔他日擬重遊

齊東野語朔齋劉震孫知宛陵毅夫丞相方閑居劉日陪午橋之游後以召還吳餞之郊外劉賦摸魚兒詞爲别末云怕緑野堂邊劉郎去後誰伴老裴度毅夫爲之揮淚繼遣一价追和此詞并侑以小奩啓之精金百星也前輩憐才賞音如此

尹煥

尹煥

煥字惟曉。山陰人。嘉定十年進士，自畿漕除右司郎官。有《梅津集》。

霓裳中序第一·茉莉

青顰粲素靨，海國仙人偏耐熱。餐盡香風露屑，便萬里淩空，肯憑蓮葉。盈盈步月，悄似憐輕去瑤闕。人何在，憶渠癡小，點點愛輕擷。

愁絕，舊游輕別，忍重看鎖香金篋。淒涼今夜簟席，怕杳杳詩魂真化風蝶。冷香清到骨，夢十里，梅花霽雪。歸來也，厭厭心事，自共素娥說。

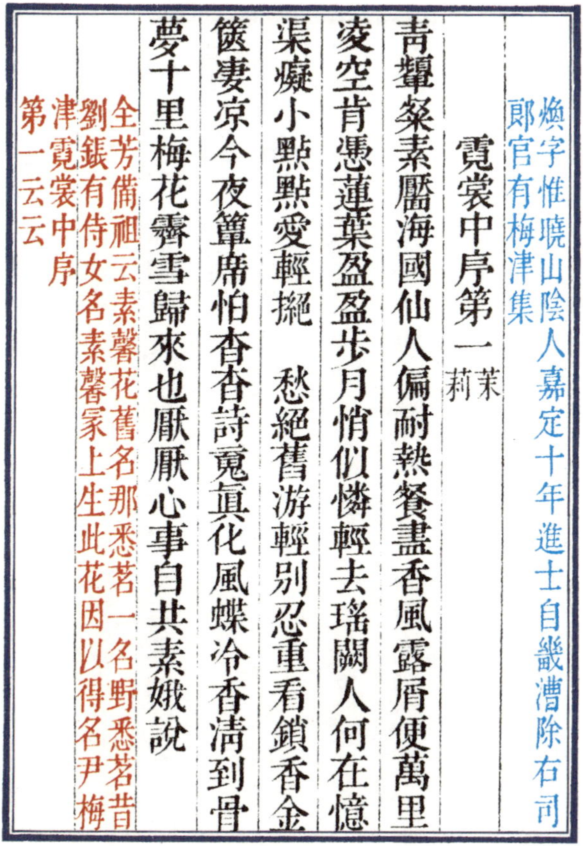
煥字惟曉山陰人嘉定十年進士自畿漕除右司
郎官有梅津集
霓裳中序第一 茉莉
青顰粲素靨海國仙人偏耐熱餐盡香風露屑便萬里
淩空肯憑蓮葉盈盈步月悄似憐輕去瑤闕人何在憶
渠癡小點點愛輕擷　愁絕舊游輕別忍重看鎖香金
篋淒涼今夜簟席怕杳杳詩魂眞化風蝶冷香淸到骨
夢十里梅花霽雪歸來也厭厭心事自共素娥說
全芳備祖云素馨花舊名那悉茗一名野悉茗昔
劉鋹有侍女名素馨冢上生此花因以得名尹梅
津霓裳中序第一云云

眼兒媚

垂楊裊裊蘸清漪，明綠染春絲。市橋繫馬，旗亭沽酒，無限相思。

雲梳雨洗風前舞，一好百般宜。不知為甚，落花時節，都是顰眉。

唐多令・苕溪有牧之之感

蘋末轉清商，溪聲供夕涼。緩傳盃、催喚紅妝。慢綰烏雲新浴罷，拂拂地、水沈香。

歌短舊情長，重來驚鬢霜。悵綠陰、青子成雙。説著前歡佯不保，颭蓮子，打鴛鴦。

眼兒媚

垂楊裊裊蘸淸漪明綠染春絲市橋繫馬旗亭沽酒無
限相思　雲梳雨洗風前舞一好百般宜不知爲甚落
花時節都是顰眉

唐多令 苕溪有牧之之感

蘋末轉淸商溪聲供夕涼緩傳盃催喚紅妝慢綰烏雲
新浴罷拂拂地水沉香　歌短舊情長重來驚鬢霜悵
綠陰靑子成雙說着前歡佯不保颭蓮子打鴛鴦

齊東野語云尹梅津未第時薄游苕霅籍中適有
所盼後十年問訊舊遊則久爲宗子所據且育子

趙以夫

以夫字用父，號虛齋，福之長樂人。嘉定中，正奏名。歷知邵武軍、漳州，皆有治績。嘉熙中，為樞密都承旨，二年拜同知樞密院事。淳祐初，罷，尋加資政殿學士，進吏部尚書兼侍讀，詔與劉克莊同，纂修國史。

而猶挂名籍中於是假之郡將久而始來顏色瘁
赧不足膏沐相對若不勝情梅津爲賦唐多令云
吳文英夢窗甲藁水龍吟壽尹梅津云望春樓
外滄波舊年照眼青銅鏡煉成寶月飛來天上
銀河流影紺玉鈎簾處橫犀麈天香分鼎記殿
雲殿瑣裁花剪露曲江畔春風勁槐省紅塵晝
靜午朝回吟生晚興春霖繡筆鶯邊清曉金猊
旋整閬苑芝生貌生綃對綠窗深景弄瓊英數
點宮梅信早
占年光永

趙以夫

以夫字用父號虛齋福之長樂人嘉定中正奏名
歷知邵武軍漳州皆有治績嘉熙初爲樞密都承
旨二年拜同知樞密院事淳祐初罷尋加資政殿
學士進吏部尚書兼侍讀詔與劉克莊同纂修國
史

憶舊遊慢・荷花

望紅渠影裏，冉冉斜陽，十里沙平。喚起江湖夢，向沙鷗住處，細説前盟。水鄉六月無暑，寒玉散清冰。笑老去心情，也將醉眼，鎮為花青。

亭亭。步明鏡，似月浸華清，人在秋庭。照夜銀河落，想粉香溼露，恩澤親承。十洲縹緲何許，風引綵舟行。尚憶得西施，餘情裊裊水汀。

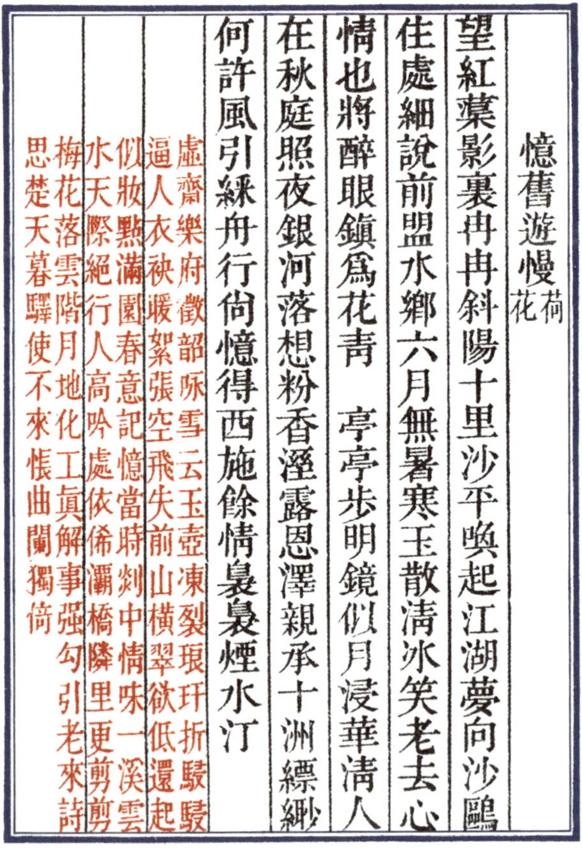

憶舊遊慢 荷花

望紅蕖影裏冉冉斜陽十里沙平喚起江湖夢向沙鷗住處細説前盟水鄉六月無暑寒玉散清冰笑老去心情也將醉眼鎮爲花青　亭亭步明鏡似月浸華清人在秋庭照夜銀河落想粉香溼露恩澤親承十洲縹緲何許風引綵舟行尚憶得西施餘情裊裊煙水汀

虛齋樂府徽部脉雪云玉壺凍裂琅玕折駸駸逼人衣袂暖絮張空飛失前山横翠欲低還起似妝點滿園春意記憶當時刻中情味一溪雲水天際絕行人高吟處依俙灞橋隣里更剪剪梅花落雲階月地化工眞解事强勾引老來詩思楚天暮驛使不來悵曲闌獨倚

姚鏞

鏞字希聲，號雪篷。剡溪人。贛州守。有《雪篷集》一卷。《剡錄》云：『姚鏞，嘉定十年吳潛榜進士。』

謁金門

吟院靜，遲日自行花影。薰透水沈雲滿鼎，晚妝窺露井。飛絮游絲無定，誤了鶯鶯相等。欲喚海棠教睡醒，奈何春不肯。

姚鏞

鏞字希聲號雪篷剡溪人贛州守有雪篷集一卷
剡錄云姚鏞嘉定十年吳潛榜進士

謁金門

吟院靜遲日自行花影薰透水沉雲滿鼎晚妝窺露井
飛絮游絲無定誤了鶯鶯相等欲喚海棠教睡醒奈
何春不肯

羅椅

椅字子遠號磵谷癸辛雜識云羅椅廬陵人富家
子壯年捐金結客後爲饒雙峯高弟又以薦登賈
師憲之門丙辰第進士以秉義郎爲江陵教改潭
教及宰贛之信豐遷提轄榷貨度宗升遐失於入

羅椅

椅字子遠，號磵谷。《癸辛雜識》云：『羅椅，廬陵人。富家子。壯年捐金結客，後為饒雙峯高弟。又以薦登賈師憲之門，丙辰第進士，以秉義郎為江陵教，改潭教，及宰贛之信豐，遷提轄榷貨。度宗升遐，失於入臨。論罷。』寶祐四年登科，錄第二甲第三十人。羅椅字子遠，小名天驥。第七十一，永感下，年四十三。十二月十五日寅時生。外氏孫治賦四舉，娶劉氏。曾祖上達，祖維翰宣政郎，父沂宣義郎。本貫吉州廬陵縣化仁鄉，祖為戶。

柳梢青

萼綠華身，小桃花扇，安石榴裙。子野聞歌，周郎顧曲，曾惱夫君。

悠悠羈旅愁人。似零落、青天斷雲。何處銷魂？初三夜月，第

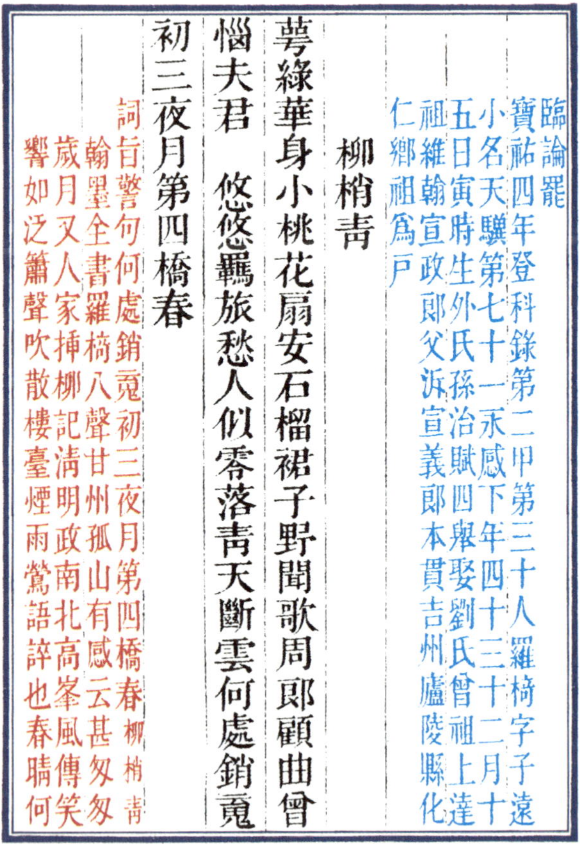
臨論罷
寶祐四年登科錄第二甲第三十人羅椅字子遠
小名天驥第七十一永感下年四十三十二月十
五日寅時生外氏孫治賦四舉娶劉氏曾祖上達
祖維翰宣政郎父沂宣義郎本貫吉州廬陵縣化
仁鄉祖爲戶
柳梢青
萼綠華身小桃花扇安石榴裙子野聞歌周郎顧曲曾
惱夫君　悠悠羈旅愁人似零落青天斷雲何處銷魂
初三夜月第四橋春
詞旨警句何處銷魂初三夜月第四橋春 柳梢青
翰墨全書羅椅八聲甘州孤山有感云甚匆匆
歲月又人家插柳記清明政南北高峯風傳笑
響如泛簫聲吹散樓臺煙雨鶯語辟也春晴何

方岳

岳字巨山，號秋崖。祁門人。紹定五年進士，兩為文學掌故，官中秘書，出守袁州。有《秋崖先生詞藁》。

江神子・牡丹

窻綃深掩護芳塵，翠眉顰，越精神。幾雨幾晴，做得這些春。切莫近前輕著語，題品錯，怕花嗔。

碧壺難貯玉粼粼，碎香茵，晚風頻。吹得酒痕，如洗一番新。只恨謫仙渾嬾事，辜負却，倚闌人。

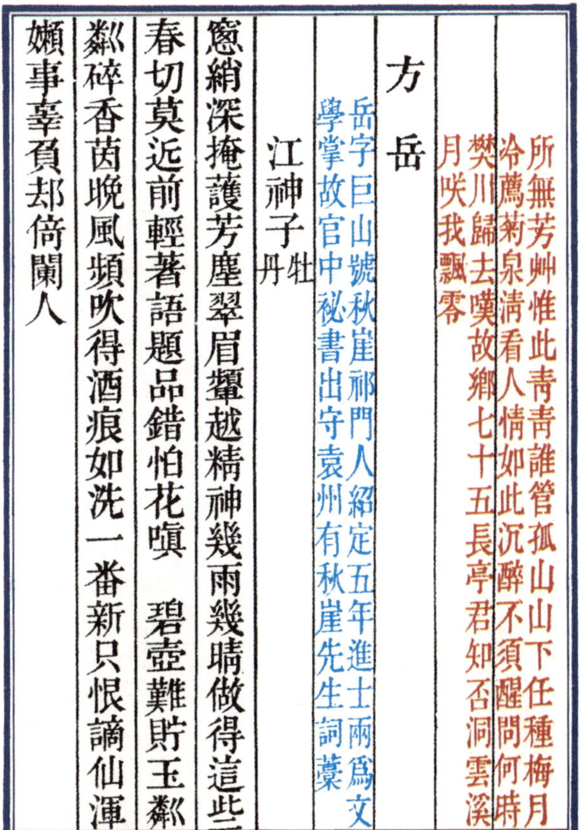

所無芳艸惟此青青誰管孤山山下任種梅月
冷薦菊泉清看人情如此沉醉不須醒問何時
樊川歸去嘆故鄉七十五長亭君知否洞雲溪
月咲我飄零

方岳

岳字巨山號秋崖祁門人紹定五年進士兩爲文
學掌故官中祕書出守袁州有秋崖先生詞藁

江神子牡丹

窻綃深掩護芳塵翠眉顰越精神幾雨幾晴做得這些
春切莫近前輕著語題品錯怕花嗔　碧壺難貯玉粼
粼碎香茵晚風頻吹得酒痕如洗一番新只恨謫仙渾
嬾事辜負却倚闌人

楊伯嵒

伯嵒字彥瞻，號泳齋。楊和王諸孫。居臨安。淳祐間，除工部郎，出守衢州。錢唐薛尚功之外孫，弁陽周公謹之外舅也。有《六帖補》二十卷、《九經補韻》一卷行世。

踏莎行・雪中疎寮借閣帖更以薇露送之

梅觀初花，蕙庭殘葉。當時慣聽山陰雪。東風吹夢到清都，今年雪比年前別。　重釀宮醪，雙鉤官帖。伴翁一笑成三絕。夜深何用對青藜，窗前一片蓬萊月。

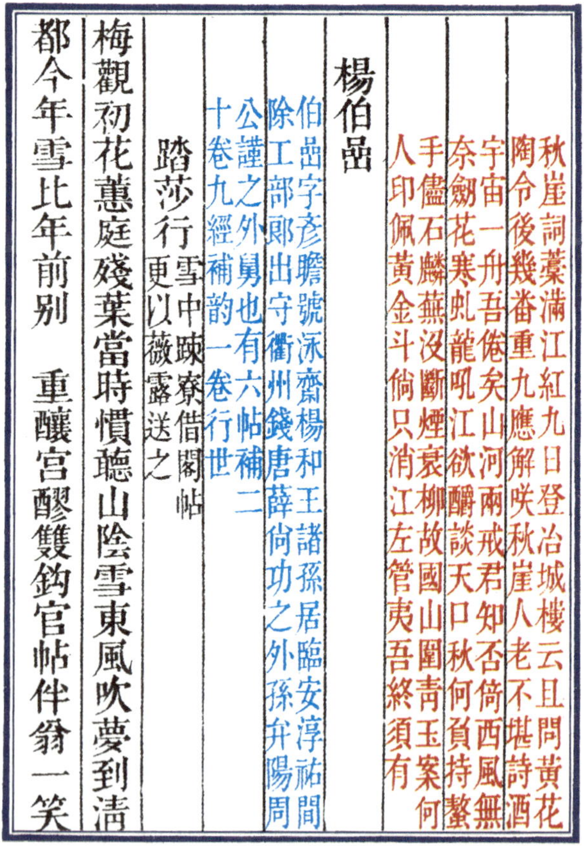

秋崖詞藁滿江紅九日登冶城樓云且問黃花陶令後幾番重九應解笑秋崖人老不堪詩酒宇宙一舟吾倦矣山河兩戒君知否倚西風無奈劍花寒虬龍吼江欲醻談天口秋何負持螯手儘石麟蕪没斷煙衰柳故國山圍青玉案何人印佩黃金斗倘只消江左管夷吾終須有

楊伯嵒

伯嵒字彥瞻號泳齋楊和王諸孫居臨安淳祐間除工部郎出守衢州錢唐薛尚功之外孫弁陽周公謹之外舅也有六帖補二十卷九經補韵一卷行世

踏莎行　雪中疎寮借閣帖更以薇露送之

梅觀初花蕙庭殘葉當時慣聽山陰雪東風吹夢到清都今年雪比年前別　重釀宮醪雙鈎官帖伴翁一笑

成三絕夜深何用對青藜窻前一片蓬萊月

法帖譜系云熙陵以武定四方載櫜弓矢文治之餘留意翰墨乃出御府歷代所藏眞蹟命侍書王著摹勒刻板禁中釐爲十卷此歷代法帖之祖格古要論云太宗搜訪古人墨蹟於淳化中命侍書王著摹勒作十卷用棗木板刻置秘閣上有銀錠紋用澄心堂紙李庭珪墨拓打以手揩之墨不污手親王大臣各賜一本人間罕得

讀書附志云淳熙祕閣續法帖十卷淳熙十二年三月十九日奉聖旨摹勒鍾繇諸人帖

武林舊事云諸色酒名薔薇露流香並御庫

中興館閣續錄云高似孫字續古鄞縣人淳熙十一年進士慶元五年十月除秘書省校書郎六年二月通判徽州

周晉

周晉

晉字明叔，號嘯齋。

點絳唇·訪牟存叟南漪釣隱

午夢初回，捲簾盡放春愁去。晝長無侶，自對黃鸝語。　絮影蘋香，春在無人處。移舟去，未成新句，一研梨花雨。

清平樂

圖書一室，香暖垂簾密。花滿翠壺熏研席，睡覺滿窻晴日。　手寒不了殘碁，篝香細勘唐碑。無酒無詩情緒，欲梅欲雪天時。

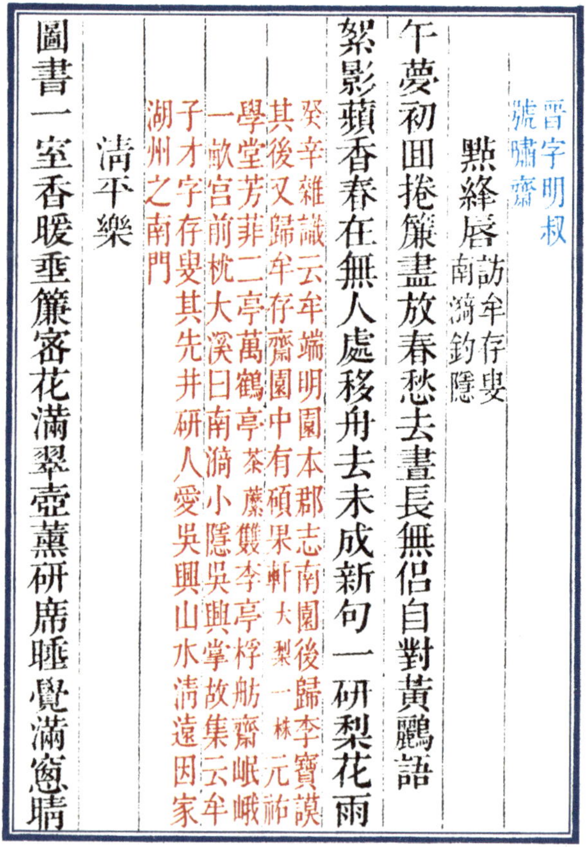
晉字明叔
號嘯齋
點絳唇　訪牟存叟南漪釣隱
午夢初回捲簾盡放春愁去晝長無侶自對黃鸝語
絮影蘋香春在無人處移舟去未成新句一研梨花雨
癸辛雜識云牟端明園本郡志南園後歸李寶謨
其後又歸牟存齋園中有碩果軒大梨一株元祐
學堂芳菲二亭萬鶴亭茶蘼雙李亭桴舫齋岷峨
一畝宮前枕大溪曰南漪小隱吳興掌故集云牟
子才字存叟其先井研人愛吳興山水清遠因家
湖州之南門
清平樂
圖書一室香暖垂簾密花滿翠壺薰研席睡覺滿窻晴

柳梢青・楊花

似霧中花，似風前雪，似雨餘雲。本自無情，點萍成綠，却又多情。

西湖南陌東城，甚管定、年年送春。薄倖東風，薄情遊子，薄命佳人。

日　手寒不了殘碁篝香細勘唐碑無酒無詩情緒欲
梅欲雪天時

珊瑚網郭畀手書此詞跋云大德十一年歲丁
未十月初十日客寓燕山奔走暮歸黃塵滿面
挑燈讀此詞一過想
像江南如夢中也

柳梢青楊花

似霧中花似風前雪似雨餘雲本自無情點萍成綠却
又多情　西湖南陌東城甚管定年年送春薄倖東風
薄情遊子薄命佳人

楊纘

楊纘

纘字繼翁。嚴陵人，居錢唐。寧宗楊后兄，次山之孫。號守齋，又號紫霞翁。《圖繪寶鑑》云：『度宗朝，女為淑妃。官列卿。好古博雅，善琴。有《紫霞洞譜》傳世。時作墨竹。』

八六子・牡丹，次白雲韻

怨殘紅，夜來無賴，雨催春去悤悤。但暗水新流芳恨，蝭凄蜂慘，千林嫩綠迷空。那知國色還逢，柔弱華清扶倦，輕盈洛浦臨風。細認得、凝妝點脂勻粉，露蟬聳翠，蕊金團玉成叢。幾許愁隨笑解，一聲歌轉春融。眼朦朧，凭闌干半醒醉中。

纘字繼翁嚴陵人居錢唐寧宗楊后兄次山之孫
號守齋又號紫霞翁圖繪寶鑑云度宗朝女爲淑
妃官列卿好古博雅善琴有紫霞洞譜傳世時作
墨竹

八六子 牡丹次白雲韵

怨殘紅夜來無賴雨催春去悤悤但暗水新流芳恨蝭
凄蜂慘千林嫩綠迷空那知國色還逢柔弱華清扶倦
輕盈洛浦臨風 細認得凝妝點脂勻粉露蟬聳翠蕊
金團玉成叢幾許愁隨笑解一聲歌轉春融眼朦朧凭
闌干半醒醉中

一枝春 除夕

一枝春・除夕

竹爆驚春，競喧填、夜起千門簫鼓。流蘇帳暖，翠鼎緩騰香霧。停杯未舉。奈剛要、送年新句。應自有、歌字清圓，未誇上林鶯語。從他歲窮日莫。縱閒愁、怎減劉郎風度。屠蘇辦了，迤邐柳欺梅妒。宮壺未曉，早驕馬、繡車盈路。還又把月夜花朝，自今細數。

被花惱・自度腔

踈踈宿雨釀寒輕，簾幙靜垂清曉。寶鴨微溫瑞煙少，簷聲不動，春禽對語，夢怯頻驚覺。攲珀枕，倚銀牀，半窗花影明東照。惆悵夜來風，生怕嬌香混瑶草。披衣便起，小徑回廊，處處多行到。正千紅萬紫競芳妍，又還似、年時被花惱。驀忽地，省得而今雙鬢老。

竹爆驚春競喧填夜起千門簫鼓流蘓帳暖翠鼎緩騰
香霧停杯未舉奈剛要送年新句應自有歌字清圓未
誇上林鶯語　從他歲窮日莫縱閑愁怎減劉郎風度
屠蘓辦了迤邐柳欺梅妒宮壺未曉早驕馬繡車盈路
還又把月夜花朝自今細數
武林舊事云守歲之詞雖多極難其選獨守齋一
枝春最爲近世所稱
被花惱 自度腔
踈踈宿雨釀寒輕簾幙靜垂清曉寶鴨微溫瑞煙少簷
聲不動春禽對語夢怯頻驚覺攲珀枕倚銀牀半窗花

翁孟寅

孟寅字賓暘，號五峰。錢唐人。《四朝聞見錄》云：『翁孟寅，其先本建之崇安人。祖中丞彥國，偽楚張邦昌僭帝時，嘗提兵勤王，為李丞相綱之亞，父謙之進士。孟寅首登臨安鄉書。』

齊天樂·元夕

紅香十里銅駝夢，如今舊遊重省。節序飄零，歡娛老大，慵立燈光蟾影。傷心對景。怕回首東風，雨晴難準。曲巷幽坊，管絃一片笑相近。飛棚浮動翠葆，看金釵半溜，春爐紅粉。鳳輦鰲山，雲收霧斂，迤邐銅壺漏迴。霜風漸緊。展一幅青綃，爭懸孤鏡。帶醉扶歸，曉酲春夢穩。

影明東照　惆悵夜來風生怕嬌香混瑤草披衣便起
小徑回廊處處多行到正千紅萬紫競芳妍又還似年
時被花惱驀忽地省得而今雙鬢老

詞旨詞眼
蝶凄蜂慘

翁孟寅

孟寅字賓暘號五峰錢唐人四朝聞見錄云翁孟
寅其先本建之崇安人祖中丞彥國偽楚張邦昌
僭帝時嘗提兵勤王為李丞相綱之亞父謙之進
士孟寅首登臨安鄉書

齊天樂　元夕

紅香十里銅駝夢如今舊遊重省節序飄零歡娛老大

燭影摇紅

樓倚春城，瑣窻曾共巢春燕。人生好夢逐春風，不似楊花健。舊事如天漸遠。奈晴絲、牽愁未斷。鏡塵埋恨，帶粉棲香，曲屏寒淺。

環珮空歸，故園羞見桃花面。輕煙殘照下欄杆，獨自踈簾捲。一信狂風又晚。海棠花、隨風滿院。亂鴉歸後，杜宇啼時，一聲聲怨。

慵立燈光蟾影傷心對景怕回首東風雨晴難準曲巷幽坊管絃一片笑相近　飛棚浮動翠葆看金釵半溜春爐紅粉鳳輦鰲山雲收霧斂迤邐銅壺漏迥霜風漸緊展一幅青綃爭懸孤鏡帶醉扶歸曉醒春夢穩

燭影摇紅

樓倚春城瑣窻曾共巢春燕人生好夢逐春風不似楊花健舊事如天漸遠奈晴絲牽愁未斷鏡塵埋恨帶粉棲香曲屏寒淺　環珮空歸故園羞見桃花面輕煙殘照下欄杆獨自踈簾捲一信狂風又晚海棠花隨風滿

阮郎歸

月高樓外柳花明，單衣怯露零。小橋燈影落殘星，寒煙蘸水萍。歌袖窄，舞環輕。梨花夢滿城。落紅啼鳥兩無情，春愁添曉醒。

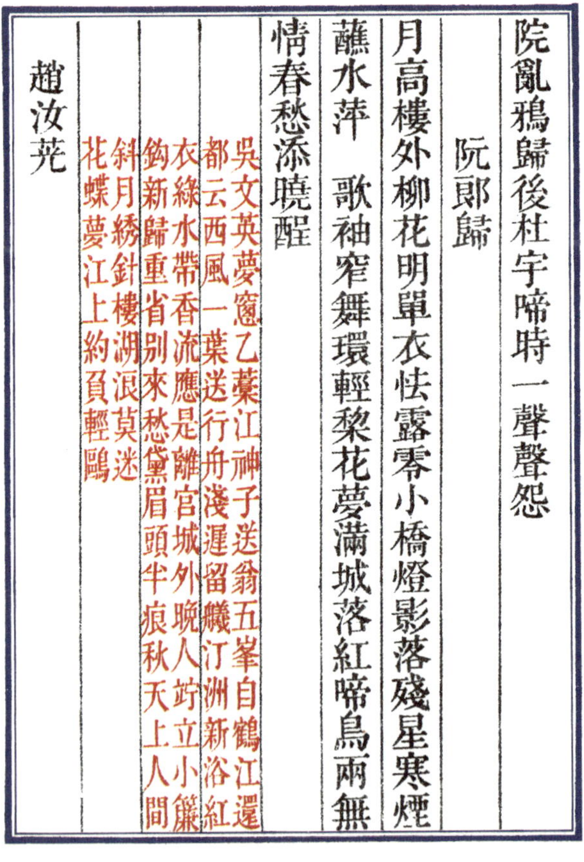
院亂鴉歸後杜宇啼時一聲聲怨

阮郎歸

月高樓外柳花明單衣怯露零小橋燈影落殘星寒煙蘸水萍　歌袖窄舞環輕梨花夢滿城落紅啼鳥兩無情春愁添曉醒

吳文英夢窗乙稾江神子送翁五峯自鶴江還都云西風一葉送行舟淺遲留艤汀洲新浴紅衣綠水帶香流應是離宮城外晚人竚立小簾鉤新歸重省別來愁黛眉頭半痕秋天上人間斜月綉針樓湖淚莫迷花蝶夢江上約負輕鷗

趙汝茪

趙汝芜

汝芜字參晦，號霞山。《宋史·宗室世系表》：「商王元份八世孫，善官子。」

梅花引

對花時節不曾歡，見花殘，任花殘。小約簾櫳，一面受春寒。題破玉椾雙喜鵲，香燼冷，遶雲屏，渾是山。　待眠未眠，事萬千。也問天，也恨天。髻兒半偏，繡裙兒寬了还寬。自取紅氈，重坐暖金船。惟有月知君去處，今夜月，照秦樓，第幾間。

夢江南

簾不捲，細雨熟櫻桃。數點霽霞天又曉，一痕涼月酒初消。風緊絮花高。　蕭閒處，磨盡少年豪。昨夢醉來騎白鹿，滿湖春水段家橋。濯髮聽吹簫。

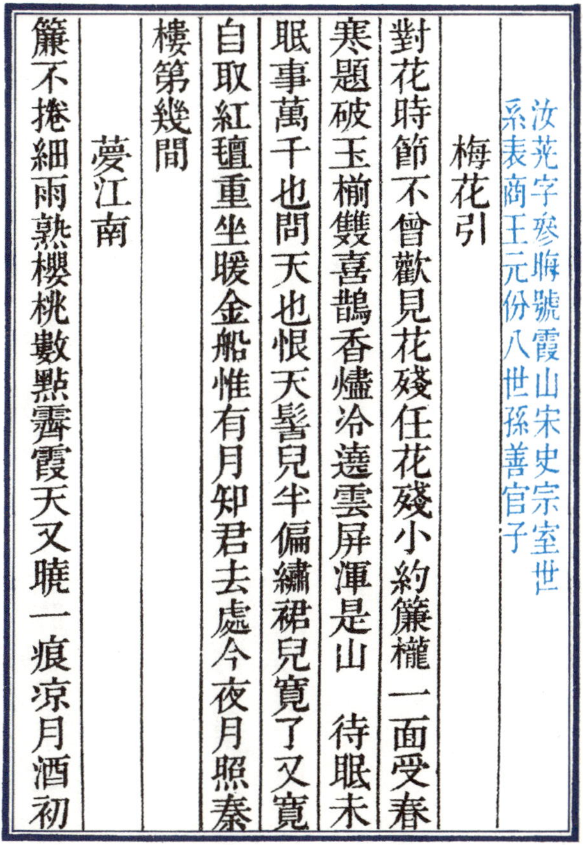

汝芜字參晦號霞山宋史宗室世系表商王元份八世孫善官子

梅花引

對花時節不曾歡見花殘任花殘小約簾櫳一面受春寒題破玉椾雙喜鵲香燼冷遶雲屏渾是山　待眠未眠事萬千也問天也恨天髻兒半偏繡裙兒寬了又寬自取紅氈重坐暖金船惟有月知君去處今夜月照秦樓第幾間

夢江南

簾不捲細雨熟櫻桃數點霽霞天又曉一痕涼月酒初

戀繡衾

柳絲空有萬千條。繫不住、溪頭畫橈。想今宵、也對新月，過輕寒、何處小橋。　玉簫臺榭春多少？溜啼痕，盈臉未消。怪別來燕支慵傳，被春風、偷在杏梢。

漢宮春

著破荷衣，笑西風吹我，又落西湖。湖間舊時飲者，今與誰俱？山山暎帶，似攜來、畫卷重舒。三十里、芙蓉步障，依然紅翠相扶。　一目清無留處，任屋浮天上，身集空虛。殘燒夕陽過雁，點點疎疎。故人老大，好襟懷、消減全無。漫贏得、秋聲兩耳，冷泉亭下騎驢。

消風緊絮花高　蕭閑處磨盡少年豪昨夢醉來騎白
鹿滿湖春水段家橋濯髮聽吹簫
戀繡衾
柳絲空有萬千條繫不住溪頭畫橈想今宵也對新月
過輕寒何處小橋　玉簫臺榭春多少溜啼痕盈臉未
消怪別來燕支慵傳被春風偷在杏梢
漢宮春
著破荷衣笑西風吹我又落西湖湖間舊時飲者今與
誰俱山山暎帶似携來畫卷重舒三十里芙蓉步障依

如夢令

小研紅綾牋紙，一字一行春淚。封了更親題，題了又還拆起。歸未，歸未，好箇瘦人天氣。

然紅翠相扶　一目淸無留處任屋浮天上身集空虛
殘燒夕陽過雁點點疎疎故人老大好襟懷消減全無
漫贏得秋聲兩耳冷泉亭下騎驢

如夢令

小研紅綾牋紙　一字一行春淚封了更親題題了又還
拆起歸未歸未好箇瘦人天氣

詞旨警句怪別來臙脂慵傅被東風偷在杏梢戀
繡衾

馮去非

去非字可遷號深居南康都昌人淳祐元年進士
幹辦淮東轉運司寶祐四年召爲宗學諭

馮去非

去非字可遷，號深居。南康都昌人。淳祐元年進士。幹辦淮東轉運司。寶祐四年，召為宗學諭。

喜遷鶯

涼生遥渚，正綠芰擎霜，黄花招雨。鴈外漁燈，蛬邊蟹舍，絳葉表秋來路。世事不離雙鬢，遠夢偏欺孤旅。送望眼，但憑舷微笑，書空無語。　慵看清鏡裏。十載征塵，長把朱顔汚。借箸清油，揮毫紫塞。舊事不堪重舉。間濶故山猿鶴，冷落同盟鷗鷺。倦遊也，便檣雲柂月，浩歌歸去。

喜遷鶯

涼生遥渚正綠芰擎霜黄花招雨鴈外漁燈蛬邊蟹舍
絳葉表秋來路世事不離雙鬢遠夢偏欺孤旅送望眼
但憑舷微笑書空無語　慵看清鏡裏十載征塵長把
朱顔汚借箸清油揮毫紫塞舊事不堪重舉間濶故山
猿鶴冷落同盟鷗鷺倦遊也便檣雲柂月浩歌歸去

吳文英夢窗丙稾燭影搖紅餞馮深居翼日深
居初度云飛蓋西園晚秋恰勝春天氣霜花開
盡錦屏空紅葉新裝綴時放清杯泛水暗凄凉
東風舊事夜吟不就松影闌干月籠寒翠莫唱
陽關但憑綵袖歌千歲秋星入夢隔明朝十載
吳宫會一棹回潮渡葦正西窗燈花報喜柳蠻

許棐

棐字忱夫。海鹽人。嘉熙中，隱居秦溪於水南，種梅數十樹。自號梅屋。室中懸白香山、蘇東坡二像事之。人有奇編，見無不錄，以故環室皆書。著有《獻醜集》一卷、《梅屋藁》三卷、《融春小綴》一卷、《樵談》一卷、《梅屋詩餘》一卷。

鷓鴣天

翠鳳金鸞繡欲成，沉香亭下欵新晴。綠隨楊柳陰邊去，紅踏桃花片上行。　鶯意緒，蝶心情。一時分付小銀箏。歸來玉醉花柔困，月濾紗窗約半更。

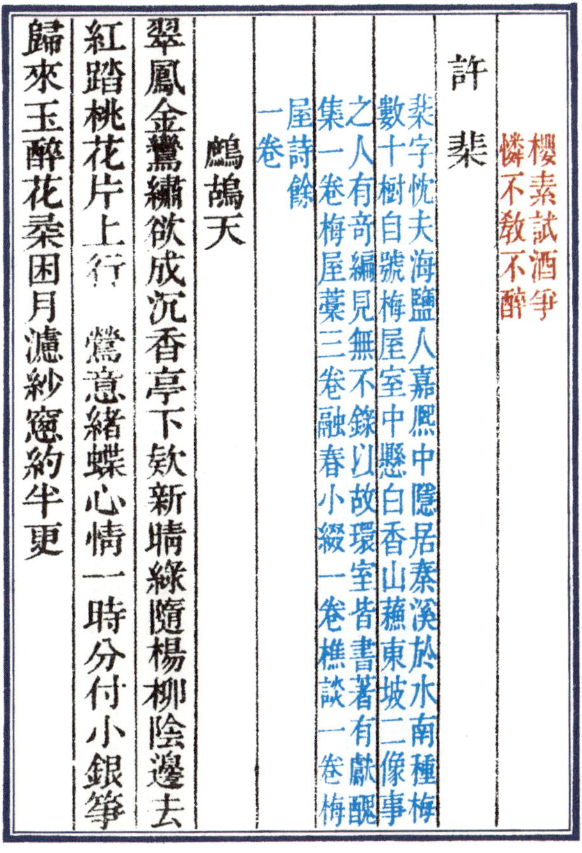
櫻素試酒爭
憐不教不醉
許棐
棐字忱夫海鹽人嘉熙中隱居秦溪於水南種梅
數十樹自號梅屋室中懸白香山蘇東坡二像事
之人有奇編見無不錄以故環室皆書著有獻醜
集一卷梅屋藁三卷融春小綴一卷樵談一卷梅
屋詩餘
一卷
鷓鴣天
翠鳳金鸞繡欲成沉香亭下欵新晴綠隨楊柳陰邊去
紅踏桃花片上行　鶯意緒蝶心情一時分付小銀箏
歸來玉醉花柔困月濾紗窗約半更

琴調相思引

組繡盈箱錦滿機，倩人縫作護花衣。恐花飛去，無復上芳枝。

已恨遠山迷望眼，不須更畫遠山眉。正無聊賴，雨外一鳩啼。

後庭花

一春不識西湖面，翠羞紅倦。雨窻和淚搖湘管，意長牋短。知心惟有雕梁燕，自來相伴。東風不管琵琶怨，落花吹遍。

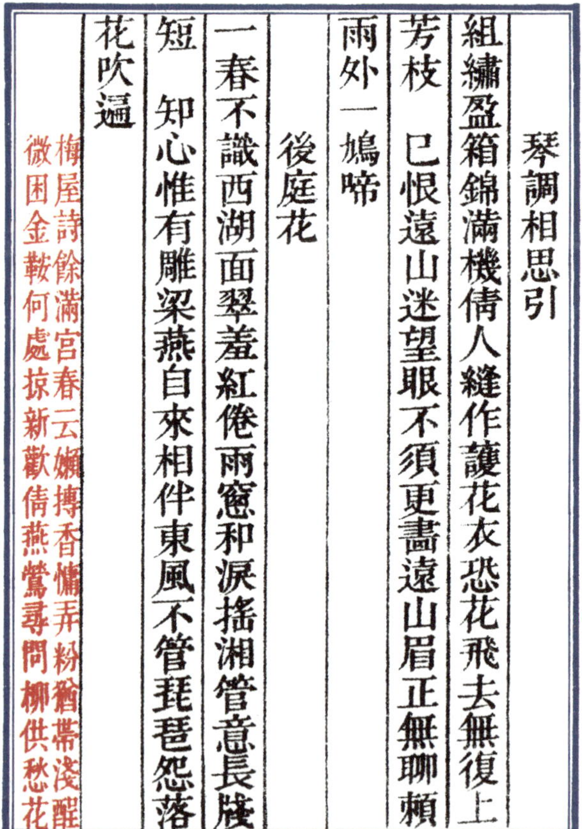
琴調相思引
組繡盈箱錦滿機倩人縫作護花衣恐花飛去無復上芳枝 已恨遠山迷望眼不須更畫遠山眉正無聊賴雨外一鳩啼
後庭花
一春不識西湖面翠羞紅倦雨窻和淚搖湘管意長牋短 知心惟有雕梁燕自來相伴東風不管琵琶怨落花吹遍
梅屋詩餘滿宮春云嬾摶香慵弄粉猶帶淺醒
微困金鞍何處掠新歡倩燕鶯尋問柳供愁花

陸叡

叡字景思，號雲西。會稽人。《會稽續志·進士表》：『紹定五年徐元杰榜，陸叡佃五世孫。』《景定建康志》：『陸叡，淳祐中沿江制置使參議，除禮部員外，崇政殿説書。』

瑞鶴仙

溼雲黏鴈影，望征路，愁迷離緒難整。千金買光景，但踈鐘催曉，亂鴉啼暝。花悰暗省，許多情、相逢夢境。便行雲都不歸來，也合寄將音信。　孤迴。盟鸞心在，跨鶴程高，後期無準。情絲待剪，翻惹得，舊時恨。怕天教何處，參差雙燕，還染殘朱剩粉。對菱花與説相思，看誰瘦損。

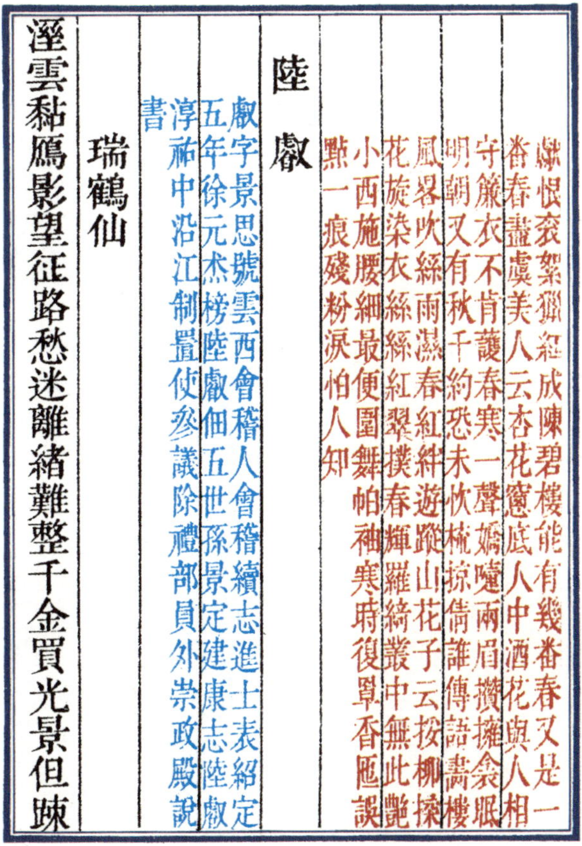

嫩恨袞絮鎖紅成陣碧樓能有幾番春又是一
沓春盡虞美人云杏花窗底人中酒花與人相
守簾衣不肯護春寒一聲嬌囀兩眉攢擁衾眠
明朝又有秋千約恐未㤢梳掠倩誰傳語畫樓
風略吹絲雨濕春紅絆遊蹤山花子云按柳揉
花旋染衣絲絲紅翠撲春輝羅綺叢中無此艷
小西施腰細最便圍舞帕袖寒時復卑香匳誤
點一痕殘粉淚怕人知

陸叡

叡字景思號雲西會稽人會稽續志進士表紹定
五年徐元杰榜陸叡佃五世孫景定建康志陸叡
淳祐中沿江制置使參議除禮部員外崇政殿説
書

瑞鶴仙

溼雲黏鴈影望征路愁迷離緒難整千金買光景但踈

蕭泰來

泰來字則陽，號小山。臨江人。紹定二年進士。有《小山集》。《癸辛雜志》云：『泰來，理宗朝為御史，附謝丞相，為右司李伯玉所劾，姚希得指為小人之宗。』

鐘催曉亂鴉啼暝花悰暗省許多情相逢夢境便行雲都不歸來也合寄將音信　孤迥盟鸞心在跨鶴程高後期無準情緣待剪翻惹得舊時恨怕天教何處參差雙燕還染殘朱剩粉對菱花與說相思看誰瘦損

詞旨警句對菱花與說相思看誰瘦損　瑞鶴仙

蕭泰來

泰來字則陽號小山臨江人紹定二年進士有小山集癸辛雜識云泰來理宗朝爲御史附謝丞相爲右司李伯玉所劾姚希得指爲小人之宗

霜天曉角　梅

霜天曉角・梅

千霜萬雪，受盡寒磨折。賴是生來瘦硬，渾不怕角吹徹。清絕，影也別，知心惟有月。元沒春風情性，如何共、海棠說。

趙希邁

希邁字端行（詞本作瑞行，誤），號西里。永嘉人。《宋史・宗室世系表》：「燕王德昭九世孫，師僚第三子。」《續文獻通考》云：「趙希邁著有《西里稿》，高踈寮跋。」

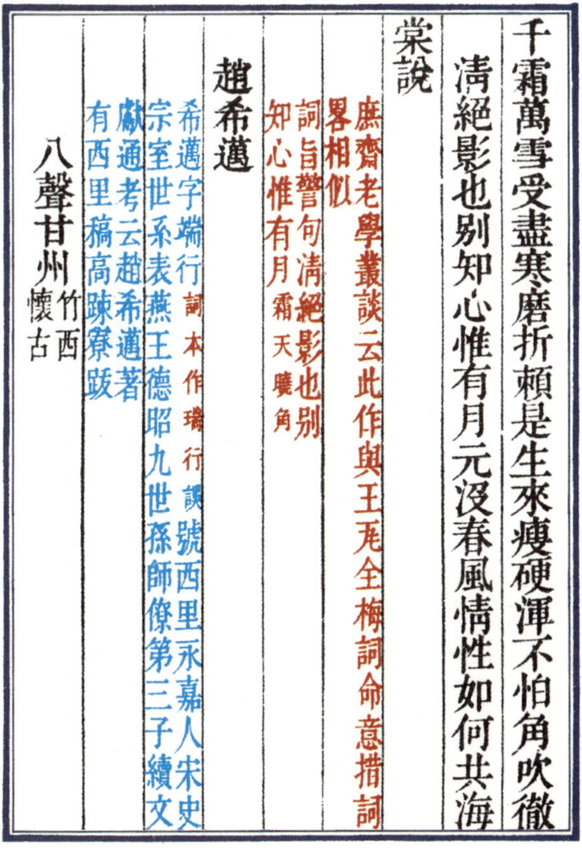
千霜萬雪受盡寒磨折賴是生來瘦硬渾不怕角吹徹
清絕影也別知心惟有月元沒春風情性如何共海
棠說
庶齋老學叢談云此作與王尨全梅詞命意措詞
畧相似
詞旨警句清絕影也別
知心惟有月 霜天曉角
趙希邁
希邁字端行詞本作瑞行誤號西里永嘉人宋史
宗室世系表燕王德昭九世孫師僚第三子續文
獻通考云趙希邁著有西里稿高踈寮跋
八聲甘州 竹西懷古

八聲甘州·竹西懷古

寒雲飛萬里，一番秋、一番攪離懷。向隋堤躍馬，前時柳色，今度蒿萊。錦纜殘香在否，枉被白鷗猜。千古揚州夢，一覺庭槐。　歌吹竹西難問，拚菊邊醉著，吟寄天涯。任紅樓踪跡，茅屋染蒼苔。幾傷心、橋東片月，趁夜潮、流恨入秦淮。潮回處，引西風恨，又渡江來。

寒雲飛萬里一番秋一番攪離懷向隋堤躍馬前時柳色今度蒿萊錦纜殘香在否枉被白鷗猜千古揚州夢一覺庭槐　歌吹竹西難問拚菊邊醉著吟寄天涯任紅樓踪跡茅屋染蒼苔幾傷心橋東片月趁夜潮流恨入秦淮潮回處引西風恨又渡江來

詩話總龜云蜀岡者維揚之地也蜀岡之南有竹西亭修竹踈翠後即禪智寺也取杜牧之斜陽竹西路歌吹是揚州自蜀岡以南景氣頓異北風至此遂絕

葛洞江都志云竹西亭在城北五里禪智寺側向子固易曰歌吹經絕與兵火周淙重建復舊名

趙崇嶓

趙崇嶓

崇嶓字漢宗，號白雲。南豐人。嘉定十六年進士，授石城令，改淳安。嘗上疏極論儲嗣未定及宗人專橫。官至大宗丞。有《白雲稿》。《宋史・宗室世系表》：『商王元份九世孫，汝悉長子。』

蝶戀花

一剪微寒禁翠袂。花下重開，舊燕新添壘。風旋落紅香匝地，海棠枝上鶯飛起。　薄霧籠春天欲醉。碧草澄波，的的情如水。料想紅樓挑錦字，輕雲淡月人憔悴。

菩薩蠻

桃花相向東風笑，桃花忍放東風老。細草碧如煙。薄寒輕暖天。　折釵鸞作股，鏡裏參差舞。破碎玉連環，捲簾春睡殘。

崇嶓字漢宗號白雲南豐人嘉定十六年進士授
石城令改淳安嘗上疏極論儲嗣未定及中人專
橫官至大宗丞有白雲稿宋史宗室世系表商王
元份九世孫汝悉長子

蝶戀花

一剪微寒禁翠袂花下重開舊燕添新壘風旋落紅香
匝地海棠枝上鶯飛起　薄霧籠春天欲醉碧草澄波
的的情如水料想紅樓挑錦字輕雲淡月人憔悴

菩薩蠻

桃花相向東風笑桃花忍放東風老細草碧如煙薄寒
輕暖天　折釵鸞作股鏡裏參差舞破碎玉連環捲簾

趙希彭（一作灝）

希彭字清中，號十洲。四明人。《宋史·宗室世系表》：『燕王九世孫，師鄭長子。』《延祐四明志》：『寶慶二年會龍榜進士。』

霜天曉角·桂

姮娥戲劇。手種長生粒。寶幹婆娑千古，飄芳吹滿虛碧。　韻色，檀露滴，人間秋第一。金粟如來境界，誰移在，小亭側。

春臙殘

趙希彭 一作灝

希彭字清中號十洲四明人宋史宗室世系表燕王九世孫師鄭長子延祐四明志寶慶二年會龍榜進士

霜天曉角 桂

姮娥戲劇手種長生粒寶榦婆娑千古飄芳吹滿虛碧韵色檀露滴人間秋第一金粟如來境界誰移在小亭側

秋蕊香

秋蕊香

髻穩冠宜翡翠，壓鬢綵絲金蕊。遠山碧淺蘸秋水，香煖榴裙襯地。

寧寧二八餘年紀。惱春意。玉雲凝重步塵細。獨立花陰寶砌。

王澡

澡字身甫，號瓦全。《庶齋老學叢談》云：『澡，四明人，有《瓦全集》。』《文獻通考》：『王澡，寧海人，太常博士。初名津字子知。』

霜天曉角·梅

踈明瘦直，不受東皇識。留與伴春應肯，千紅底，怎著得。夜色，何處笛？曉寒無奈力。飛入壽陽宮裏。一點點，有人惜。

髻穩冠宜翡翠壓鬢綵絲金蕊遠山碧淺蘸秋水香煖
榴裙襯地 寧寧二八餘年紀惱春意玉雲凝重步塵
細獨立花陰寶砌

王 澡

澡字身甫號瓦全庶齋老學叢談云澡四明人有
瓦全集文獻通考王澡寧海人太常博士初名津
字子
知

霜天曉角 梅

踈明瘦直不受東皇識留與伴春應肯千紅底怎著得
夜色何處笛曉寒無奈力飛入壽陽宮裏一點點有

趙與⿰金卸（詞本誤作銜）

與⿰金卸字慶御，號崑崙。《宋史·宗室世系表》：燕王十世孫，希汙第三子。

謁金門

歸去去，風急蘭舟不住。夢裏海棠花下語，醒來無覓處。

薄倖心情似絮，長是輕分輕聚。待得來時春幾許？綠陰三月莫。

人惜

方岳深雪偶談云太常博士兲全王先生有落梅小詞云云劉公潛夫已附于後村集詩話中予亦僭附之拙稾雖然先生文行表表一詞何足爲先生軒輊也予少時即登門以先公同生丙成且相友善之故遂辱撰先公墓銘誌中有文不逮岳而岳强以銘之語嘗知前輩獎掖後進有如此也

趙與⿰金卸 詞本誤作銜

與⿰金卸字慶御號崑崙宋史宗室世系表燕王十世孫希汙第三子

謁金門

歸去去風急蘭舟不住夢裏海棠花下語醒來無覓處

薄倖心情似絮長是輕分輕聚待得來時春幾許綠

樓槃

槃字考甫，號曲澗。

霜天曉角・梅

月淡風輕，黃昏未是清。吟到十分清處，也不啻、二三更。　曉鐘天未明，曉霜人未行。只有城頭殘角，說得盡、我平生。

又

剪雪裁冰，有人嫌太清。又有人嫌太瘦，都不是，我知音。　誰是我知音？孤山人姓林。一自西湖別後，辜負我，到如今。

陰三月萛

樓　槃

槃字考甫
號曲澗

霜天曉角　梅

月淡風輕黃昏未是清吟到十分清處也不啻二三更

曉鐘天未明曉霜人未行只有城頭殘角說得盡我

平生

又

剪雪裁冰有人嫌太清又有人嫌太瘦都不是我知音

鍾過

過字改之，號梅心。盧陵人。
中寳祐三年乙卯解試。

步蟾宮

東風又送酴醿信，蚤吹得愁成潘鬢。花開猶似十年前，人不似十年前俊。　水邊珠翠香成陣。也消得、燕窺鶯認。歸來沉醉月朦朧，覺花氣滿襟猶潤。

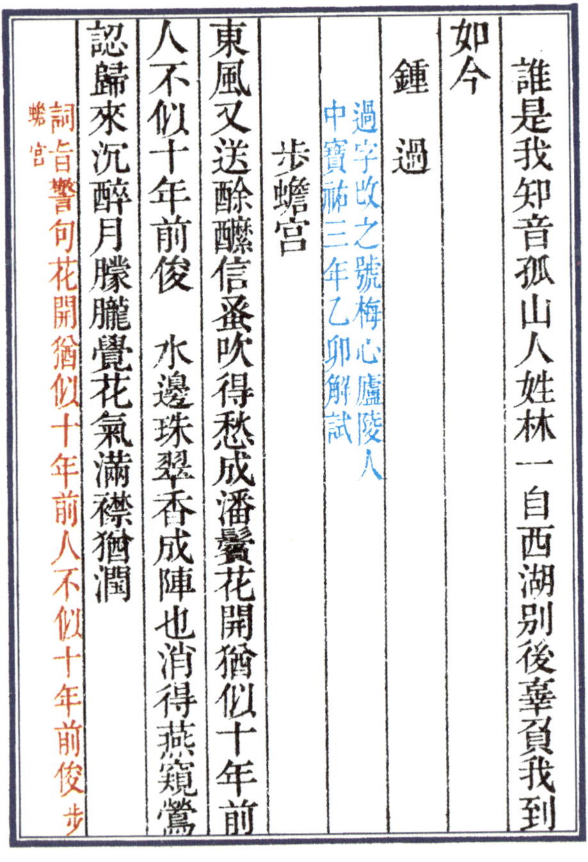
誰是我知音孤山人姓林一自西湖别後辜負我到
如今

鍾過

過字改之號梅心盧陵人
中寶祐三年乙卯解試

步蟾宮

東風又送酴醿信蚤吹得愁成潘鬢花開猶似十年前
人不似十年前俊　水邊珠翠香成陣也消得燕窺鶯
認歸來沉醉月朦朧覺花氣滿襟猶潤

詞旨警句花開猶似十年前人不似十年前俊步蟾宮

李肩吾

肩吾字子我，號蠙洲。眉州人。精六書之學，嘗著《字通》。為魏鶴山之客。虞集《字通序》云：『李君在魏文靖公門下，有師友之道焉。』

摑毬樂

風罥蔫紅雨易晴，病花中酒過清明。綺窻幽夢亂於柳，羅袖淚痕凝似錫。冷地思量著，春色三停早二停。

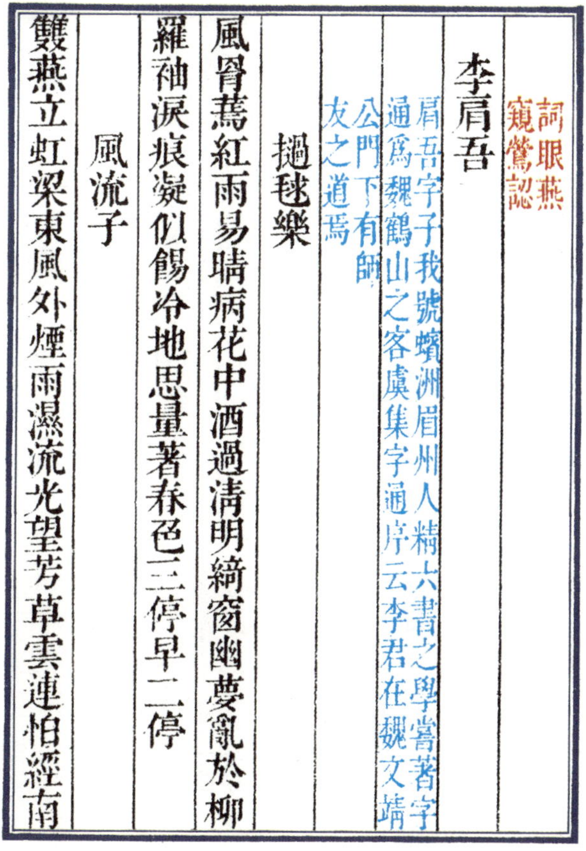
詞眼燕窺鶯認

李肩吾

肩吾字子我號蠙洲眉州人精六書之學嘗著字通爲魏鶴山之客虞集字通序云李君在魏文靖公門下有師友之道焉

摑毬樂

風罥蔫紅雨易晴病花中酒過清明綺窗幽夢亂於柳羅袖淚痕凝似錫冷地思量著春色三停早二停

風流子

雙燕立虹梁東風外煙雨濕流光望芳草雲連怕經南

風流子

雙燕立虹梁。東風外、煙雨濕流光。望芳草雲連，怕經南浦，葡萄波漲，怎博西凉。空記省，殘妝眉暈斂，罥袖唾痕香。春滿綺羅，小鶯捎蝶，夜留紘索，么鳳求凰。　江湖飄零久。頻回首、無奈觸緒難忘。誰信溫柔牢落，翻墮愁鄉。便（別本作，使非）玉箋銅爵，花間陶寫，瑤釵金鏡，月底平章。十二主家樓苑，應念蕭郎。

清平樂

美人嬌小，鏡裏容顏好。秀色侵人春帳曉，郎去幾時重到。　叮嚀記取兒家，碧雲隱映紅霞。直下小橋流水，門前一樹桃花。

浦葡萄波漲怎博西凉空記省殘妝眉暈斂罥袖唾痕
香春滿綺羅小鶯捎蝶夜留紘索么鳳求凰　江湖飄
零久頻回首無奈觸緒難忘誰信溫柔牢落翻墮愁鄉
便別本作使非玉箋銅爵花間陶寫瑤釵金鏡月底平章十
二主家樓苑應念蕭郎

清平樂

美人嬌小鏡裏容顏好秀色侵人春帳曉郎去幾時重
到　叮嚀記取兒家碧雲隱映紅霞直下小橋流水門
前一樹桃花

風入松・冬至

霜風連夜做冬晴，曉日千門。香葭暖透黃鍾管，正玉臺、彩筆書雲。竹外南枝意早，數花開對清樽。

香閨女伴笑輕盈，倦繡停針。花磚一線添紅景，看從今迤邐新春。寒食相逢何處？百單五箇黃昏。

烏夜啼

徑蘚痕沿碧甃，簷花影壓紅闌。今年春事渾無幾，游冶嬾情慳。

舊夢鶯鶯沁水，新愁燕燕長干。重門十二簾休捲，三月尚春寒。

風入松冬至
霜風連夜做冬晴曉日千門香葭暖透黃鐘管正玉臺
彩筆書雲竹外南枝意早數花開對清樽　香閨女伴
笑輕盈倦繡停針花磚一線添紅景看從今迤邐新春
寒食相逢何處百單五箇黃昏
烏夜啼
徑蘚痕沿碧甃簷花影壓紅闌今年春事渾無幾游冶
嬾情慳　舊夢鶯鶯沁水新愁燕燕長干重門十二簾
休捲三月尚春寒

清平樂

東風無用，吹得愁眉重。有意迎春無意送，門外溼雲如夢。韶光九十慳慳，俊遊回首關山。燕子可憐人去，海棠不分春寒。

鷓鴣天

綠色吳箋覆古苔，濡毫重擬賦幽懷。杏花簾外鶯將老，楊柳樓前燕不來。倚玉枕，墜瑶釵，午窗輕夢繞秦淮。玉鞭何處貪游冶，尋徧春風十二街。

清平樂

東風無用吹得愁眉重有意迎春無意送門外溼雲如夢 韶光九十慳慳俊遊回首關山燕子可憐人去海棠不分春寒

鷓鴣天

綠色吳箋覆古苔濡毫重擬賦幽懷杏花簾外鶯將老楊柳樓前燕不來 倚玉枕墜瑶釵午窗輕夢繞秦淮玉鞭何處貪游冶尋徧春風十二街

詞旨警句可嚀記取兒家碧雲隱映紅霞直下小橋流水門前一樹桃花清平樂

黃簡（柯氏刊本作闌、高氏作蘭，俱誤）

簡，一名居簡，字元易，號東浦。文肇祉《虎邱志》云：『黃居簡字元易。建安人。工詩。嘉熙中卒。通判翁逢龍葬之虎邱。』王鏊《姑蘇志》云：『漳潭陳氏北園，范石湖書扁，東浦黃簡為記，即其人也。』

柳梢青

病酒心情，喚愁無限，可奈流鶯。又是一年，花驚寒食，柳認清明。

天涯翠巘層層。是多少、長亭短亭。倦倚東風，只憑好夢，飛到銀屏。

黃簡 柯氏刊本作闌高氏作蘭俱誤

簡一名居簡字元易號東浦文肇祉虎邱志云黃居簡字元易建安人工詩嘉熙中卒通判翁逢龍葬之虎邱王鏊姑蘇志云漳潭陳氏北園范石湖書扁東浦黃簡爲記即其人也

柳梢青

病酒心情喚愁無限可奈流鶯又是一年花驚寒食柳認清明　天涯翠巘層層是多少長亭短亭倦倚東風只憑好夢飛到銀屏

玉樓春

龜紋曉扇堆雲母日上絲闌新過雨眉心猶帶寶觥酲

玉樓春

龜紋曉扇堆雲母。日上綵闌新過雨。眉心猶帶寶觥醒，耳性已通銀字譜。　密奩綵索看看午。暈素分紅能幾許。妝成挼鏡問春風，比似庭花誰解語。

陳策

策字次貫，號南墅。上虞人。以功授武階。

摸魚兒・仲宣樓賦

倚危梯、酹春懷古，輕寒纔轉花信。江城望極多愁思，前事惱人方寸。湖海興，算合付元龍，舉白澆談吻。憑高試問，問舊日王郎，依劉有地，何事賦幽憤。　沙頭路、休記家山遠近，賓鴻一去無信。滄波渺渺空歸夢，門外北風淒緊。烏帽整，便做得功名，難綠星星鬢。敲吟未穩。又白鷺飛來，垂楊自舞，誰與寄離恨？

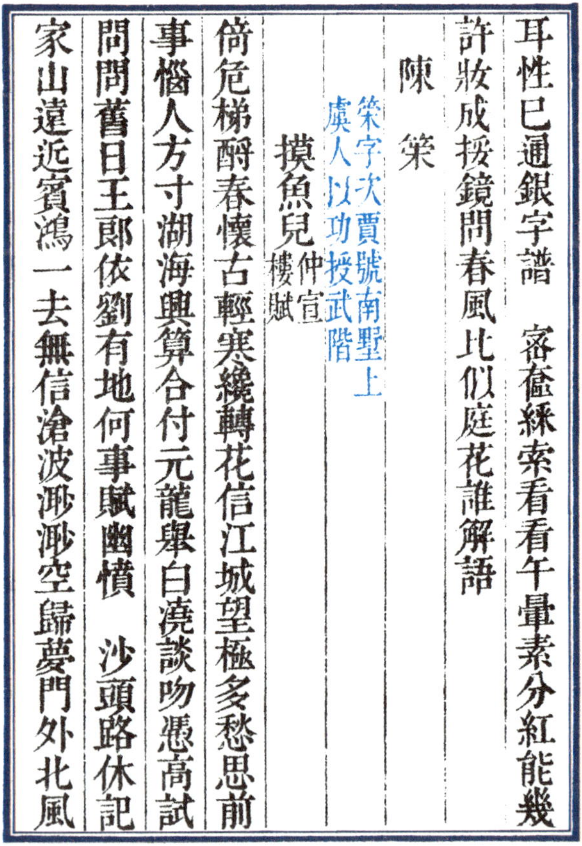

耳性已通銀字譜　密奩綵索看看午暈素分紅能幾
許妝成挼鏡問春風比似庭花誰解語
陳　策
策字次貫號南墅上虞人以功授武階
摸魚兒仲宣樓賦
倚危梯酹春懷古輕寒纔轉花信江城望極多愁思前
事惱人方寸湖海興算合付元龍舉白澆談吻憑高試
問問舊日王郎依劉有地何事賦幽憤　沙頭路休記
家山遠近賓鴻一去無信滄波渺渺空歸夢門外北風

凄緊烏帽整便做得功名難繇星星鬢敲吟未穩又白鷺飛來垂楊自舞誰與寄離恨

李曾伯可齋雜稾仲宣樓記畧云按江陵志樓名昉於祥符復於紹興淳祐十年賈公似道爲制置使重新是樓夏六月易鎭全淮覃懷李某繼之如前畫越半朞告成蜡月二十有五日爰集賓校置酒而落之又點絳唇餞陳次賈云孏上巍樓楚江一望天無際漫游萍寄莫挽東流水一片秋光直到山陰里人還記戍邊歸未更憶鱸魚美又齊天樂和陳次賈爲壽韵云今年塞上秋來早昴街尚餘芒耀舉目關河驚心弧矢顧我豈堪戎纛幾番鳳誥愧保障何功恩隆旒藻笑指呼鷹露花煙草憶劉表頭顱如許相與歲寒猶賴有白髮公道對月懷人臨風訪古往事凄涼難考何時是了莫馳志伊吾貪名清廟松菊歸來稽山招此老按淳祐中可齋爲荆州閫帥次賈在賓幕相與倡和此詞

滿江紅·楊花

倦繡人閒，恨春去、淺顰輕掠。
章臺路，雪黏飛燕，帶芹穿幕。
委地身如遊子倦，隨風命似佳人
薄。歎此花、飛後更無花，情懷惡。
　心下事，誰堪託。憐老大，傷
飄泊。把前回離恨，暗中描摸。
又趁扁舟低欲去，可憐世事今非
昨。看等閑、飛過女牆來，鞦韆索。

正作於仲宣樓落成之日也
江陵志餘云仲宣樓在城東南隅憑墉結構列榭
參差相傳後梁高季興所建望沙樓也陳堯佐鎮
荆乃易今名然登樓賦注言樓在江陵梁孝元出
江陵縣還詩朝出屠牛縣夕反仲宣樓先賢傳亦
云荆州有王粲宅則樓屬江陵亦自有據不必泥
指當陽襄陽爲定案也

滿江紅 楊花
倦繡人閑恨春去淺顰輕掠章臺路雪黏飛燕帶芹穿
幕委地身如遊子倦隨風命似佳人薄歎此花去後更
無花情懷惡　心下事誰堪託憐老大傷飄泊把前回
離恨暗中描摸又趁扁舟低欲去可憐世事今非昨看

黃昇（高氏刊本作晷，誤）

昇字叔暘，號玉林。胡季直云：「玉林蚤棄科舉，雅意讀書，吟咏自適。」游受齋稱其詩為「晴空冰柱」。樓秋房聞其與魏菊莊友善，并以泉石清士目之。有《絕妙詞選》二十卷、《散花菴詞》一卷。

清平樂・宮詞

珠簾寂寂，愁背銀釭泣。記得少年初選入，三十六宮第一。當時掌上承恩，而今冷落長門。又是羊車過也，月明花落黃昏。

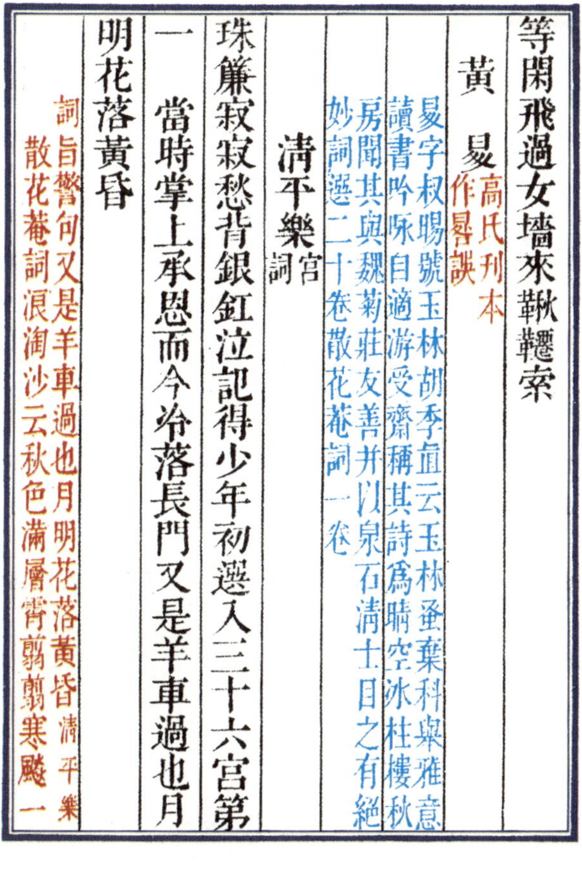
等閑飛過女墻來鞦韆索
黃昪 高氏刊本作晷誤
昪字叔暘號玉林胡季直云玉林蚤棄科舉雅意讀書吟咏自適游受齋稱其詩爲晴空冰柱樓秋房聞其與魏菊莊友善并以泉石清士目之有絕妙詞選二十卷散花菴詞一卷
清平樂 宮詞
珠簾寂寂愁背銀釭泣記得少年初選入三十六宮第一當時掌上承恩而今冷落長門又是羊車過也月明花落黃昏
詞旨警句又是羊車過也月明花落黃昏 清平樂
散花菴詞浪淘沙云秋色滿層霄翦翦寒飈一

李振祖

振祖，號中山。寶祐四年登科錄第四甲第十三人。李振祖字起翁，第萬一。慈侍下。年四十六，二月丁酉日丑時生。外氏趙一舉。娶劉氏。曾祖簡能御史，祖晈承義郎，父寧。本貫福州閩縣祖為户。

浪淘沙

春在畫橋西，畫舫輕移。粉香何處度漣漪。認得一船楊柳外，簾影垂垂。　誰倚碧闌低，酒暈雙眉。鴛鴦並浴燕交飛。一片閒情春水隔，斜日人歸。

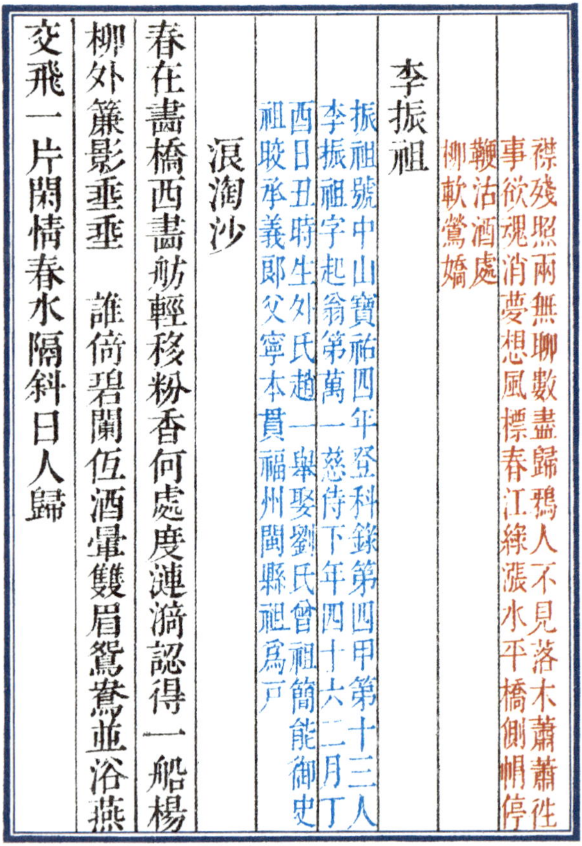

襟殘照兩無聊數盡歸鴉人不見落木蕭蕭徃
事欲魂消夢想風標春江綠漲水平橋側帽停
鞭沽酒處柳軟鶯嬌

李振祖

振祖號中山寶祐四年登科錄第四甲第十三人
李振祖字起翁第萬一慈侍下年四十六二月丁
酉日丑時生外氏趙一舉娶劉氏曾祖簡能御史
祖晈承義郎父寧本貫福州閩縣祖爲户

浪淘沙

春在畫橋西畫舫輕移粉香何處度漣漪認得一船楊
柳外簾影垂垂　誰倚碧闌低酒暈雙眉鴛鴦並浴燕
交飛一片閒情春水隔斜日人歸

薛夢桂

夢桂字叔載，號梯飆。永嘉人。寶祐癸丑姚勉榜進士，嘗知福清縣。《四朝聞見錄》云：『夢桂父公圭，紹熙五年上書光宗請建儲。』《東嘉姓譜》云：『薛夢桂，仕至平江倅。』

醉落魄

單衣乍著，滯寒更傍東風作。珠簾壓定銀鈎索。雨弄新晴，輕旋玉塵落。

花唇巧借妝紅約，嬌羞纔放三分萼。樽前不用多評泊。春淺春深，都向杏梢覺。

眼兒媚·綠牋

碧筒新展綠蕉芽，黃露灑榴花。蘸煙染就，和雲捲起，秋水人家。

只因一朵芙蓉月，生怕黛簾遮。燕銜不去，鴈飛不到，愁滿天涯。

薛夢桂

夢桂字叔載號梯飆永嘉人寶祐癸丑姚勉榜進士嘗知福清縣四朝聞見錄云夢桂父公圭紹熙五年上書光宗請建儲東嘉姓譜云薛夢桂仕至平江倅

醉落魄

單衣乍着滯寒更傍東風作珠簾壓定銀鈎索雨弄新晴輕旋玉塵落　花唇巧借妝紅約嬌羞纔放三分萼樽前不用多評泊春淺春深都向杏梢覺

眼兒媚 綠牋

碧筒新展綠蕉芽黃露灑榴花蘸煙染就和雲捲起秋

三姝媚

薔薇花謝去。更無情、連夜送春風雨。燕子呢喃、似念人憔悴，往來朱户。漲綠煙深，早零落、點池萍絮。暗憶年華，羅帳分釵，又驚春莫。　芳草凄迷征路。待去也，還將書輪留住。縱使重來，怕粉容銷膩，却羞郎覷。細數盟言猶在，悵青樓何處。綰盡垂楊，爭似相思寸縷。

水人家　只因一朶芙蓉月生怕黛簾遮燕銜不去鴈
飛不到愁滿天涯

三姝媚

薔薇花謝去更無情連夜送春風雨燕子呢喃似念人
憔悴往來朱戶漲綠煙深早零落點池萍絮暗憶年華
羅帳分釵又驚春莫　芳草凄迷征路待去也還將書
輪留住縱使重來怕粉容銷膩却羞郎覷細數盟言猶
在悵青樓何處綰盡垂楊爭似相思寸縷

浣溪紗

浣溪紗

柳映疎簾花映林。春光一半幾銷魂。新詩未了枕先溫。燕子説將千萬恨。海棠開到二三分。小窻銀燭又黄昏。

曾揆

揆字舜卿，號嬾翁。南豐人。

西江月

欄雨輕敲夜夜，牆雲低度朝朝。日長天氣已無聊，何况洞房人悄。眉共新荷不展，心隨垂柳頻摇。午眠彷佛見金翹，驚覺數聲啼鳥。

柳映疎簾花映林春光一半幾銷魂新詩未了枕先温燕子說將千萬恨海棠開到二三分小窻銀燭又黄昏

曾揆

揆字舜卿號嬾翁南豐人

西江月

欄雨輕敲夜夜牆雲低度朝朝日長天氣已無聊何况洞房人悄眉共新荷不展心隨垂柳頻摇午眠彷彿見金翹驚覺數聲啼鳥

錢唐 汪 沆
陳 皋 同校勘

絶妙好詞箋卷三終

絕妙好詞箋卷四

吳文英

文英字君特，號夢窗。四明人。從吳履齋諸公游。有《夢窗甲乙丙丁藁》。

尹惟曉云：『求詞於吾宋，前有清真，後有夢窗，此非涣之言，天下之公言也。』

沈義甫云：『夢窗深得清真之妙，其失在用事下語太晦處，人不可曉。』

張叔夏云：『吳夢窗，如七寶樓臺，眩人眼目，折碎下來，不成片段。』

絕妙好詞箋卷四

弁陽老人周密原輯

宛平查爲仁 錢唐厲鶚 同箋

吳文英

文英字君特號夢窗四明人從吳履齋諸公游有夢窗甲乙丙丁藁

尹惟曉云求詞於吾宋前有清眞後有夢窗此非煥之言天下之公言也

沈義甫云夢窗深得淸眞之妙其失在用事下語太晦處人不可曉

張叔夏云吳夢窗如七寶樓臺眩人眼目拆碎下來不成片段

八聲甘州 陪庾幕諸公秋登靈嵒

八聲甘州·陪庾幕諸公秋登靈嵒

渺空煙四遠，是何年、青天墜長星。幻蒼崖雲樹，名娃金屋，殘霸宮城。箭逕酸風射眼，膩水染花腥。時靸雙鴛響，廊葉秋聲。　宮裏吳王沉醉，倩五湖倦客，獨釣醒醒。問蒼波無語，華髮奈山青。水涵空闌凭高處，送亂鴉、斜日落漁汀。連呼酒，上琴臺去，秋與雲平。

渺空煙四遠是何年青天墜長星幻蒼崖雲樹名娃金屋殘霸宮城箭逕酸風射眼膩水染花腥時靸雙鴛響廊葉秋聲　宮裏吳王沉醉倩五湖倦客獨釣醒醒問蒼波無語華髮奈山青水涵空闌凭高處送亂鴉斜日落漁汀連呼酒上琴臺去秋與雲平

吳郡圖經續記云研石山在吳縣西二十一里越絕書云吳人於研石山置館娃宮山頂有三池曰月池日研池曰玩花池蓋吳時所鑿也山上舊傳有琴臺又有響屧廊或曰鳴屧廊廊以楩梓藉地西子行則有聲故名嘗登臨岩之巔俯瞰具區煙濤浩渺一目千里而碧巖翠塢點綴於滄波之間誠絕景也或云晉陸玩捨宅爲寺即靈巖寺也

吳郡志云靈巖山前有采香徑橫斜如臥箭

聲聲慢・閏重九飲郭園

檀欒金碧，婀娜蓬萊，游雲不蘸芳洲。露柳霜蓮，十分點綴殘秋。新彎畫眉未穩，似含羞、低度墻頭。愁送遠，駐西臺車馬，共惜臨流。

知道池亭多宴，掩庭花、長是驚落秦謳。膩粉闌干，猶聞凭袖香留。輸他翠漣拍甃，瞰新妝，時浸凝眸。簾半捲，帶黃花、人在小樓。

聲聲慢 閏重九飲郭園

檀欒金碧婀娜蓬萊游雲不蘸芳洲露柳霜蓮十分點綴殘秋新彎畫眉未穩似含羞低度墻頭愁送遠駐西臺車馬共惜臨流　知道池亭多宴掩庭花長是驚落秦謳膩粉闌干猶聞凭袖香留輸他翠漣拍甃瞰新妝時浸明眸簾半捲帶黃花人在小樓

夢窗乙稾絳都春余往來清華池館六年賦咏屢以感昔傷今益不堪懷乃復作此解云春來雁渚弄艷冶又入垂楊如許困舞瘦腰啼濕宮黃池塘雨碧沿蒼蘚雲根路尚追想凌波微步小樓重上憑誰爲唱舊時金縷凝竚煙蘿翠竹欠羅袖爲倚天寒日暮強醉梅邊招得花奴來尊俎東風須惹

青玉案

短亭芳草長亭柳，記桃葉，煙江口。今日江村重載酒，殘盃不到，亂紅青塚。滿地閒春繡。翠陰曾摘梅枝嗅，還憶鞦韆玉蔥手。紅索倦將春去後。薔薇花落，故園蝴蝶，粉薄殘香瘦。

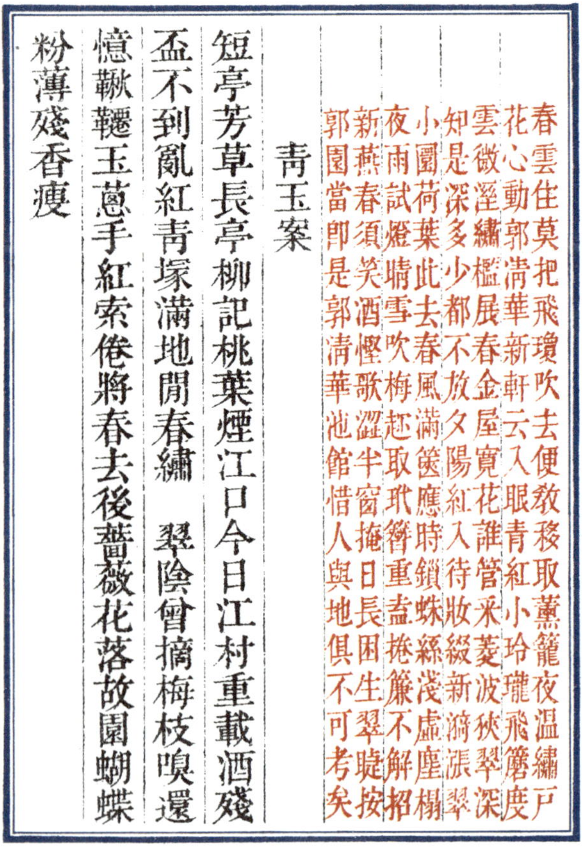
春雲住莫把飛瓊吹去便教移取薰籠夜溫繡戶花心動郭清華新軒云入眼青紅小玲瓏飛簷度雲微溼繡檻展春金屋寬花誰管采菱波狹翠深知是深多少都不放夕陽紅入待妝綴新漪漲翠小園荷葉此去春風滿箧應時鎖蛛絲淺處塵榻夜雨試燈晴雪吹梅趁取玳簪重盍捲簾不解招新燕春須笑酒慳歌澀半窗掩日長困生翠睫按郭園當即是郭清華池館惜人與地俱不可考矣

青玉案

短亭芳草長亭柳記桃葉煙江口今日江村重載酒殘盃不到亂紅青塚滿地閒春繡　翠陰曾摘梅枝嗅還憶鞦韆玉蔥手紅索倦將春去後薔薇花落故園蝴蝶粉薄殘香瘦

又

新腔一唱雙金斗，正霜落、分甘手，已是紅窗人倦繡。春詞裁燭，夜香温被，怕減銀壺漏。　吳天鴈曉雲飛後，百感情懷頓（別本作頼，非）踈酒。綵扇何時翻翠袖？歌邊拚取，醉魂和夢，化作梅邊瘦。

好事近

飛露灑銀牀，葉葉怨梧啼碧。蘄竹粉連香汗，是秋來陳迹。　藕絲空纜宿湖船，夢濶水雲窄。還繫鴛鴦不住，老紅香月白。

又
新腔一唱雙金斗正霜落分甘手已是紅窗人倦繡春詞裁燭夜香温被怕減銀壺漏　吳天鴈曉雲飛後百感情懷頓別本作頼非踈酒綵扇何時翻翠袖歌邊拚取醉魂和夢化作梅邊瘦
好事近
飛露灑銀牀葉葉怨梧啼碧蘄竹粉連香汗是秋來陳迹　藕絲空纜宿湖船夢濶水雲窄還繫鴛鴦不住老紅香月白

唐多令

何處合成愁，離人心上秋。縱芭蕉、不雨也颼颼。都道晚涼天氣好，有明月、倦登樓。　年事夢中休，花空煙水流。燕辭歸、客尚淹留。垂柳不縈裙帶住，漫長是、繫行舟。

高陽臺·落梅

宮粉雕痕，仙雲墮影，無人野水荒灣。古石埋香，金沙鎖骨連環。南樓不恨吹橫笛，恨曉風、千里關山。半飄零，庭院黃昏，月冷闌干。　壽陽宮裏愁鸞鏡。問誰調玉髓，暗補香瘢？細雨歸鴻，孤山無限春寒。離魂難倩招清些，夢縞衣、解佩溪邊。最愁人，啼鳥晴明，葉底清圓。

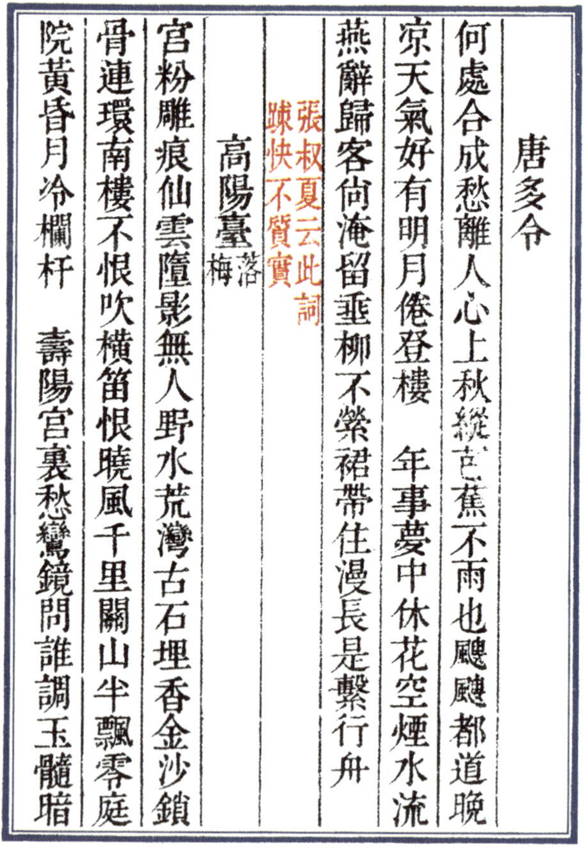

唐多令

何處合成愁離人心上秋縱芭蕉不雨也颼颼都道晚凉天氣好有明月倦登樓　年事夢中休花空煙水流燕辭歸客尚淹留垂柳不縈裙帶住漫長是繫行舟

張叔夏云此詞疎快不質實

高陽臺 落梅

宮粉雕痕仙雲墮影無人野水荒灣古石埋香金沙鎖骨連環南樓不恨吹橫笛恨曉風千里關山半飄零庭院黃昏月冷欄杆　壽陽宮裏愁鸞鏡問誰調玉髓暗

杏花天・重午

幽懽一夢成炊黍，知緑暗、汀菰幾度？竹西歌斷芳塵去，寬盡經年臂縷。　梅黄後、林梢更雨。小池面、啼紅怨莫。當時明月重生處，樓上宫眉在否。

風入松

聽風聽雨過清明，愁草瘞花銘。樓前緑暗分携路，一絲柳，一寸柔情。料峭春寒中酒，交加曉夢啼鶯。　西園日日掃林亭，依舊賞新晴。黄蜂頻撲鞦韆索，有當時、纖手香凝。惆悵雙鴛不到，幽階一夜苔生。

補香瘢細雨歸鴻孤山無限春寒離魂難倩招清些夢
縞衣解佩溪邊最愁人啼鳥清明葉底青圓

杏花天重午

幽懽一夢成炊黍知綠暗汀菰幾度竹西歌斷芳塵去
寬盡經年臂縷　梅黃後林梢更雨小池面啼紅怨莫
當時明月重生處樓上宮眉在否

風入松

聽風聽雨過清明愁草瘞花銘樓前綠暗分携路一絲
柳一寸柔情料峭春寒中酒交加曉夢啼鶯　西園日

朝中措

晚妝慵理瑞雲盤，針線傍燈前。燕子不歸簾捲，海棠一夜孤眠。
踏青人散，遺鈿滿路，雨打鞦韆。尚有落花寒在，綠楊未褪青綿。

西江月・青梅指上晚花

枝裊一痕雪在，葉藏幾豆春濃。玉奴最晚嫁東風，來結梨花幽夢。
香力添薰羅被，瘦肌猶怯冰綃。綠陰青子老溪橋，羞見東鄰嬌小。

日掃林亭依舊賞新晴黃蜂頻撲鞦韆索有當時纖手
香凝惆悵雙鴛不到幽階一夜苔生

朝中措

晚妝慵理瑞雲盤針線傍燈前燕子不歸簾捲海棠一
夜孤眠　踏青人散遺鈿滿路雨打鞦韆尚有落花寒
在綠楊未褪青綿

西江月 青梅枝上晚花

枝裊一痕雪在葉藏幾豆春濃玉奴最晚嫁東風來結
梨花幽夢　香力添薰羅被瘦肌猶怯冰綃綠陰青子

浪淘沙

燈火雨中船，客思綿綿。離亭春草又秋煙。似與輕鷗盟未了，來去年年。　往事一潸然，莫過西園。凌波杳斷綠苔錢。燕子不知春事改，時立鞦韆。

高陽臺・豐樂樓分韻得如字

修竹凝妝，垂楊駐馬，憑闌淺畫成圖。山色誰題？樓前有鴈斜書。東風緊送斜陽下，弄舊寒、晚酒醒餘。自銷凝，幾許花前，頓老相如。　傷春不在歌樓上，在燈前欹枕，雨外薰爐。怕艤游船，臨流可奈清臞。飛紅若到西湖底，攪翠瀾、總是愁魚。莫重來，吹盡香綿，淚滿平蕪。

老溪橋羞見東隣嬌小

浪淘沙

燈火雨中船客思綿綿離亭春草又秋煙似與輕鷗盟
未了來去年年　往事一潸然莫過西園凌波杳斷綠
苔錢燕子不知春事改時立鞦韆

高陽臺豐樂樓分韻得如字

修竹凝妝垂楊駐馬憑闌淺畫成圖山色誰題樓前有
鴈斜書東風緊送斜陽下弄舊寒晚酒醒餘自銷凝幾
許花前頓老相如　傷春不在歌樓上在燈前欹枕雨

思嘉客

迷蝶無踪曉夢沉，寒香深閉小庭心。欲知湖上春多少，但看樓前柳淺深。　愁自遣，酒孤斟。一簾芳景燕同吟。杏花宜帶斜陽看，幾陣東風晚又陰。

采桑子慢・九日

桐敲露井，殘照西窗人起。悵玉手、曾攜烏紗，笑整風敧。水葉沉紅，翠微雲冷鴈慵飛。樓高莫上，魂銷正在，搖落江蘺。　走馬斷橋，玉臺妝樹，羅帕香遺。歎人老、長安燈外，愁換秋衣。醉把茱萸，細看清淚溼芳枝。重陽重處、寒花怨蝶，新月東籬。

外薰爐怕有游船臨流可奈清臞飛紅若到西湖底攪
翠瀾總是愁魚莫重來吹盡香綿淚滿平蕪
思嘉客
迷蝶無踪曉夢沉寒香深閉小庭心欲知湖上春多少
但看樓前柳淺深　愁自遣酒孤斟一簾芳景燕同吟
杏花宜帶斜陽看幾陣東風晚又陰
采桑子慢九日
桐敲露井殘照西窗人起悵玉手曾攜烏紗笑整風敧
水葉沉紅翠微雲冷鴈慵飛樓高莫上魂銷正在搖落

三姝媚・過都城舊居有感

湖山經醉慣，漬春衫、啼痕酒痕無限。久客長安，歎斷襟零袂，涴塵誰浣？紫曲門荒，沿敗井、風搖青蔓。對語東鄰，猶是曾巢，謝堂雙燕。　春夢人間須斷。但怪得、當時夢緣能短。繡屋秦箏，傍海棠偏愛，夜深開宴。舞歇歌沉，花未減、紅顏先變。佇久河橋欲向，斜陽淚滿。

江蘺　走馬斷橋玉臺妝榭羅帕香遺歎人老長安燈
外愁換秋衣醉把茱萸細看清淚溼芳枝重陽重處寒
花怨蝶新月東籬
三姝媚 過都城舊居有感
湖山經醉慣漬春衫啼痕酒痕無限久客長安歎斷襟
零袂涴塵誰浣紫曲門荒沿敗井風搖青蔓對語東鄰
猶是曾巢謝堂雙燕　春夢人間須斷但怪得當時夢
緣能短繡屋秦箏傍海棠偏愛夜深開宴舞歇歌沉花
未減紅顏先變佇久河橋欲向斜陽淚滿

詞旨屬對霜杵敲寒風燈搖夢盤絲縈腕巧篆垂簪落葉霞飄敗窗風咽風泊波驚露零秋冷

警句連呼酒上琴臺去秋與雲平八聲甘州簾半捲帶黃花人在小樓聲聲慢玉奴最晚嫁東風來結梨花幽夢西江月綠陰青子老溪橋羞見東鄰嬌小同上月落盃空無影齊天樂不約舟移楊柳岸有緣人映桃花見倦尋芳漸老芙蓉猶自帶霜看同上

錢綱珊瑚吳文英手書詞稾古香慢自度腔夷則商犯無射宮賦滄浪看桂云怨娥墜柳離佩搖葓霜訊南浦謾憶橋扉倚竹袖寒日暮還問月中游夢飛過金風翠羽把殘雲剩水萬頃暗熏冷麝淒苦漸浩渺凌山高處秋澹無光殘照誰主露粟侵肌夜約羽林輕誤剪碎惜秋心更腸斷珠塵蘚路怕重陽又催近滿城細雨

沈伯時樂府指迷云余自幼好詩壬寅秋始識靜翁於澤濱癸卯識夢窗暇日相與倡酬率多塡詞因講論作詞之法然後知詞之作難於詩

蓋音律欲其協不協則成長短之詩下字欲其雅不雅則近乎纏令之體用字不可太露露則直突而無深長之味發意不可太高高則狂怪而失柔婉之意思此則知所以爲難

周公謹蘋洲漁笛譜玉漏遲題吳夢窗詞集云老來歡意少錦鯨仙去紫簫聲杳怕展金奩依舊故人懷抱猶想烏絲醉墨驚俊語香紅圍繞閑自笑與君共是承平年少雨窗短夢難憑是幾番宮商幾番吟嘯淚眼東風回首四橋煙草載酒倦游處已換却花間啼鳥春悄幾天涯暮雲殘照

張炎山中白雲聲聲慢題夢窗自度曲霜花腴卷後云煙堤小舫雨屋深燈春衫慣染京塵舞柳歌桃心事暗惱東鄰渾疑夜窗夢蝶到如今猶宿花深待喚起甚江蘺搖落化作秋聲回首曲終人遠黯銷魂忍看朵朵芳雲潤墨空題惆悵醉魄難醒獨憐水樓賦筆有斜陽還怕登臨愁未了聽殘鶯啼過柳陰

翁元龍

元龍字時可，號處靜。《娥江題咏》云：『句章人。』杜成之云：『時可之作，如絮浮水，如荷濕露，縈旋流轉，似沾非著。』

水龍吟·雪霽登吳山見滄閣，聞城中簫鼓聲

畫樓紅濕斜陽，素妝褪出山眉翠。街聲暮起，塵侵鐙户，月來舞地。宫柳招鶯，水葒飄雁，隔年春意。黯梨雲，散作人間好夢，瓊簫在、錦屏底。　樂事輕隨流水，暗蘭消、作花心計。情絲萬軸，因春織就，愁羅恨綺。昵枕迷香，占簾看夜，舊游經醉。任孤山、剩雪殘梅，漸懶跨，東風騎。

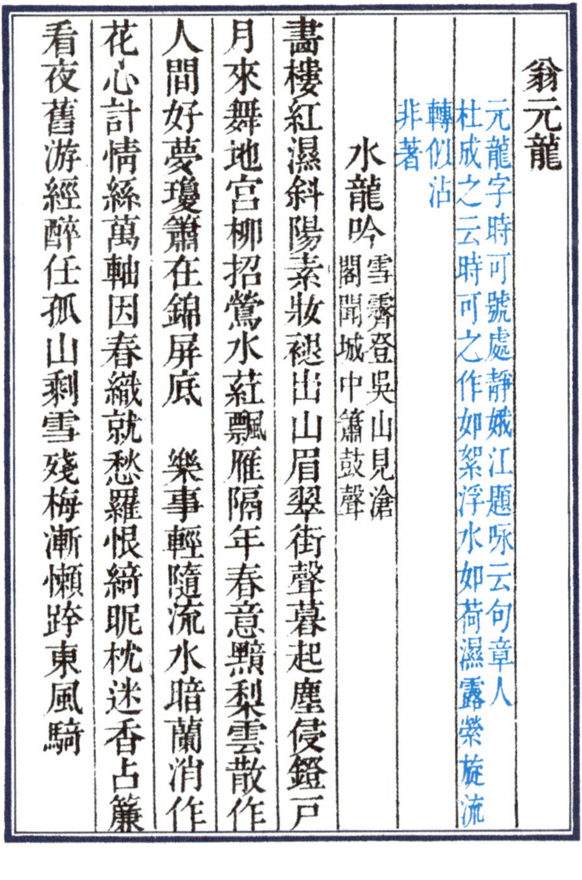
翁元龍
元龍字時可號處靜娥江題咏云句章人
杜成之云時可之作如絮浮水如荷濕露縈旋流
轉似沾
非著
水龍吟雪霽登吳山見滄閣聞城中簫鼓聲
畫樓紅濕斜陽素妝褪出山眉翠街聲暮起塵侵鐙户
月來舞地宫柳招鶯水葒飄雁隔年春意黯梨雲散作
人間好夢瓊簫在錦屏底　樂事輕隨流水暗蘭消作
花心計情絲萬軸因春織就愁羅恨綺昵枕迷香占簾
看夜舊游經醉任孤山剩雪殘梅漸懶跨東風騎

風流子・聞桂花懷西湖

天濶玉屏空，輕雲弄、淡墨畫秋容。正凉挂半蟾，酒醒窗下，露催新鴈，人在山中。又一片，好秋花占了，香換却西風。簫女夜歸，帳栖青鳳，鏡娥妝冷，釵墜金蟲。　西湖花深窈，閒庭砌、曾占席地歌鐘。載取斷雲歸去，幾處房櫳。恨小簾燈暗，粟肌消瘦，薰爐煙减，珠袖玲瓏。三十六宫清夢，還與誰同？

西湖遊覽志云吳山石龜巷内寶奎寺宋相喬行
簡故第後捨爲寺有理宗書見滄二字勒之崖石
兩湖麈談云吳山下寶奎寺門徑幽深樹石清雅
乃宋相喬行簡故第其西偏坡陀可眺立大江一
望在目有巨石上刻見滄二字其旁款璽云御書
之寶相傳宋理宗書

風流子　聞桂花懷西湖

天濶玉屏空輕雲弄淡墨畫秋容正凉挂半蟾酒醒窗
下露催新鴈人在山中又一片好秋花占了香換却西
風簫女夜歸帳栖青鳳鏡娥妝冷釵墜金蟲　西湖花
深窈間庭砌曾占席地歌鐘載取斷雲歸去幾處房櫳
恨小簾燈暗粟肌消瘦薰爐煙減珠袖玲瓏三十六宮

醉桃源・柳

千絲風雨萬絲晴，年年長短亭。闇黃看到綠成陰，春由他送迎。鶯思重，燕愁輕，如人離別情。繞湖煙冷罩波明，畫船移玉笙。

謁金門

鶯樹煖，弱絮欲成芳繭。流水惜花流不遠，小橋紅欲滿。原上草迷離苑，金勒晚風嘶斷。等得日長春又短，愁深山翠淺。

清夢還與誰同

醉桃源 柳

千絲風雨萬絲晴年年長短亭闇黃看到綠成陰春由

他送迎 鶯思重燕愁輕如人離別情繞湖煙冷罩波

明畫船移玉笙

謁金門

鶯樹煖弱絮欲成芳繭流水惜花流不遠小橋紅欲滿

原上草迷離苑金勒晚風嘶斷等得日長春又短愁

深山翠淺

絳都春·秋晚，海棠與黄菊盛開

花嬌半面，記蜜燭夜闌，同醉深院。衣袖粉香，猶未經年如年遠。玉顔不趁秋容换，但换却、春遊同伴。夢回前度，郵亭倦客，又拈牋管。

慵按，《梁州》舊曲，怕離柱斷絃，驚破金鴈。霜被睡濃，不比花前良宵短。秋娘羞占東籬畔。待説與、深宫幽怨。恨他情淡陶郎，舊緣較淺。

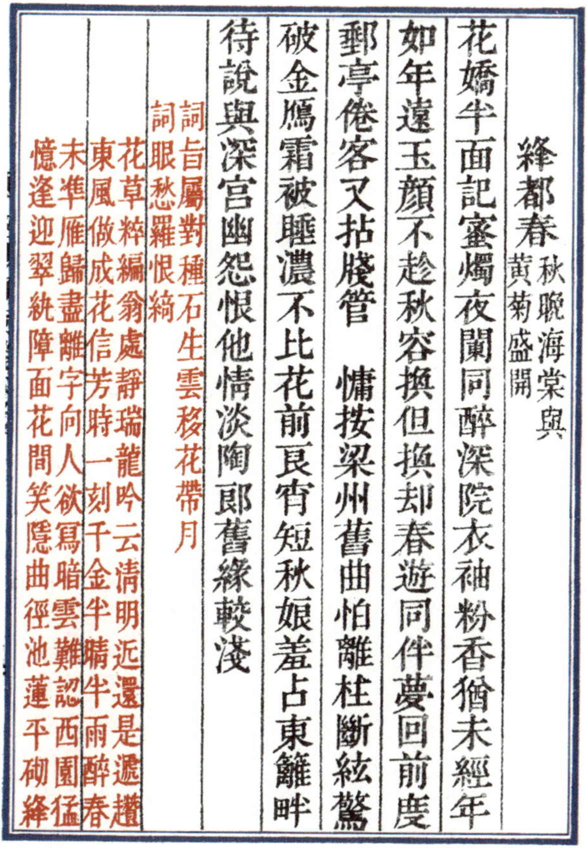

絳都春 秋晚海棠與黄菊盛開

花嬌半面記蜜燭夜闌同醉深院衣袖粉香猶未經年如年遠玉顔不趁秋容换但换却春遊同伴夢回前度郵亭倦客又拈牋管 慵按梁州舊曲怕離柱斷絃驚破金鴈霜被睡濃不比花前良宵短秋娘羞占東籬畔待説與深宫幽怨恨他情淡陶郎舊緣較淺

詞旨屬對種石生雲移花帶月

詞眼愁羅恨綺

花草粹編翁處靜瑞龍吟云清明近還是遞邅東風做成花信芳時一刻千金半晴半雨醉春未準雁歸盡離字向人欲寫暗雲難認西園猛憶逢迎翠紞障面花間笑隱曲徑池蓮平砌絳

鄭楷

楷字持正，號眉齋。三山人。常著《文房擬制表》一卷，載元人樊雪舟士寬所輯《文章善戲》。

訴衷情

酒旗搖曳柳花天，鶯語軟於綿。碎綠未盈芳沼，倒影蘸鞦韆。奩玉燕，套金蟬，負華年。試問歸期是酴醾後，是牡丹前？

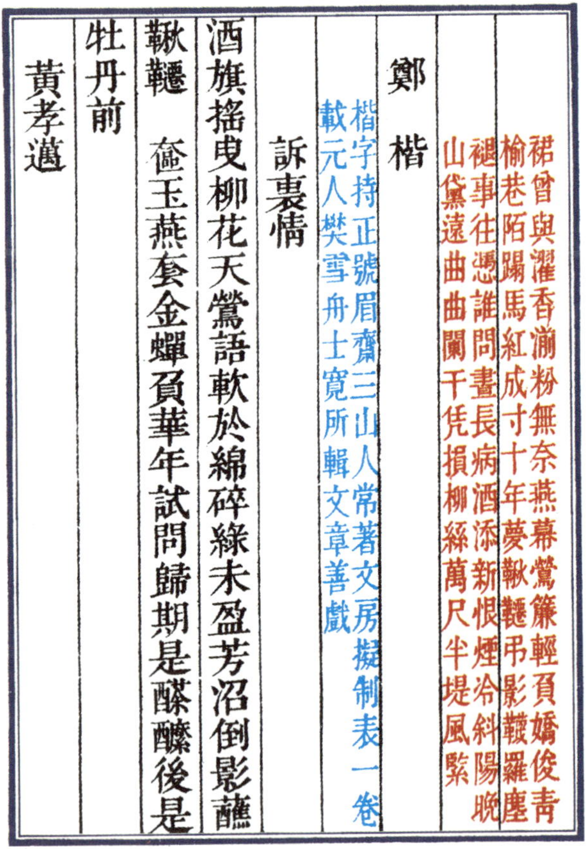
裙曾與濯香澗粉無奈燕幕鶯簾輕負嬌俊青
榆巷陌蹋馬紅成寸十年夢鞦韆弔影韉羅塵
褪事往憑誰問畫長病酒添新恨煙冷斜陽晚
山黛遠曲曲闌干凭損柳絲萬尺半堤風緊
鄭楷
楷字持正號眉齋三山人常著文房擬制表一卷
載元人樊雪舟士寬所輯文章善戲
訴衷情
酒旗搖曳柳花天鶯語軟於綿碎綠未盈芳沼倒影蘸
鞦韆奩玉燕套金蟬負華年試問歸期是醾醾後是
牡丹前
黃孝邁

黃孝邁

孝邁字德父，號雪舟。劉克莊《後村集・跋雪舟長短句》云：『十年前曾評君樂章，耄矣復觀新腔一卷。賦《梨花》云：「一春花下，幽恨重重，又愁晴，又愁雨，又愁風。」《水仙》云：「自側金卮，臨風一笑，酒容吹盡。恨東風，忙去薰桃染柳，不念淡妝人冷。」又云：「驚鴻去後，輕抛素襪，杳無音信。細看來，秖怕蕊仙不肯，讓梅花俊。」《暮春》云：「店舍無煙，關山有月，梨花滿地。二十年好夢不曾圓合，而今老，都休矣。」其清麗，叔原、方回不能加；其綿密，駸駸秦郎「和天也瘦」之作。』

孝邁字德父號雪舟
劉克莊後村集跋雪舟長短句云十年前曾評君
樂章耄矣復觀新腔一卷賦梨花云一春花下幽
恨重重又愁晴又愁雨又愁風水仙云自側金卮
臨風一笑酒容吹盡恨東風忙去薰桃染柳不念
淡妝人冷又云驚鴻去後輕抛素襪杳無音信細
看來秖怕蕊仙不肯讓梅花俊暮春云店舍無煙
關山有月梨花滿地二十年好夢不曾圓合而今
老都休矣其清麗叔原方回不能加其綿密駸駸
秦郎和天也瘦之作

湘春夜月

近清明翠禽枝上消魂可惜一片清歌都付與黃昏欲
共柳花低訴怕柳花輕薄不解傷春念楚鄉旅宿柔情
別緒誰與溫存　空樽夜泣青山不語殘月當門翠玉

湘夜春月

近清明，翠禽枝上消魂。可惜一片清歌，都付與黄昏。欲共柳花低訴，怕柳花輕薄，不解傷春。念楚鄉旅宿，柔情別緒，誰與温存？　空樽夜泣，青山不語，殘月當門。翠玉樓前，惟是有、一波湘水，摇蕩湘雲。天長夢短，問甚時、重見桃根？這次第，算人間没箇并刀，剪斷心上愁痕。

水龍吟

閑情小院沉吟，草深柳密簾空翠。風簷夜響，殘燈慵剔，寒輕怯睡。店舍無煙，關山有月，梨花滿地。二十年好夢，不曾圓合，而今老、都休矣。　誰共題詩秉燭？兩厭厭、天涯别袂。柔腸一寸，七分是恨，三分是淚。芳信不來，玉簫塵染，粉衣香退。待問春，怎把千紅换得，一池緑水。

樓前惟是有一波湘水摇蕩湘雲天長夢短問甚時重見桃根這次第算人間没箇并刀剪斷心上愁痕

水龍吟

閑情小院沉吟草深柳密簾空翠風簷夜響殘燈慵剔寒輕怯睡店舍無煙關山有月梨花滿地二十年好夢不曾圓合而今老都休矣　誰共題詩秉燭兩厭厭天涯别袂柔腸一寸七分是恨三分是淚芳信不來玉簫塵染粉衣香退待問春怎把千紅换得一池緑水

江開

江開

開字開之，號月湖。

浣溪沙

手撚花枝憶小蘋，緑窗空鎖舊時春，滿樓飛絮一箏塵。　素約未得雙燕語，新愁還入賣花聲，十分眷事倩行雲。

杏花天

謝娘庭院通芳徑，四無人、花梢轉影。幾番心事無憑準，等得青春過盡。　鞦韆下、佳期又近，算畢竟、沉吟未穩，不成又是教人恨，待倩楊花去問。

開字開之
號月湖
浣溪沙
手撚花枝憶小蘋綠窗空鎖舊時春滿樓飛絮一箏塵
素約未傳雙燕語新愁還入賣花聲十分春事倩行
雲
杏花天
謝娘庭院通芳徑四無人花梢轉影幾番心事無憑準
等得青春過盡　鞦韆下佳期又近算畢竟沉吟未穩
不成又是教人恨待倩楊花去問

譚宣子

宣子字明之，號在菴。

謁金門

人病酒，生怕日高催繡。昨夜新番花樣瘦，旋描雙蝶湊。閒凭繡床呵手，却說春愁還又。門外東風吹綻柳，海棠花厮勾。

江城子・咏柳

嫩黃初染綠初描，倚春嬌，索春饒。燕外鶯邊，想見萬絲摇。便作無情終軟美，天賦與、眼眉腰。短長亭外短長橋，駐金鑣，繫蘭橈。可愛風流，年紀可憐宵。辦得重來攀折後，煙雨暗，不辭遥。

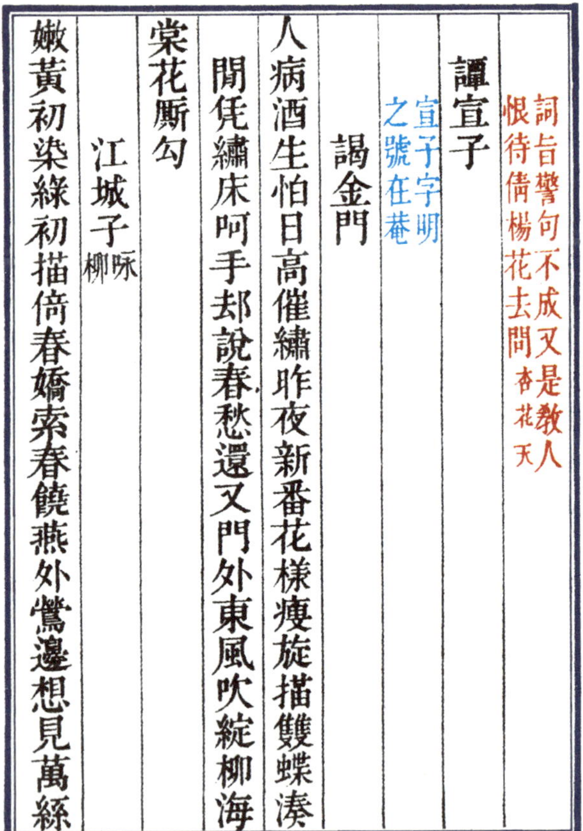
詞旨警句不成又是教人
恨待倩楊花去問杏花天
譚宣子
宣子字明之號在菴
謁金門
人病酒生怕日高催繡昨夜新番花樣瘦旋描雙蝶湊
閒凭繡床呵手却說春愁還又門外東風吹綻柳海
棠花厮勾
江城子咏柳
嫩黃初染綠初描倚春嬌索春饒燕外鶯邊想見萬絲

搖便作無情終軟美天賦與眼眉腰　短長亭外短長
橋駐金鑣繫蘭橈可愛風流年紀可憐宵辦得重來攀
折後煙雨暗不辭遥

花草粹編譚在菴春聲碎云津館貯輕寒脉脉
離情如水東風不管垂楊無力總雨聾煙膩闌
干外怕春燕掠天蹤鼓疊春聲碎劉郎易憔悴
况是厭厭病起花殘謾展便寫就新詞倩誰寄
當此際渾似夢峽啼湘攬一寸相思意漁家傲
云深意纏綿歌宛轉横波停恨燈前見最憶來
時門半掩春不暖梨花落盡成秋苑疊鼓收聲
帆影亂燕飛又起東風軟目力謾長心力短消
息斷青山一
點和煙遠

陳逢辰

陳逢辰

逢辰字振祖，號存熙。

烏夜啼

月痕未到朱扉。送郎時，暗裏一汪兒淚、没人知。　揾不住，收不聚，被風吹。吹作一天愁雨、損花枝。

西江月

楊柳雪融滯雨，酴醾玉軟欺風。飛英簌簌扣雕櫳，殘蝶歸來粉重。
罨畫扇題塵掩，繡花紗帶寒籠。送春先自費啼紅，更結踈雲秋夢。

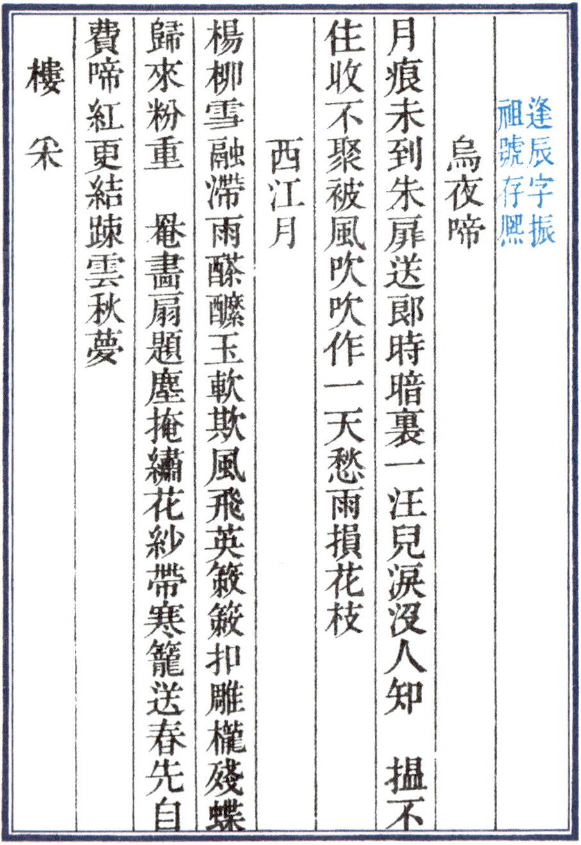
逢辰字振祖號存熙
烏夜啼
月痕未到朱扉送郎時暗裏一汪兒淚没人知　揾不
住收不聚被風吹吹作一天愁雨損花枝
西江月
楊柳雪融滯雨酴醾玉軟欺風飛英簌簌扣雕櫳殘蝶
歸來粉重　罨畫扇題塵掩繡花紗帶寒籠送春先自
費啼紅更結踈雲秋夢
樓　采

樓采

采字君亮。

瑞鶴仙

凍痕銷夢草，又招得春歸，舊家池沼。園扉掩寒峭，倩誰將花信，遍傳深窈。追遊趁早，便裁却、輕衫短帽。任殘梅、飛滿溪橋，和月醉眠清曉。　年小，青絲纖手，綵勝嬌鬟，賦情誰表。南樓信杳，江雲重，鴈歸少。記銜香嘶馬，流紅凹岸，幾度綠楊殘照。想暗黃，依舊東風，霸陵古道。

采字君亮

瑞鶴仙

凍痕銷夢草又招得春歸舊家池沼園扉掩寒峭倩誰將花信遍傳深窈追遊趁早便裁却輕衫短帽任殘梅飛滿溪橋和月醉眠清曉　年小青絲纖手綵勝嬌鬟賦情誰表南樓信杳江雲重鴈歸少記銜香嘶馬流紅凹岸幾度綠楊殘照想暗黃依舊東風霸陵古道

玉漏遲

絮花寒食路晴絲罥日綠陰吹霧客帽欺風愁滿畫船

玉漏遲

絮花寒食路，晴絲罥日，綠陰吹霧。客帽欺風，愁滿畫船煙浦。綵柱鞦韆散後，悵塵鎖、燕簾鶯户。從間阻，夢雲無準，鬢霜如許。　夜永繡閣藏嬌，記掩扇傳歌，剪燈留語。月約星期，細把花須頻數。彈指一襟幽恨，謾空趁、啼鵑聲訴。深院宇，黄昏杏花微雨。

法曲獻仙音

花匣么絃，象奩雙陸，舊日留歡情意。夢到銀屏，恨裁蘭燭，香篝夜闌鴛被。料燕子重來地，桐陰鎖窗綺。　倦梳洗。暈芳鈿，自羞鸞鏡。羅袖冷，煙柳畫闌半倚。淺雨壓荼蘼，指東風芳事餘幾。院落黄昏，怕春鶯、驚笑憔悴。倩柔紅約定，喚取玉簫同醉。

煙浦綵柱鞦韆散後悵塵鎖燕簾鶯戶從間阻夢雲無
準鬢霜如許　夜永繡閣藏嬌記掩扇傳歌剪燈留語
月約星期細把花須頻數彈指一襟幽恨謾空趁啼鵑
聲訴深院宇黄昏杏花微雨

法曲獻仙音

花匣么絃象奩雙陸舊日留歡情意夢到銀屏恨裁蘭
燭香篝夜闌鴛被料燕子重來地桐陰鎖窗綺　倦梳
洗暈芳鈿自羞鸞鏡羅袖冷煙柳畫闌半倚淺雨壓荼
蘼指東風芳事餘幾院落黄昏怕春鶯驚笑憔悴倩柔

好事近

人去玉屏閒，逗曉柳絲風急。簾外杏花細雨，罥春紅愁溼。單衣初試麯塵羅，中酒病無力。應是繡牀慵困，倚鞦韆斜立。

二郎神

露牀轉玉，喚睡醒、緑雲梳曉。正倦立銀屏，新寬衣帶，生怯輕寒料峭。悶絶相思無人問，但怨入、墻陰啼鳥。嗟露屋鎖春，晴風喧晝，柳輕梅小。人悄，日長謾憶，鞦韆嘻笑。悵燼冷爐薰，花深鶯靜，簾箔微紅醉裊。帶結留詩，粉痕銷帕，情遠竊香年少。凝恨極，盡日憑高目斷，淡煙芳草。

紅約定與取玉簫同醉

好事近

人去玉屏閒逗曉柳絲風急簾外杏花細雨罥春紅愁溼　單衣初試麯塵羅中酒病無力應是繡牀慵困倚鞦韆斜立

二郎神

露牀轉玉喚睡醒綠雲梳曉正倦立銀屏新寬衣帶生怯輕寒料峭悶絶相思無人問但怨入墻陰啼鳥嗟露屋鎖春晴風喧晝柳輕梅小　人悄日長謾憶鞦韆嘻

玉樓春

東風破曉寒成陣，曲鎖沉香簧語嫩。鳳釵敲枕玉聲圓，羅袖拂屏金縷褪。　雲頭鴈影占來信，歌底眉尖縈淺暈。淡煙踈柳一簾春，細雨遙山千疊恨。

笑帳燼冷爐薰花深鶯靜簾箔微紅醉裊帶結留詩粉
痕銷帕情遠竊香年少凝恨極盡日憑高目斷淡煙芳
草

玉樓春

東風破曉寒成陣曲鎖沉香簧語嫩鳳釵敲枕玉聲圓
羅袖拂屏金縷褪　雲頭鴈影占來信歌底眉尖縈淺
暈淡煙踈柳一簾春細雨遙山千疊恨

詞旨屬對花匣么絃象奩雙陸法曲獻仙音珠麈
花輿翠翻簾額汗粉難融袖香新竊

詞眼月
約星期

奚淢

淢字倬然，號秋崖。

芳草・南屏晚鐘

笑湖山、紛紛歌舞，花邊如夢如薰。響煙驚落日，長橋芳草外，客愁醒。天風送遠，向兩山喚醒癡雲。猶自有、迷林去鳥，不信黃昏。　銷凝。油車歸後，一眉新月，獨印湖心。蕊宮相答處，空巖虛谷應，猿語香林。正酣紅紫夢，便市朝、有耳誰聽。怪玉兎、金烏不換，只換愁人。

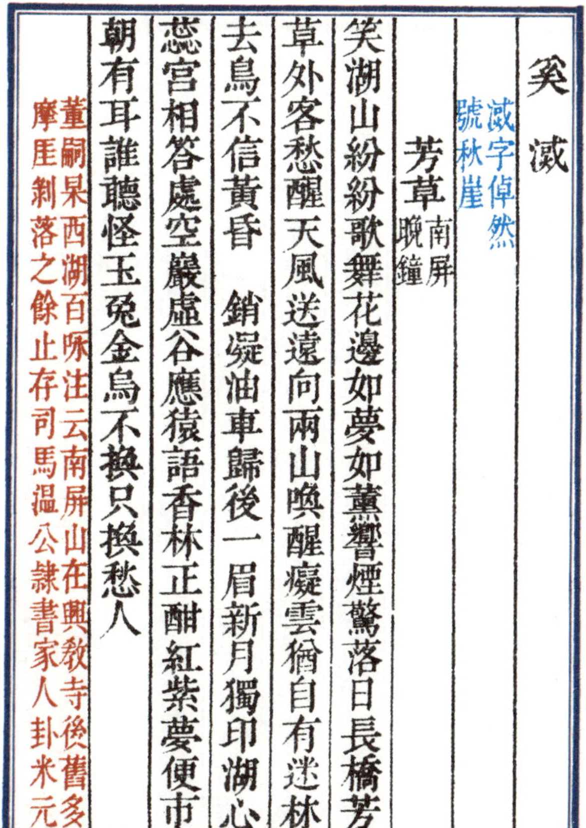
奚淢
淢字倬然
號秋崖
芳草南屏晚鐘
笑湖山紛紛歌舞花邊如夢如薰響煙驚落日長橋芳
草外客愁醒天風送遠向兩山喚醒癡雲猶自有迷林
去鳥不信黃昏　銷凝油車歸後一眉新月獨印湖心
蕊宮相答處空巖虛谷應猿語香林正酣紅紫夢便市
朝有耳誰聽怪玉兎金烏不換只換愁人
董嗣杲西湖百咏注云南屏山在興教寺後舊多
摩厓剝落之餘止存司馬溫公隷書家人卦米元

華胥引・中秋紫霞席上

澄空無際，一幅輕綃，素秋弄色。剪剪天風，飛飛萬里，吹净碧遥。想玉杵芒寒，聽珮環無迹。圓缺何心，有心偏向歌席。　多少情懷，甚年年、共憐今夕。蕊宫珠殿，還吟飄香秀筆。隱約《霓裳》聲度，認紫霞樓笛。獨鶴歸來，更無清夢成覓。

章書琴臺二字東坡訪僧臻詩云我識南屏金鯽魚重來撫檻散齋餘今寺非昔比山則蒼翠自若

華胥引　中秋紫霞席上

澄空無際一幅輕綃素秋弄色剪剪天風飛飛萬里吹净遥碧想玉杵芒寒聽珮環無迹圓缺何心有心偏向歌席　多少情懷甚年年共憐今夕蕊宫珠殿還吟飄香秀筆隱約霓裳聲度認紫霞樓笛獨宿歸來更無清夢成覓

癸辛雜識賈秋壑八月八日生辰四方善頌者以數千計悉俾翹館謄考第其甲乙四方傳誦爲之紙貴奚倬然有齊天樂云金飈吹净人間暑連朝弄凉新雨萬寶功成無人解得秋入天

趙聞禮

聞禮字正之，號釣月。

千秋歲

鶯啼晴晝，南國春如繡。飛絮眼，凭闌袖。日長花片落，睡起眉山鬬。無個事，沉煙一縷騰金獸。　千里空回首，兩地厭厭瘦。春去也，歸來否？五更樓外月，雙燕門前柳。人不見，鞦韆院落清明後。

機深處閑中自數幾心酌乾坤手斟霜露護了
山河共看元影在銀兔而今神仙正好向青空
覔箇冲澹襟宇常念群生如何便肯從我乘風
去夷遊洞府把月杼雲機教他兒女水逸山明
此情天
付與

趙聞禮

聞禮字正
之號釣月

千秋歲

鶯啼晴晝南國春如繡飛絮眼凭闌袖日長花片落睡
起眉山鬬無箇事沉煙一縷騰金獸　千里空回首兩
地厭厭瘦春去也歸來否五更樓外月雙燕門前柳人

魚遊春水

青樓臨遠水，樓上東風飛燕子。玉鈎珠箔，密密鎖紅闕翠。剪勝裁旛春日戲，簇柳簪花元夜醉。閒憶舊歡，漫撩新淚。　羅帕啼痕未洗，愁見同心雙鳳翅。長安十日輕寒，春衫未試。過盡征鴻知幾許？不寄蕭郎書一紙。愁腸斷也，箇人知未。

風入松

麴塵風雨亂春晴，花重寒輕。珠簾捲上還重下，怕東風、吹散歌聲。棋倦盃頻晝永，粉香花艷清明。
　十分無處著閒情，來覓娉婷。薔薇誤罥尋春袖，倩柔荑、為補香痕。苦恨啼鵑驚夢，何時剪燭[illegible][illegible]？

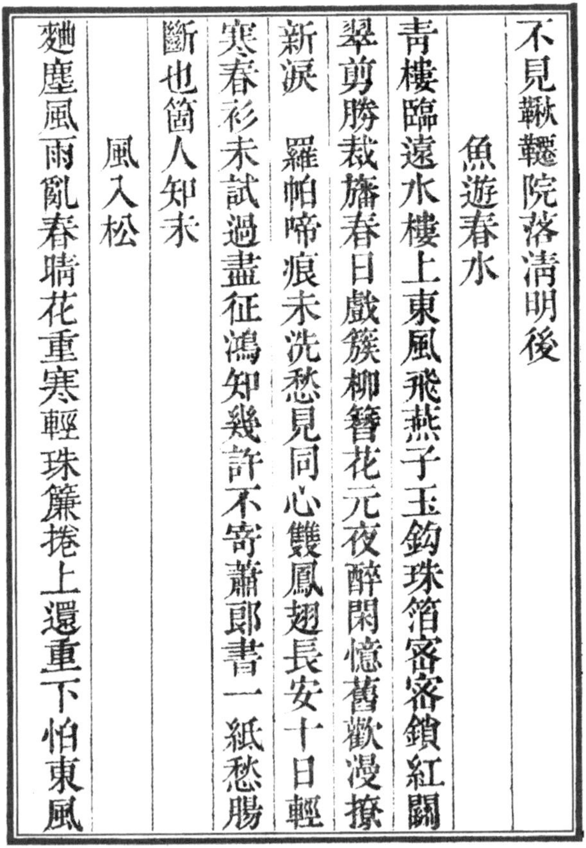
不見鞦韆院落清明後
魚遊春水
青樓臨遠水樓上東風飛燕子玉鈎珠箔密密鎖紅闕
翠剪勝裁旛春日戲簇柳簪花元夜醉閒憶舊歡漫撩
新淚　羅帕啼痕未洗愁見同心雙鳳翅長安十日輕
寒春衫未試過盡征鴻知幾許不寄蕭郎書一紙愁腸
斷也箇人知未
風入松
麴塵風雨亂春晴花重寒輕珠簾捲上還重下怕東風

水龍吟·水仙花

幾年埋玉藍田，緑雲翠水烘春暖。衣薰麝馥，韈羅塵沁，凌波步淺。鈿碧搔頭，膩黄冰腦，參差難剪。乍聲沉素瑟，天風珮冷，蹁躚舞、《霓裳》遍。　湘浦盈盈月滿，抱相思、夜寒腸斷。含香有恨，招魂無路，瑶琴寫怨。幽韻凄涼，莫江空渺，數峯清遠。粲迎風一笑，持花酹酒，結南枝伴。

吹散歌聲棋倦盃頻晝永粉香花豔清明　十分無處
著閑情來覓娉婷薔薇誤罥尋春袖倩柔黃爲補香痕
苦恨啼鵑驚夢何時剪燭重盟
水龍吟　水仙花
幾年埋玉藍田綠雲翠小烘春暖衣薰麝馥韈羅塵沁
凌波步淺鈿碧搔頭膩黃冰腦參差難剪乍聲沉素瑟
天風佩冷蹁躚舞霓裳遍　湘浦盈盈月滿抱相思夜
寒腸斷含香有恨招魂無路瑤琴寫怨幽韻凄涼莫江
空渺數峯清遠粲迎風一笑持花酹酒結南枝伴

隔浦蓮近

愁紅飛眩醉眼，日淡芭蕉捲。帳掩屏香潤，楊花撲、春雲暖。啼鳥驚夢遠，芳心亂，照影收奩晚。畫眉嬾，微醒帶困，離情中酒相伴。裙腰粉瘦，怕按六么歌板。簾捲層樓探舊燕，腸斷，花枝和悶重撚。

賀新郎·螢

池館收新雨，耿幽叢，流光幾點，半侵疎户。入夜凉風吹不滅，冷燄微芒暗度。碎影落、仙盤秋露。漏斷長門空照淚，袖紗寒、映竹無心顧。孤枕掩，殘燈炷。練囊不照詩人苦。夜沉沉，拍手相親，騃兒癡女。欄外撲來羅扇小，誰在風廊笑語，競戲踏金釵雙股。故苑荒凉悲舊賞，悵寒蕪、衰草隋宫路。同燐火，偏秋圃。

隔浦蓮近
愁紅飛眩醉眼日淡芭蕉捲帳掩屏香潤楊花撲春雲
暖啼鳥驚夢遠芳心亂照影收奩晚　畫眉嬾微醒帶
困離情中酒相伴裙腰粉瘦怕按六么歌板簾捲層樓
探舊燕腸斷花枝和悶重撚
賀新郎　螢
池館收新雨耿幽叢流光幾點半侵疎户入夜凉風吹
不滅冷燄微芒暗度碎影落仙盤秋露漏斷長門空照
淚袖紗寒映竹無心顧孤枕掩殘燈炷　練囊不照詩

施岳

岳字仲山，號梅川。《武林舊事》云：『施梅川，吴人，精於律吕。其卒也，楊守齋為樹梅作亭，薛梯飈為誌其墓，李篔房書，周草窗題，蓋瘞於西湖虎頭巖下。』沈義甫云：『梅川音律有源流，故其聲無舛誤。讀唐詩多，故語雅淡。』

人苦夜沉沉拍手相親騃兒癡女欄外撲來羅扇小誰在風廊笑語競戲踏金釵雙股故苑荒凉悲舊賞悵寒蕪衰草隋宫路同燐火徧秋圃

詞旨警句珠簾捲上還重下怕東風吹散歌聲風入松

施岳

岳字仲山號梅川武林舊事云施梅川吴人精於律吕其卒也楊守齊爲樹梅作亭薛梯飈爲誌其墓李篔房書周草窗題蓋瘞於西湖虎頭巖下沈義甫云梅川音律有源流故其聲無舛誤讀唐詩多故語雅淡

水龍吟

水龍吟

翠鰲湧出滄溟，影横棧壁迷煙墅。樓臺對起，欄杆重凭，山川自古。梁苑平蕪，汴堤踈柳，幾番晴雨。看天低四遠，江空萬里，登臨處、分吳楚。兩岸花飛絮舞，度春風、滿城簫鼓。英雄暗老，昏潮曉汐，歸帆過櫓。淮水東流，塞雲北渡，夕陽西去。正凄凉望極，中原路杳，月來南浦。

清平樂

水遥花暝，隔岸炊煙冷。十里垂楊摇嫩影，宿酒和愁都醒。（原本云：『此下缺六首。』）

翠鰲湧出滄溟影横棧壁迷煙墅樓臺對起欄杆重凭
山川自古梁苑平蕪汴堤踈柳幾番晴雨看天低四遠
江空萬里登臨處分吳楚　兩岸花飛絮舞度春風滿
城簫鼓英雄暗老昏潮曉汐歸帆過櫓淮水東流塞雲
北渡夕陽西去正凄凉望極中原路杳月來南浦

清平樂

水遥花暝隔岸炊煙冷十里垂楊摇嫩影宿酒和愁都
醒 原本云此下缺六首

解語花

解語花

雲容冱雪，莫色添寒，樓臺共臨眺。翠叢深窅，無人處、數蕊弄春猶小。幽姿謾好，遥相望、含情一笑。花解語，因甚無言？心事應難表。

莫待墻陰暗老。稱琴邊月夜，笛裏霜曉。護香須早，東風度、咫尺畫闌瓊沼。歸來夢繞，歌雲墜、依然驚覺。想凭時，小几銀屏冷未了。

蘭陵王

柳花白，飛入青煙巷陌。憑高處，愁鎖斷橋，十里東風正無力。西湖路咫尺，猶阻仙源信息。傷心事，還似去年，中酒懨懨度寒食。

閒窗掩春寂，但粉指留紅，茸唾凝碧。歌塵不散蒙香澤。念鸞孤金鏡，鴈空瑶瑟。芳時良夜盡怨憶，夢魂省難覓。

鱗鴻，渺踪跡。縱羅帕親題，錦字誰織？緘情欲寄重城隔。又流水斜照，倦簫殘笛。樓臺相望，對莫色，恨無極。

雲容冱雪莫色添寒樓臺共臨眺翠叢深窅無人處數
蕊弄春猶小幽姿謾好遥相望含情一笑花解語因甚
無言心事應難表　莫待墻陰暗老稱琴邊月夜笛裏
霜曉護香須早東風度咫尺畫闌瓊沼歸來夢繞歌雲
墜依然驚覺想凭時小几銀屏冷未了

蘭陵王

柳花白飛入青煙巷陌憑高處愁鎖斷橋十里東風正
無力西湖路咫尺猶阻仙源信息傷心事還似去年中
酒懨懨度寒食　閒窗掩春寂但粉指留紅茸唾凝碧

曲遊春・清明湖上

畫舸西泠路，占柳陰花影，芳意如織。小楫衝波，度麴塵扇底，粉香簾隙。岸轉斜陽隔。又過盡、別船簫笛。傍斷橋、翠繞紅圍，相對半篙晴色。　頃刻，千山暮碧，向沽酒樓前，猶繫金勒。乘月歸來，正梨花夜縞，海棠煙冪。院宇明寒食。醉乍醒、一庭春寂。任滿身、露濕東風，欲眠未得。

歌塵不散蒙香澤念鸞孤金鏡鴈空瑤瑟芳時良夜盡
怨憶夢魂省難覓　鱗鴻渺踪跡縱羅帕親題錦字誰
織緘情欲寄重城隔又流水斜照倦簫殘笛樓臺相望
對莫色恨無極

曲遊春 清明湖上

畫舸西泠路占柳陰花影芳意如織小楫衝波度麴塵
扇底粉香簾隙岸轉斜陽隔又過盡別船簫笛傍斷橋
翠繞紅圍相對半篙晴色　頃刻千山暮碧向沽酒樓
前猶繫金勒乘月歸來正梨花夜縞海棠煙冪院宇明

步月·茉莉

玉宇薰風，寶階明月，翠叢萬點晴雪。煉霜不就，散廣寒霏屑。采珠蓓、緑萼露滋。嗔銀艷、小蓮冰潔。花魂在，纖指嫩痕，素英重結。　枝頭香未絶，還是過中秋，丹桂時節。醉鄉冷境，怕翻成消歇。玩芳味、春焙旋熏，貯穠韻、水沉頻爇。堪憐處，輸與夜凉睡蝶。

寒食醉乍醒一庭春寂任滿身露溼東風欲眠未得

步月 茉莉

玉宇薰風寶階明月翠叢萬點晴雪煉霜不就散廣寒霏屑采珠蓓緑萼露滋嗔銀艷小蓮冰潔花魂在纖指嫩痕素英重結　枝頭香未絶還是過中秋丹桂時節醉鄉冷境怕翻成消歇玩芳味春焙旋熏貯穠韻水沉頻爇堪憐處輸與夜凉睡蝶

弁陽老人原注云茉莉嶺表所產古今咏者不甚多文公曾咏二絶句鄒道鄉亦曾題咏此篇小蓮冰潔之句狀茉莉最佳此花四月開直至桂花時尚有玩芳味古人用此花焙茶故云

詞旨屬對竹深水遠臺高石出香茸沾袖粉甲留痕就船換酒隨地攀花

錢唐 汪 沆

陳 臯 同校勘

絕妙好詞箋卷四終

絕妙好詞箋卷五

陳允平

允平字君衡，一字衡仲。四明人。著有《西麓詩稿》一卷、《繼周集》一卷、《日湖漁唱》二卷。張叔夏云：『詞欲雅而正，志之所之，一為物役，則失其雅正之音。近代陳西麓所作，平正亦有佳者。』

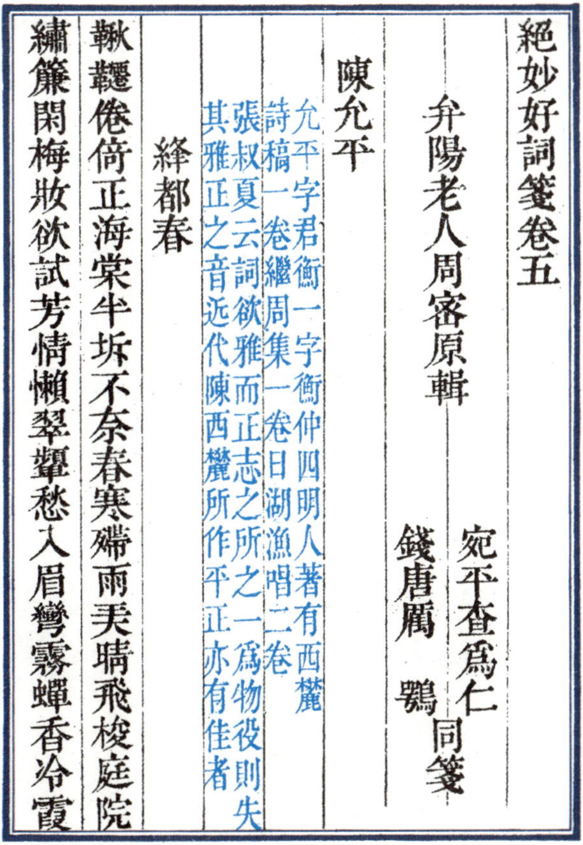
絕妙好詞箋卷五
弁陽老人周密原輯
宛平查爲仁 錢唐厲鶚 同箋
陳允平
允平字君衡一字衡仲四明人著有西麓詩稿一卷繼周集一卷日湖漁唱二卷張叔夏云詞欲雅而正志之所之一爲物役則失其雅正之音近代陳西麓所作平正亦有佳者
絳都春
鞦韆倦倚正海棠半坼不奈春寒殢雨弄晴飛梭庭院繡簾閑梅妝欲試芳情懶翠顰愁入眉彎霧蟬香冷霞

絳都春

鞦韆倦倚，正海棠半坼，不奈春寒。殢雨美晴，飛梭庭院繡簾閒。梅妝欲試芳情懶，翠顰愁入眉彎。霧蟬香冷，霞綃淚揾，恨襲湘蘭。　悄悄池臺步晚。任紅醺杏靨，碧沁苔痕。燕子未來，東風無語又黃昏。琴心不度香雲遠，斷腸難託啼鵑。夜深猶倚，垂楊二十四闌。

瑞鶴仙

燕歸簾半捲，正漏約瓊籤，笙調玉琯。蛾眉畫來淺甚，春衫懶試，夜燈慵剪。香温夢暖，訴芳心、芭蕉未展。眇雙波望極江空，二十四橋凭徧。　蔥蒨銀屏綵鳳，霧帳金蟬，舊家坊院。煙花弄晚，芳草恨，斷魂遠。對東風、無語綠陰深處，時見飛紅數片。算多情尚有，黃鸝向人睍睆。

綃淚揾恨襲湘蘭　悄悄池臺步晚任紅醺杏靨碧沁
苔痕燕子未來東風無語又黃昏琴心不度香雲遠斷
腸難託啼鵑夜深猶倚垂楊二十四闌
日湖漁唱自注云舊
上聲韵今改平聲
瑞鶴仙
燕歸簾半捲正漏約瓊籤笙調玉琯蛾眉畫來淺甚春
衫懶試夜燈慵剪香温夢暖訴芳心芭蕉未展眇雙波
望極江空二十四橋凭徧　蔥蒨銀屏綵鳳霧帳金蟬
舊家坊院煙花弄晚芳草恨斷魂遠對東風無語綠陰

思佳客

錦幄沉沉寶篆殘，惜春無語倚欄杆。庭前芳草空惆悵，簾外飛花自往還。　金屋静，玉簫閒，一樽芳酒駐紅顔。東風落盡酴醾雪，滿地清香夜不寒。

戀繡衾

多情無語斂黛眉，寄相思、偏仗柳枝。待折向、樽前唱，奈東風、吹作絮飛。　歸來醉抱琵琶睡，正酒醒、香盡漏移。無賴是、梨花夢，被月明、偏照翠帷。

深處時見飛紅數片算多情尚有黃鸝向人睍睆
思佳客
錦幄沉沉寶篆殘惜春無語倚欄杆庭前芳草空惆悵
簾外飛花自往還　金屋靜玉簫閑一樽芳酒駐紅顔
東風落盡酴醾雪滿地清香夜不寒
戀繡衾
多情無語斂黛眉寄相思偏仗柳枝待折向樽前唱奈
東風吹作絮飛　歸來醉抱琵琶睡正酒醒香盡漏移
無賴是梨花夢被月明偏照翠帷

唐多令

休去採芙蓉，秋江煙水空。帶斜陽、一片征鴻。欲頓閒愁無頓處，都著在兩眉峯。　心事寄題紅，畫橋流水東。斷腸人、無奈秋濃。回首層樓歸去嬾，早新月、挂梧桐。

滿江紅・和清真韻

目斷煙江，相思字、難憑鴈足。從別後、翠眉慵嫵，素腰如束。困倚牙牀春繡嬾，釧金斜隱香腮肉。畫漸長、誰與對文枰，翻新局。　枝上鵲，心期卜。芳草暗，西廂曲。謝多情海燕，伴愁華屋。明月空圓雙蝶夢，綵雲難駐孤鸞宿。任畫簾、不捲玉鈎閒，楊花撲。

唐多令
休去採芙蓉秋江煙水空帶斜陽一片征鴻欲頓閒愁
無頓處都著在兩眉峯　心事寄題紅畫橋流水東斷
腸人無奈秋濃回首層樓歸去嬾早新月挂梧桐
滿江紅 和清真韻
目斷煙江相思字難憑鴈足從別後翠眉慵嫵素腰如
束困倚牙牀春繡嬾釧金斜隱香腮肉晝漸長誰與對
文枰翻新局　枝上鵲心期卜芳草暗西廂曲謝多情
海燕伴愁華屋明月空圓雙蝶夢綵雲難駐孤鸞宿任

秋蕊香

晚酌宜城酒煖，玉軟嫩紅潮面。醉中窈窕度嬌眼，不識愁深愁淺。　繡窗一縷香絨線，繫雙燕。海棠滿地夕陽遠，明月笙歌別院。

一落索

欲寄相思愁苦，倩流紅去。淚花寫不斷離懷，都化作無情雨。　渺渺莫雲江樹，淡煙橫素。六橋飛絮，夕陽西盡，總是春歸處。

畫簾不捲玉鈎閒楊花撲

秋蕊香

晚酌宜城酒煖玉軟嫩紅潮面醉中窈窕度嬌眼不識愁深愁淺　繡窗一縷香絨線繫雙燕海棠滿地夕陽遠明月笙歌別院

一落索

欲寄相思愁苦倩流紅去淚花寫不斷離懷都化作無情雨　渺渺莫雲江樹淡煙橫素六橋飛絮夕陽西盡總是春歸處

垂楊・懷古

銀屏夢覺，漸淺黃嫩綠，一聲鶯小。細雨輕塵，建章初閉東風悄。依然千樹長安道，翠雲鎖、玉窗深窈。斷腸人、空倚斜陽，帶舊愁多少。

還是清明過了，任煙縷露條、碧纖青嫋。恨隔天涯，幾回惆悵蘇堤曉。飛花滿地誰為掃？甚薄倖、隨波縹緲，縱啼鵑、不喚春歸，人自老。

垂楊

銀屏夢覺漸淺黃嫩綠一聲鶯小細雨輕塵建章初閉
東風悄依然千樹長安道翠雲鎖玉窗深窈斷腸人空
倚斜陽帶舊愁多少　還是清明過了任煙縷露條碧
纖青嫋恨隔天涯幾回惆悵蘇隄曉飛花滿地誰為掃
甚薄倖隨波縹緲縱啼鵑不喚春歸人自老

詞旨警句燕子未來東風無語又黃昏琴心不度
春雲遠斷腸難託啼鵑夜深猶倚垂楊二十四闌
絳都春寄相思偏仗柳枝待折向樽前唱怕東風
吹作絮飛戀繡衾
日湖漁唱齊天樂澤國樓偶賦云湖光偶在闌
干外凭虛遠迷三楚舊柳猶青平蕪自碧幾度

朝昏煙雨天涯倦旅愛小郄遊賴共揮談塵頻
覺塵清宦情高下等風絮芝出蒼翠縹緲黯然
仙夢杳吟思飛去故國樓臺斜陽巷陌回首白
雲何處無心訪古對雙塔棲鴉半汀歸鷺立盡
荷香月明人笑語綺羅香秋雨云雁宇蒼寒蛩
疏翠冷又是淒涼時候小揭珠簾衣潤唾花羅
皺饒曉鷺獨立哀荷迴歸燕尚棲殘柳想黃花
羞澀東籬斷無新句到重九孤縈清夢易覺陽
斷唐宮舊事聲迷宮漏滴入愁心秋似玉樓人
瘦煙檻外催下梧桐帶西風亂捎鴛甃記畫簷
燈影沉沉共裁春夜韭
張炎山中白雲解連環拜陳西麓墓云句章城
郭問千年往事幾回歸鶴嘆貞元朝士無多又
日冷湖陰柳邊門鑰向北來時無處認江南花
落縱荷衣未改病損茂陵終是蕭索山中故人
去郄但碑寒峴首舊景如昨悵二喬空老春深
正歌斷簾空草昏銅雀楚魄難招被萬疊閑雲
迷著料應是聽風聽雨朗吟夜壑原注山中樓

張樞

樞字斗南，號寄閒。西秦人，居臨安。循王之後。善詞名世。子炎能傳其家學，見鄧牧《伯牙琴》。

瑞鶴仙

捲簾人睡起，放燕子歸來，商量春事。風光又能幾？減芳菲、都在賣花聲裏。吟邊眼底，披嫩綠、移紅換紫。甚等閒、半委東風，半委小溪流水。還是，苔痕湔雨，竹影留雲，待晴猶未。蘭舟靜艤，西湖上、多少歌吹。粉蝶兒、守定落花不去，溼重尋香兩翅。怎知人、一點新愁，寸心萬里。

扁萬疊雲

張樞

樞字斗南號寄閒西秦人居臨安循王之後善詞名世子炎能傳其家學見鄧牧伯牙琴

瑞鶴仙

捲簾人睡起放燕子歸來商量春事風光又能幾減芳菲都在賣花聲裏吟邊眼底披嫩綠移紅換紫甚等閒半委東風半委小溪流水

還是苔痕湔雨竹影留雲待晴猶未蘭舟靜艤西湖上多少歌吹粉蝶兒守定落花不去溼重尋香兩翅怎知人一點新愁寸心萬里

風入松

春寒懶下碧雲樓，花事等閒休。紅綿溼透鞦韆索，記伴仙、曾倚嬌柔。重疊黃金約臂，玲瓏翠玉搔頭。　熏爐誰熨煖衣篝，消遣酒醒愁。舊巢未著新來燕，任珠簾、不上瓊鈎。何處東風院宇，數聲揭調甘州。

南歌子

柳戶朝雲溼，花窗午篆清。東風未放十分晴，留戀海棠顏色，過清明。　壘潤棲新燕，籠深鎖舊鶯。琵琶可是不堪聽，無奈愁人，把做斷腸聲。

風入松
春寒懶下碧雲樓花事等閒休紅綿溼透鞦韆索記伴仙曾倚嬌柔重疊黃金約臂玲瓏翠玉搔頭　熏爐誰熨煖衣篝消遣酒醒愁舊巢未著新來燕任珠簾不上瓊鈎何處東風院宇數聲揭調甘州
南歌子
柳戶朝雲溼花窗午篆清東風未放十分晴留戀海棠顏色過清明　壘潤棲新燕籠深鎖舊鶯琵琶可是不堪聽無奈愁人把做斷腸聲

謁金門

春夢怯，人静玉閨平帖。睡起眉心端正貼，綽枝雙杏葉。　重整金泥蹀躞，紅皺石榴裙褶。款步花陰尋蛺蝶，玉纖和粉捻。

慶宮春

斜日明霞，殘虹分雨，軟風淺掠蘋波。聲冷瑶笙，情疎寶扇，酒醒無奈秋何。彩雲輕散，漫敲缺、銅壺浩歌。眉痕留怨，依約遠峯，學斂雙蛾。　銀牀露洗凉柯，屏掩香銷，忍掃裀羅。楚驛梅邊，吴江楓畔，庚郎從此愁多。草蟲喧砌，料催織、迴文鳳梭。相思遥夜，簾捲翠樓，月冷星河。

謁金門
春夢怯人靜玉閨平帖睡起眉心端正貼綽枝雙杏葉
重整金泥蹀躞紅皺石榴裙褶款步花陰尋蛺蝶玉
纖和粉捻
慶宮春
斜日明霞殘虹分雨軟風淺掠蘋波聲冷瑤笙情疎寶
扇酒醒無奈秋何彩雲輕散漫敲缺銅壺浩歌眉痕留
怨依約遠峯學斂雙蛾　銀牀露洗涼柯屏掩香銷忍
掃裀羅楚驛梅邊吳江楓畔庚郎從此愁多草蟲喧砌

壺中天・月夕登繪幅堂，與篔房各賦一解

鴈横迥碧，漸煙收極浦，漁唱催晚。臨水樓臺乘醉倚，雲引吟情閒遠。露脚飛凉，山眉鎖暝，玉宇冰奩滿。平波不動，桂華底印清淺。　應是瓊斧修成，鉛霜擣就，舞《霓裳》曲遍。窈窕西窗誰弄影，紅冷芙蓉深苑。賦雪詞工，留雲歌斷，偏惹文簫怨。人歸鶴唳，翠簾十二空捲。

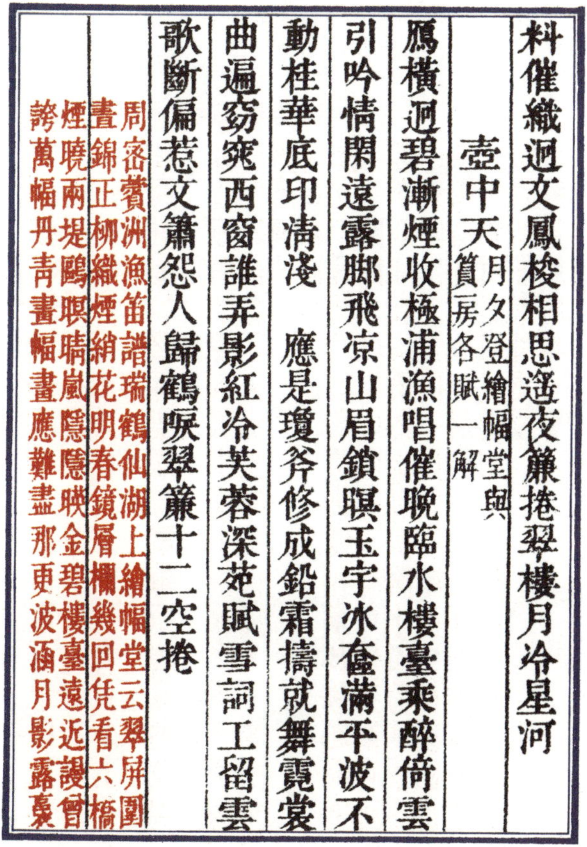
料催織迥文鳳梭相思遥夜簾捲翠樓月冷星河
壺中天 月夕登繪幅堂與篔房各賦一解
鴈横迥碧漸煙收極浦漁唱催晚臨水樓臺乘醉倚雲
引吟情閑遠露脚飛凉山眉鎖暝玉宇冰奩滿平波不
動桂華底印清淺　應是瓊斧修成鉛霜擣就舞霓裳
曲遍窈窕西窗誰弄影紅冷芙蓉深苑賦雪詞工留雲
歌斷偏惹文簫怨人歸鶴唳翠簾十二空捲
周密蘋洲漁笛譜瑞鶴仙湖上繪幅堂云翠屏圍
晝錦正柳織煙綃花明春鏡層欄幾回凭看六橋
煙曉兩堤鷗暝晴嵐隱隱映金碧樓臺遠近謾曾
誇萬幅丹青畫幅畫應難盡那更波涵月影露裊

蓮妝水描梅影調朱弄粉憑誰寫四時景問玉奩
西子山眉波盼多少濃施淡暈算何如付與吟翁
綴吟細品撥弁陽詞繪幅堂在湖上考武林舊事
諸書不載始末未詳
詞旨屬對金谷移春玉壺貯暖擁石池臺約花闌
檻
警句甚等閑半委東風半委小溪流水 瑞鶴仙 粉
蝶兒守定落花不去溼重尋香兩翅 同上 雲引吟
情閑遠 壺中天
詞眼移紅換紫
陳允平日湖漁唱木蘭花慢和李篔房題張寄
閑家圃韻云愛吟休問瘦爲詩句幾憑闌有可
畫亭臺宜春帳箔如寄身閑胸中四時勝景小
蓬萊幻出五雲間一掬蘋香暗沼半梢松影虛
壇相看倦羽久知還回首鷺盟寒記步屧尋雲
呼燈聽雨越嶺吳巒幽情未應共懶把周郎舊
曲譜新翻簾外垂楊
自舞爲君時按弓彎

李演

演字廣翁，號秋堂。有《盟鷗集》。

摸魚兒·太湖

又西風、四橋踈柳，驚蟬相對秋語。瓊荷萬笠花雲重，嫋嫋紅衣如舞。鴻北去、渺岸芷汀芳，幾點斜陽字。吳亭舊樹，又繫我扁舟，漁鄉釣里，秋色淡歸鷺。　長干路，蔓草踈煙斷墅。商歌如寫羈旅。丹溪翠岫登臨事，苔屐尚黏蒼土。鷗且住，怕月冷吟魂，婉冉空江暮。明燈暗浦，更短笛銜風，長雲弄晚，天際畫秋句。

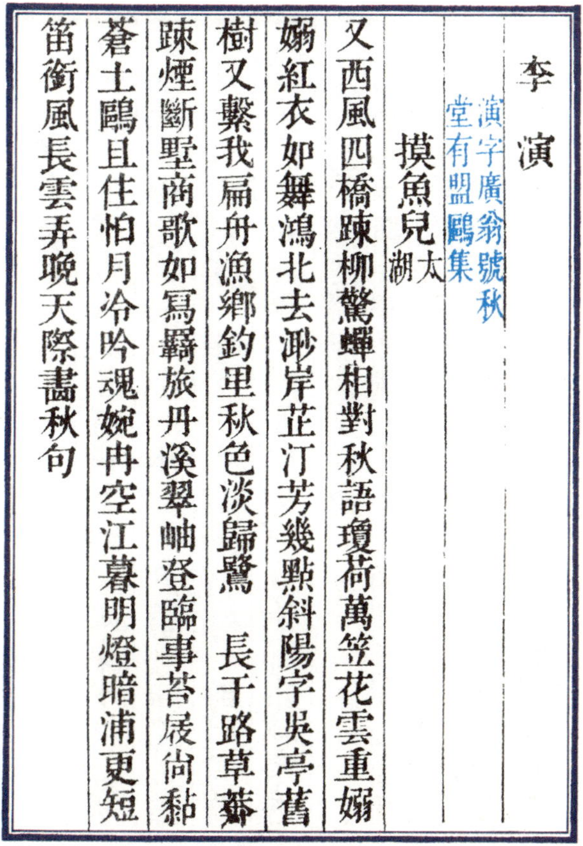

李演

演字廣翁號秋堂有盟鷗集

摸魚兒太湖

又西風四橋踈柳驚蟬相對秋語瓊荷萬笠花雲重嫋嫋紅衣如舞鴻北去渺岸芷汀芳幾點斜陽字吳亭舊樹又繫我扁舟漁鄉釣里秋色淡歸鷺　長干路草蔓踈煙斷墅商歌如寫羈旅丹溪翠岫登臨事苔屐尚黏蒼土鷗且住怕月冷吟魂婉冉空江暮明燈暗浦更短笛銜風長雲弄晚天際畫秋句

聲聲慢·問梅孤山

輕鞲繡谷，柔屐煙堤，六年遺賞新續。小舫重來，惟有寒沙鷗熟。徘徊舊情易冷，但溶溶、翠波如縠。愁望遠，甚雲銷月老，莫山自緑。

嚬咲人生悲樂，且聽我樽前，漁歌樵曲。舊閣塵封，長得樹陰如屋。凄涼五橋歸路，載寒秀、一枝疎玉。翠袖薄，晚無言、空倚修竹。

聲聲慢

輕鞲繡谷柔屐煙隄六年遺賞新續小舫重來惟有寒沙鷗熟徘徊舊情易冷但溶溶翠波如縠愁望遠甚雲銷月老莫山自綠　嚬咲人生悲樂且聽我樽前漁歌樵曲舊閣塵封長得樹陰如屋淒涼五橋歸路載寒秀一枝疎玉翠袖薄晚無言空倚修竹

遂昌雜錄云錢唐湖上舊多行樂處西太乙宮四聖觀皆在孤山西太乙成後西出斷橋夾蘇公堤皆植花柳時時有小亭館可憩宮有景福之門迎禎之館黃庭之殿結搆之巧丹雘之麗眞擅蓬萊道山之勝余童時尚記孤山之陰一小亭在高阜上曰歲寒綠亭皆古梅下臨水曰挹翠閣上下皆

醉桃源・題小扇

雙鴛初放步雲輕，香簾蒸未晴。杏鎔暗淚結紅冰，留春蝴蝶情。　寒薄薄，日陰陰，錦鳩花底鳴。春懷一似草無憑，東風吹又生。

南鄉子・夜宴燕子樓

芳水戲桃英，小滴燕支浸緑雲。待覓瓊觚藏綵信，流春不似題紅易得沉。　天上許飛瓊，吹下蓉笙染玉塵。可惜素鸞留不得，更深，誤剪燈花斷了心。

栱斗砌成極爲宏麗

醉桃源題小扇

雙鴛初放步雲輕香簾蒸未晴杏鎔暗淚結紅冰留春蝴蝶情　寒薄薄日陰陰錦鳩花底鳴春懷一似草無憑東風吹又生

南鄉子夜宴燕子樓

芳水戲桃英小滴燕支浸綠雲待覓瓊觚藏綵信流春不似題紅易得沉　天上許飛瓊吹下蓉笙染玉塵可惜素鸞留不得更深誤剪燈花斷了心

八六子・次箕房韻

乍鷗邊、一番腴緑，流紅又怨蘋花。看晚吹、約晴歸路，夕陽分落漁家。輕雲半遮。　縈情芳草無涯。還報舞香一曲，玉飄幾許春華。正細柳青煙，舊時芳陌，小桃朱户，去年人面，誰知此日重來繫馬，東風淡墨欹鴉。黯窗紗，人歸緑陰自斜。

祝英臺近・次箕房韻

采芳蘋，縈去艫，歸步翠微雨。柳色如波，縈恨滿煙浦。東君若是多情，未應花老，心巳在、緑成陰處。　困無語，柔被褰損梨雲，閒修牡丹譜。妒粉爭香，雙燕為誰舞。年年紅紫如塵，五橋流水，知送了，幾番愁去。

八六子 次箕房韻

乍鷗邊一番腴綠流紅又怨蘋花看晚吹約晴歸路夕陽分落漁家輕雲半遮　縈情芳草無涯還報舞香一曲玉瓢幾許春華正細柳青煙舊時芳陌小桃朱戶去年人面誰知此日重來繫馬東風淡墨欹鴉黯窗紗人歸綠陰自斜

祝英臺近 次箕房韻

采芳蘋縈去艫歸步翠微雨柳色如波縈恨滿煙浦東君若是多情未應花老心巳在綠成陰處　困無語柔

莫崙

崙字子山，號雨山。江都人，寓家丹徒。度宗咸淳四年陳文龍榜進士，見《正德丹徒縣志》。

水龍吟

鏡寒香歇江成路，今度見春全嬾。斷雲過雨，花前歌扇，梅邊酒琖。離思相欺，萬絲縈繞，一襟銷黯。但年光暗換，人生易感，西歸水，南飛鴈。也擬與愁排遣，奈江山、遮攔不斷。嬌訛夢語，濕熒啼袖，迷心醉眼。繡轂華裀，錦屏羅薦，何時拘管？但良宵空有，亭亭霜月，作相思伴。

祓禊損梨雲閒修牡丹譜妒粉爭香雙燕爲誰舞年年
紅紫如塵五橋流水知送了幾番愁去

莫崙

崙字子山號雨山江都人寓家丹徒度宗咸淳四
年陳文龍榜進士見正德丹徒縣志

水龍吟

鏡寒香歇江城路今度見春全嬾斷雲過雨花前歌扇
梅邊酒琖離思相欺萬絲縈繞一襟銷黯但年光暗換
人生易感西歸水南飛鴈　也擬與愁排遣奈江山遮
攔不斷嬌訛夢語濕熒啼袖迷心醉眼繡轂華裀錦屏

玉樓春

緑楊芳徑鶯聲小，簾幙烘香桃杏曉。餘寒猶峭雨踈踈，好夢自驚人悄悄。　憑君莫問情多少，門外江流羅帶繞。直饒明月便相逢，已是一春閒過了。

生查子

三兩信涼風，七八分圓月。愁緒到今年，又與前年別。　衾單容易寒，燭暗相將滅。欲識此時情，聽取鳴蛩說。

羅薦何時拘管但長宵空有亭亭霜月作相思伴

玉樓春

綠楊芳徑鶯聲小簾幙烘香桃杏曉餘寒猶峭雨踈踈好夢自驚人悄悄　憑君莫問情多少門外江流羅帶繞直饒明月便相逢已是一春閒過了

生查子

三兩信涼風七八分圓月愁緒到今年又與前年別衾單容易寒燭暗相將滅欲識此時情聽取鳴蛩說

卜算子

卜算子

紅底過絲明，緑外飛綿小。不道東風上海棠，白地春歸了。　月笛曲欄留，露舄芳池繞。争得閒情似舊時，偏索簷花笑。

丁宥

宥字棊仲，號宏菴。

水龍吟

鴈風吹裂雲痕，小樓一線斜陽影。殘蟬抱柳，寒蛩入户，凄音忍聽。愁不禁秋，夢還驚客，青燈孤枕。未更深，早是梧桐泫露，那更度、蘭宵永。　空歎銀屏金井，醉鄉醒、温柔鄉冷。征塵倦撲，閒花謾舞，何心管領。蔥指冰絃，蕙懷春錦，楚梅風韻。悵芙蓉城杳，藍雲依黯，鎖巫峯暝。

紅底過絲明緑外飛綿小不道東風上海棠白地春歸了　月笛曲欄留露舄芳池繞争得閒情似舊時偏索簷花笑

詞旨警句但艮宵空有亭亭霜月作相思件　水龍吟

丁宥

宥字棊仲
號宏菴

水龍吟

鴈風吹裂雲痕小樓一線斜陽影殘蟬抱柳寒蛩入戶
凄音忍聽愁不禁秋夢還驚客青燈孤枕未更深早是

梧桐泫露邪叓度蘭宵永　空歎銀屏金井醉鄉醒溫
柔鄉冷征塵倦撲閑花謾舞何心管領蔥指氷絃蕙懷
春錦楚梅風韻悵芙蓉城杳藍雲依黯鎖巫峯暝

吳文英夢窗甲稾高山流水丁基仲側室善絲桐
賦詠曉達音律備歌舞之妙云素絃一一起秋風
寫柔情都在春蔥徽外斷腸聲霜霄暗落驚鴻低
顰處剪綠裁紅仙郎伴新製還賡舊曲映月簾櫳
似名花並蔕日日醉春濃吳中空傳有西子應不
解換徵移宮蘭蕙滿襟懷唾碧總噴花茸後堂深
想費春工客愁重時聽蕉寒雨碎淚溼瓊鐘恁風
流也稱金屋貯嬌慵按基仲水龍吟蔥指氷絃蕙
懷春錦又云悵芙蓉城杳當是悼其側室而作觀
夢窗詞可證也
詞旨屬對疏綺籠寒淺雲棲月蟬碧勾花雁紅攢
月

儲泳

泳字文卿，號華谷。雲間人。著《華谷祛疑說》

齊天樂

東風一夜吹寒食，紅片枝頭猶戀。宿酒初醒，新吟未穩，凭久欄杆留暖。將春買斷，恨苔徑榆階，翠錢難貫。陌上鞦韆，相逢難認舊時伴。 輕衫粉痕褪了，絲緣餘夢在，良宵偏短。柳線穿煙，鶯梭織霧，一片舊愁新怨。慵拈象管，待寄與深情，怎憑雙燕。不似楊花，解隨人去遠。

警句雁風吹裂雲痕小樓一線斜陽影水龍吟清
陰一架顆顆蒲萄醉花碧六幺令

儲泳

泳字文卿號華谷雲
間人著華谷祛疑說

齊天樂

東風一夜吹寒食紅片枝頭猶戀宿酒初醒新吟未穩
凭久欄杆留暖將春買斷恨苔徑榆階翠錢難貫陌上
鞦韆相逢難認舊時伴　輕衫粉痕褪了絲緣餘夢在
良宵偏短柳線穿煙鶯梭織霧一片舊愁新怨慵拈象
管待寄與深情怎憑雙燕不似楊花解隨人去遠

趙汝迕

汝迕字叔午，一作叔魯，號寒泉。樂清人。登嘉定進士，僉判雷州，謫官而卒。《宋史·宗室世系表》：『商王元份八世孫，善圻第三子。』

清平樂

初鶯細雨，楊柳低愁縷。煙浦花橋如夢裏，猶記倚樓別語。小屏依舊圍香，恨抛薄醉殘妝。判却寸心雙淚，為他花月淒涼。

趙汝迕

汝迕字叔午一作叔魯號寒泉樂清人登嘉定進士僉判雷州謫官而卒宋史宗室世系表商王元份八世孫善圻第三子

淸平樂

初鶯細雨楊柳低愁縷煙浦花橋如夢裏猶記倚樓別語　小屏依舊圍香恨抛薄醉殘粧判却寸心雙淚爲他花月凄凉

樓扶

扶字叔茂號梅麓景定建康志云樓扶端平中沿江制置司幹官泰州志云淳祐間知泰州軍事延

樓扶

扶字叔茂，號梅麓。《景定建康志》云：『樓扶，端平中沿江制置司幹官。』《秦州志》云：『淳祐間，知泰州軍事。』《延祐四明志》云：『靈應廟，鄞人樓扶為記。』

水龍吟・次清真梨花韻

素娥洗盡繁妝，夜深步月鞦韆地。輕腮暈玉，柔肌籠，粉緇塵斂避。霽雪留香，曉雲同夢，昭陽宮閉。悵仙園路杳，曲欄人寂，踈雨溼、盈盈淚。　未放游蜂葉底，怕春歸、不禁狂吹。象牀困倚，冰魂微醒，鶯聲喚起。愁對黃昏，恨催寒食，滿襟離思。想千紅過盡，一枝獨冷，把梅花比。

祐四明志云靈應
廟鄞人樓扶爲記
水龍吟 次清真梨花韻
素娥洗盡繁妝夜深步月鞦韆地輕腮暈玉柔肌籠粉
緇塵斂避霽雪留香曉雲同夢昭陽宮閉悵仙園路杳
曲欄人寂踈雨溼盈盈淚　未放游蜂葉底怕春歸不
禁狂吹象牀困倚冰魂微醒鶯聲喚起愁對黃昏恨催
寒食滿襟離思想千紅過盡一枝獨冷把梅花比
菩薩蠻
絲絲楊柳鶯聲近晚風吹過鞦韆影寒色一簾輕燈殘

菩薩蠻

絲絲楊柳鶯聲近，晚風吹過鞦韆影。寒色一簾輕，燈殘夢不成。
耳邊消息在，笑指花梢待。又是不歸來，滿庭花自開。

史介翁

介翁字吉父，號梅屋。

菩薩蠻

柳絲輕颺黃金縷，織成一片紗窗雨。鬭合做春愁，困慵熏玉篝。
暮寒羅袖薄，社雨催花落。先自為詩忙，薔薇一陣香。

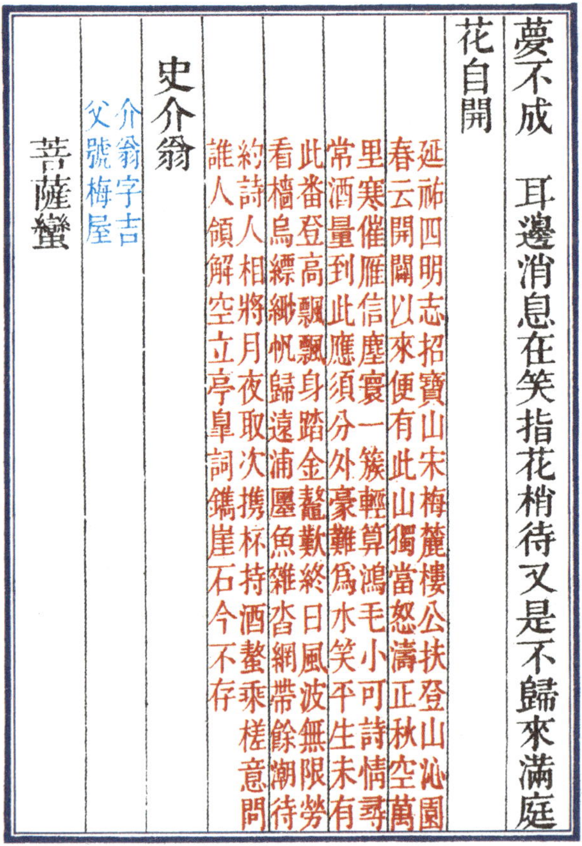
夢不成　耳邊消息在笑指花梢待又是不歸來滿庭
花自開
延祐四明志招寶山宋梅麓樓公扶登山沁園
春云開闢以來便有此山獨當怒濤正秋空萬
里寒催雁信塵寰一簇輕算鴻毛小可詩情尋
常酒量到此應須分外豪難爲水笑平生未有
此番登高飄飄身踏金鼇歎終日風波無限勞
看檣烏縹緲帆歸遠浦罨魚雜沓網帶餘潮待
約詩人相將月夜取次携杯持酒螯乘槎意問
誰人領解空立亭皐詞鐫崖石今不存
史介翁
介翁字吉
父號梅屋
菩薩蠻

周端臣

端臣字彦良，號葵窗。《武林舊事》云：『御前應制。』

木蘭花慢·送人之官九華

靄芳陰未解，乍天氣、過元宵。訝客袖猶寒，吟窗易曉，春色無聊。梅梢尚留顧藉，殢東風、未肯雪輕飄。知道詩翁欲去，遞香要送蘭橈。　清標，會上叢霄，千里阻、九華遥。料今朝別後，他時有夢，應夢今朝。河橋柳，愁未醒，贈行人、又恐越魂銷。留取歸來繫馬，翠長千縷柔條。

柳絲輕颺黃金縷織成一片紗窗雨鬬合做春愁困慵
熏玉篝　暮寒羅袖薄社雨催花落先自爲詩忺薔薇
一陣香

周端臣

端臣字彦良號葵窗武林
舊事云御前應制

木蘭花慢送人之官九華

靄芳陰未解乍天氣過元宵訝客袖猶寒吟窗易曉春
色無聊梅梢尚留顧藉殢東風未肯雪輕飄知道詩翁
欲去遞香要送蘭橈　淸標會上叢霄千里阻九華遥

玉樓春

華堂簾幙飄香霧，一搦楚腰輕束素。翩躚舞態燕還驚，綽約妝容花盡妒。　樽前謾詠高唐賦，巫峽雲深留不住。重來花畔倚欄杆，愁滿欄杆無倚處。

料今朝别後他時有夢應夢今朝河橋柳愁未醒贈行人又恐越魂銷留取歸來繫馬翠長千縷柔條
方輿勝覽云九華山在池州青陽縣界舊名九子山李白以峯如蓮花改名九華

玉樓春

華堂簾幙飄香霧一搦楚腰輕束素翩躚舞態燕還驚綽約妝容花盡妒　樽前謾詠高唐賦巫峽雲深留不住重來花畔倚欄杆愁滿欄杆無倚處

楊子咸

子咸號學舟

楊子咸

子咸，號學舟。

木蘭花慢・雨中荼蘼

紫凋紅落後，忽十丈玉虬横。望衆緑幃中，藍田璞碎，鮫室珠傾。柔條繫風無力，更不禁、連日峭寒清。空與蝶圓香夢，枉教鶯訴春情。　深深苔徑悄無人，欄檻濕香塵。歎寶髻鬖鬆，粉鉛狼籍，誰管飄零。不愁素雲易散，恨此花開後更無春。安得胡牀月夜，玉醅滿蘸瑶英。

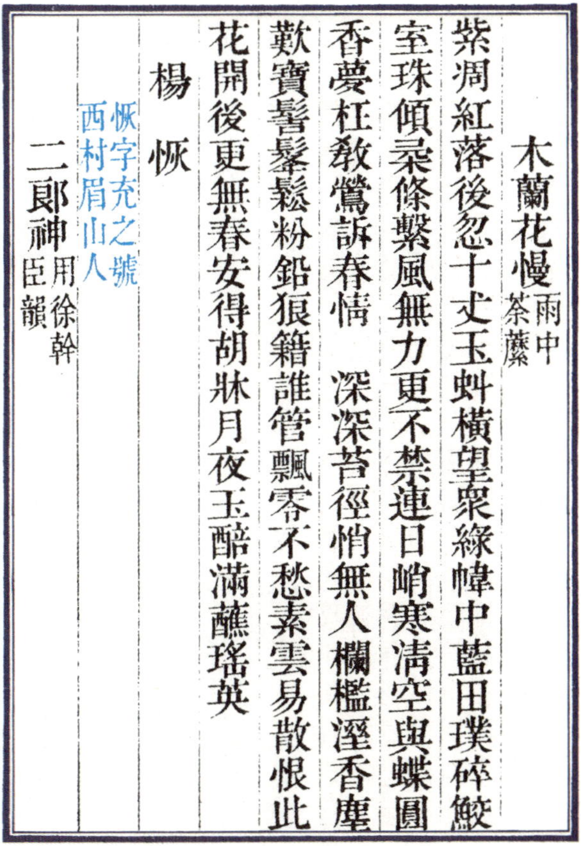
木蘭花慢雨中荼蘼
紫凋紅落後忽十丈玉虬横望衆緑幃中藍田璞碎鮫
室珠傾柔條繫風無力更不禁連日峭寒清空與蝶圓
香夢枉教鶯訴春情　深深苔徑悄無人欄檻溼香塵
歎寶髻鬖鬆粉鉛狼籍誰管飄零不愁素雲易散恨此
花開後更無春安得胡牀月夜玉醅滿蘸瑶英
楊悏
悏字充之號西村眉山人
二郎神用徐幹臣韻

楊恢

恢字充之，號西村。眉山人。

二郎神·用徐幹臣韻

瑣窗睡起，閒竚立、海棠花影。記翠檝銀塘，紅牙《金縷》，杯泛梨花冷。燕子銜來相思字，道玉瘦、不禁春病。應蝶粉半銷，鴉雲斜墜，暗塵侵鏡。 還省，香痕碧唾，春衫都凝。悄一似荼蘼，玉肌翠帔，消得東風喚醒。青杏單衣，楊花小扇，閒却晚春風景。最苦是、蝴蝶盈盈弄晚，一簾風靜。

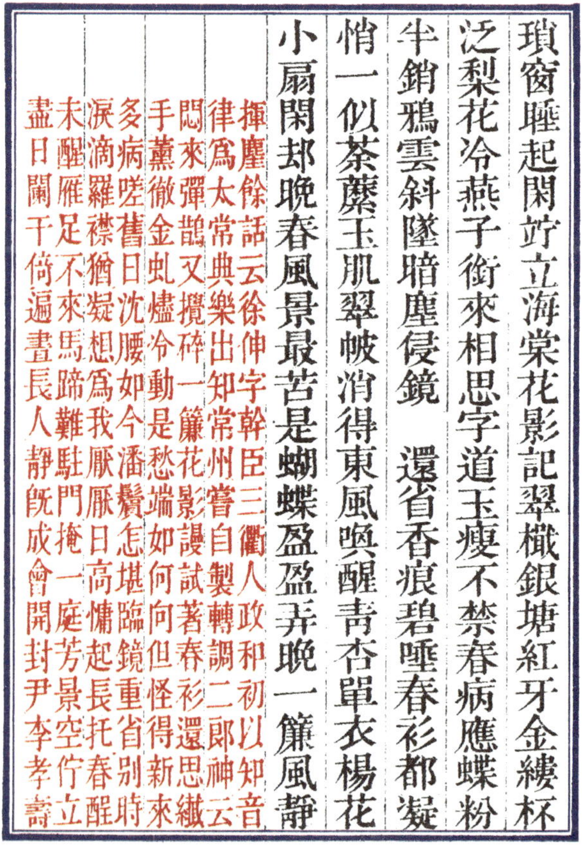
瑣窗睡起閒竚立海棠花影記翠檝銀塘紅牙金縷杯
泛梨花冷燕子銜來相思字道玉瘦不禁春病應蝶粉
半銷鴉雲斜墜暗塵侵鏡　還省香痕碧唾春衫都凝
悄一似荼蘼玉肌翠帔消得東風喚醒青杏單衣楊花
小扇閒却晚春風景最苦是蝴蝶盈盈弄晚一簾風靜
揮麈餘話云徐伸字幹臣三衢人政和初以知音
律爲太常典樂出知常州嘗自製轉調二郎神云
悶來彈鵲又攪碎一簾花影謾試著春衫還思纖
手薰徹金虬燼冷動是愁端如何向但怪得新來
多病嗟舊日沈腰如今潘鬢怎堪臨鏡重省別時
淚濕羅襟猶凝想爲我厭厭日高慵起長托春醒
未醒雁足不來馬蹄難駐門掩一庭芳景空佇立
盡日闌干倚遍晝長人靜既成會開封尹李孝壽

來牧吾郡李以嚴治京兆號李閻羅道出郡下幹臣大合樂燕勞之喻群娼令謳此詞必待其問乃止娼如戒歌至三四李果詢之幹臣蹙頞云某頃有一侍婢色藝冠絕前歲以亡室不容逐去今聞在蘇州一兵官處屢遣信欲復來而今之主公靳之感慨賦此詞中所叙多其書中語適有天幸公擁麾於彼不審能爲我致之否李云此甚不難可無慮也既次無錫賓贊者請受謁次第李云郡官當至楓橋橋距城十里而遠翌日艤舟其所官吏上下望風股栗李一閱刺字忽大怒云郡監在法不許出城乃亦至此使郡中萬一有火盜之虞豈不殆哉斥都監下堦荷校送獄又數日取其供牘判奏字其家震懼求援宛轉哀鳴致懇李笑云且還徐典樂之妾了來理會兵官者解其指即日承命然後舍之

倦尋芳

倦尋芳

錫簫吹暖，蠟燭分煙，春思無限。風到楝花，二十四番吹遍。煙溼濃堆楊柳色，晝長閒墜梨花片。悄簾櫳，聽幽禽對語，分明如剪。

記舊日、西湖行樂，載酒尋春，十里塵軟。背後腰肢，彷彿畫圖會見。宿粉殘香隨夢冷，落花流水和天遠。但如今，病厭厭、海棠池館。

滿江紅

小院無人，正梅粉、一階狼籍。踈雨過，溶溶天氣，早如寒食。啼鳥驚回芳草夢，峭風吹淺桃花色。漫玉爐、沉水熨春衫，花痕碧。

綠縠水，紅香陌。紫桂櫂，黃金勒。悵前歡如夢，後遊何日？酒醒香消人自瘦，天空海濶春無極。又一林、新月照黃昏，梨花白。

錫簫吹暖蠟燭分煙春思無限風到楝花二十四番吹遍煙溼濃堆楊柳色晝長閒墜梨花片悄簾櫳聽幽禽對語分明如剪　記舊日西湖行樂載酒尋春十里塵軟背後腰肢彷彿畫圖曾見宿粉殘香隨夢冷落花流水和天遠但如今病厭厭海棠池館

滿江紅

小院無人正梅粉一階狼籍踈雨過溶溶天氣早如寒食啼鳥驚回芳草夢峭風吹淺桃花色漫玉爐沉水熨春衫花痕碧　綠縠水紅香陌紫桂櫂黃金勒悵前歡

祝英臺近

宿醒蘇，春夢醒，沉水冷金鴨。落盡桃花，無人掃紅雪。漸催賁酒園林，單衣庭院，春又到、斷腸時節。恨離別。長憶人立荼蘼，珠簾捲香月。幾度黃昏，瓊枝為誰折。都將千里芳心，十年幽夢，分付與、一聲啼鴂。

又·中秋

月如冰，天似水，冷浸畫欄濕。桂樹風前，醲香半狼籍。此翁對此良宵，別無可恨，恨只恨、古人頭白。洞庭窄。誰道臨水樓臺，清光最先得？萬里乾坤，元無片雲隔。不妨彩筆雲箋，翠尊冰醞，自管領、一庭秋色。

如夢後遊何日酒醒香消人自瘦天空海濶春無極又
一林新月照黃昏梨花白
祝英臺近
宿醒蘇春夢醒沉水冷金鴨落盡桃花無人掃紅雪漸
催賁酒園林單衣庭院春又到斷腸時節　恨離別長
憶人立荼蘼珠簾捲香月幾度黃昏瓊枝爲誰折都將
千里芳心十年幽夢分付與一聲啼鴂
又中秋
月如冰天似水冷浸畫欄溼桂樹風前醲香半狼籍此

八聲甘州

摘青梅薦酒，甚殘寒、猶怯苧蘿衣。正柳嚲腴花瘦，緑雲冉冉，紅雪霏霏。屋秦箏依約，誰品春詞？回首繁華夢，流水斜暉。 寄隱孤山山下，但一瓢飲水，深掩苔扉。羨青山有思，白鶴忘機。悵年華、不禁搔首，又天涯、彈淚送春歸。銷魂遠，千山啼鴂，十里荼蘼。

翁對此良宵別無可恨恨只恨古人頭白 洞庭窄誰
道臨水樓臺清光最先得萬里乾坤元無片雲隔不妨
彩筆雲箋翠尊冰醖自管領一庭秋色

八聲甘州

摘青梅薦酒甚殘寒猶怯苧蘿衣正柳腴花瘦綠雲冉
冉紅雪霏霏隔屋秦箏依約誰品春詞回首繁華夢流
水斜暉 寄隱孤山山下但一瓢飲水深掩苔扉羨青
山有思白鶴忘機悵年華不禁搔首又天涯彈淚送春
歸銷魂遠千山啼鴂十里荼蘼

詞旨警句燕子銜來相思字道玉瘦不禁春病二郎神宿粉殘香隨夢冷落花流水和天遠倦尋芳都將千里芳心十年幽夢分付與一聲啼鴂祝英臺近不妨彩筆雲牋翠尊冰醞自管領一庭秋色祝英臺近

浯溪集眉山楊恢游浯溪詞云碧崖倒影浸一片寒江如練正岸岸梅花村村修竹喚醒春風筆硯泝水舟輕輕如葉只消得溪風一箭行水部雄文太師健筆月寒波光游倦片雲孤鶴江湖都遍慨金屋藏妖繡屏包禍欲與三郎痛辨回首前朝斷魂殘照幾度山花崖蘚無限都付宗尊漠漠漠水天遠按此詞甚佳惜不著調名

紫望凉州鼓吹祝英臺近丁巳暮春訪楊西村湖上懷舊云小船兒雙去櫓紅涇海棠雨燕子歸時芳草暗南浦自從翠袖香銷明瑞聲斷怕回首舊尋芳處向誰語可憐金屋無人冷落鳳簫譜翠入菱花蛾眉爲誰嫵斷腸明月天涯春風海角恨不做楊花飛去

何光大

光大字謙履，號半湖。

謁金門

天似水，池上藕花風起。隔岸垂楊青到地，亂螢飛又止。露溼玉闌閒倚，人靜自生凉意。泛碧沉朱供晚醉，月斜纔去睡。

趙湑

湑字元晉，號冰壺。潭州人。忠靖公葵子。咸淳中沿江制置使、知建康府。《宋季三朝政要》云：『廣王登極於福州，改元景炎，以趙湑為江西制置使，進兵邵武。』《山房隨筆云》：『趙静齋淮被執，死於瓜洲，其兄冰壺湑自京口遷金陵，北兵至，棄家而遯，南徥不返，死瘗海旁山上。』

何光大
光大字謙履號半湖
謁金門
天似水池上藕花風起隔岸垂楊青到地亂螢飛又止
露溼玉闌閒倚人靜自生凉意泛碧沉朱供晚醉月
斜纔去睡
趙湑
湑字元晉號冰壺潭州人忠靖公葵子咸淳中沿
江制置使知建康府宋季三朝政要云廣王登極
於福州改元景炎以趙湑為江西制置使進兵邵
武山房隨筆云趙静齋淮被執死於瓜洲其兄冰

臨江仙

堤曲朱墻近遠，山明碧瓦高低。好風二十四花期，驕驄穿柳去，文艦挾春飛。　簫鼓晴雷殷殷，笑歌香霧霏霏。閒情不受酒禁持，斷腸無立處，斜日欲歸時。

吳山青・水仙

金璞明，玉璞明，小小杯柈翠袖擎。滿將春色盛。　仙佩鳴，玉佩鳴，雪月花中過洞庭。此時人獨清。

壺潛自京口遷金陵北兵至棄家而遯南徙不返死楚海旁山上

臨江仙 西湖春泛

隄曲朱墻近遠山明碧瓦高低好風二十四花期驕驄穿柳去文艦挾春飛　簫鼓晴雷殷殷笑歌香霧霏霏閒情不受酒禁持斷腸無立處斜日欲歸時

吳山青 水仙

金璞明玉璞明小小杯柈翠袖擎滿將春色盛　仙珮鳴玉珮鳴雪月花中過洞庭此時人獨清

趙　淇

趙淇

淇字元建。葵次子。宋末，直龍圖閣、廣南東路發運使，加右文殿修撰，尚書刑部侍郎。元至元間，行省承制，署廣東宣撫使，入見世祖拜湖南道宣慰使。卒贈湖廣行省參知政事，追封天水郡公。謚文惠。有文集二十卷。《圖繪寶鑑》云：『趙淇，號平遠，又號太初道人，故合而曰平初，又號静華翁。』

謁金門

吟望直，春在欄杆咫尺。山揷玉壺花倒立，雪明天混碧。曉露絲絲瓊滴，虚揭一簾雲濕。猶有殘梅黄半壁，香隨流水急。

淇字元建葵次子宋末直龍圖閣廣南東路發運使加右文殿修撰尚書刑部侍郎元至元間行省承制署廣東宣撫使入見世祖拜湖南道宣慰使卒贈湖廣行省參知政事追封天水郡公謚文惠有文集二十卷圖繪寶鑑云趙淇號平遠又號太初道人故合而曰平初又號静華翁

謁金門

吟望直春在欄杆咫尺山揷玉壺花倒立雪明天混碧
曉露絲絲瓊滴虚揭一簾雲溼猶有殘梅黄半壁香
隨流水急

詞旨警句春在闌干咫尺謁金門

毛珝

毛珝

珝字元白，號吾竹。柯山人。有《吾竹小稿》一卷。

浣溪紗・桂

綠玉枝頭一粟黃，碧紗帳裏夢魂香，曉風和月步新涼。吟倚畫欄懷李賀，笑持玉斧恨吳剛，素娥不嫁為誰妝。

潘希白

希白字懷古，號漁莊。永嘉人。寶祐中登第，幹辦臨安府節制司公事。德祐中，起史館檢校，不赴。

珝字元白號吾竹柯山人有吾竹小稿一卷

浣溪紗 桂

綠玉枝頭一粟黃碧紗帳裏夢魂香曉風和月步新涼吟倚畫欄懷李賀笑持玉斧恨吳剛素娥不嫁爲誰妝

潘希白

希白字懷古號漁莊永嘉人寶祐中登第幹辦臨安府節制司公事德祐中起史館檢校不赴

大有 九日

戲馬臺前採花籬下問歲華還是重九恰歸來南山翠

大有・九日

戲馬臺前，採花籬下，問歲華、還是重九。恰歸來、南山翠色依舊。簾櫳昨夜聽風雨，都不似、登臨時候。一片宋玉情懷，十分衛郎清瘦。紅萸佩、空對酒。碪杵動微寒，暗欺羅袖。秋已無多，早是敗荷衰柳。强整帽簷攲側，曾經向、天涯搔首。幾回憶、故園尊鱸，霜前鴈後。

李玨

玨字元暉，號隺田。吉水人。年十二通書經，召試館職，除秘書正字，批差充幹辦御前翰林司，主管御覽書籍，除閤門宣贊舍人。初領應奉，賜紫袍紅靴小金帶，一朝士寄之詩云：『上直朝朝紫禁深，歸

色依舊簾櫳昨夜聽風雨都不似登臨時候一片宋玉
情懷十分衛郎淸瘦　紅萸佩空對酒碪杵動微寒暗
欺羅袖秋已無多早是敗荷衰柳强整帽簷攲側曾經
向天涯搔首幾回憶故國尊鱸霜前鴈後

李玨

玨字元暉號隺田吉水人年十二通書經召試館
職除秘書正字批差充幹辦御前翰林司主管御
覽書籍除閤門宣贊舍人初領應奉賜紫袍紅靴
小金帶一朝士寄之詩云上直朝朝紫禁深歸來
無事只淸吟不須更借頭銜看便是當年李翰林
有雜著四集錢唐百詠行於世年八十九而終見
成化吉安府志

來無事只清吟，不須更借頭銜看，便是當年李翰林。』有《雜著四集》《錢唐百詠行》於世。年八十九而終。見《成化吉安府志》。

擊梧桐·别西湖社友

楓葉濃於染，秋正老、江上征衫寒淺。又是秦鴻過，霽煙外，寫出離愁幾點。年來歲去，朝生暮落，人似吳潮展轉。怕聽陽關曲，奈短笛喚起，天涯情遠。雙屐行春，扁舟嘯晚，憶著鷗湖鶯苑。鶴帳梅花屋，霜月後，記把山扉牢掩。惆悵明朝何處，故人相望，但碧雲半斂。定蘇堤重來時候，芳草如剪。

擊梧桐 别西湖社友

楓葉濃於染秋正老江上征衫寒淺又是秦鴻過霽煙
外寫出離愁幾點年來歲去朝生暮落人似吳潮展轉
怕聽陽關曲奈短笛喚起天涯情遠　雙屐行春扁舟
嘯晚憶著鷗湖鶯苑鶴帳梅花屋霜月後記把山扉牢
掩惆悵明朝何處故人相望但碧雲半斂定蘇隄重來
時候芳草如剪

都城紀勝云文士有西湖詩社非其他社集之比
乃行都士夫及寓居詩人舊多出名士

木蘭花慢 寄豫章故人

木蘭花慢・寄豫章故人

故人知健否？又過了、一番秋。記十載心期，蒼苔茅屋，杜若芳洲。天遥夢飛不到，但滔滔、歲月水東流。南浦春波舊别，西山暮雨新愁。

吳鈎，光透黑貂裘，客思晚悠悠。更何處相逢，殘更聽鴈，落日呼鷗。滄江白雲無數，約他年、携手上扁舟。鴉陣不知人意，黄昏飛向城頭。

利登

登字履道，號碧澗。金川人。著有《骳稿》一卷。

風入松

斷蕪幽樹際煙平，山外更山青。天南海北知何極，年年是、匹馬孤征。看盡好花結子，暗驚新筍

故人知健否又過了一番秋記十載心期蒼苔茅屋杜
若芳洲天遥夢飛不到但滔滔歲月水東流南浦春波
舊别西山莫雨新愁　吳鈎光透黑貂裘客思晚悠悠
更何處相逢殘更聽鴈落日呼鷗滄江白雲無數約他
年携手上扁舟鴉陣不知人意黄昏飛向城頭
利　登
登字履道號碧澗金川人著有骳稿一卷
風入松
斷蕪幽樹際煙平山外更山青天南海北知何極年年

成林。　歲華情事苦相尋，弱雪鬢毛侵。十千斗酒悠悠醉，斜河界、白月雲心。孤鶴盡邊天潤，清猿啼處山深。

曹邍

邍字擇可，號松山。《武林舊事》云：『御前應制。』

玲瓏四犯·荼蘼應制

一架幽芳，自過了梅花，猶占清絕。露葉檀心，香滿萬條晴雪。肌素静洗鉛華，似弄玉、乍離瑶闕。看翠蚪、白鳳飛舞，不管暮鴉啼鴂。

　酒中風格天然別，記唐宮、賜尊芳冽。玉䰀喚得餘春住，猶醉迷飛蝶。天氣乍雨乍晴，長是伴、牡丹時節。夜散瓊樓宴，金鋪深掩，一庭春月。

是匹馬孤征看盡好花結子暗驚新筍成林　歲華情
事苦相尋弱雪鬢毛侵十千斗酒悠悠醉斜河界白月
雲心孤鶴盡邊天潤清猿啼處山深

曹邍

邍字擇可號松山武林舊事云御前應制

玲瓏四犯荼蘼應制

一架幽芳自過了梅花猶占清絕露葉檀心香滿萬條
晴雪肌素靜洗鉛華似弄玉乍離瑶闕看翠蚪白鳳飛
舞不管莫鴉啼鴂　酒中風格天然別記唐宮賜尊芳

劉瀾

瀾字養源，號江村。《瀛奎律髓注》云：『劉瀾，天台人，嘗為道士還俗，學唐詩有所悟，干謁無成，丙子年卒。』

慶宮春

春剪綠波，日明金渚，鏡光盡浸寒碧。喜溢雙蛾，迎風一笑，兩情依舊脉脉。那時同醉，錦袍濕、烏紗欹側。英游何在，滿目青山，飛下孤白。片帆誰上天門，我亦明朝，是天門客。平生高興，青蓮一葉，從此飄然八極。磯頭綠樹，見白馬、書生破敵。百年前事，欲問東風，酒醒長笛。

洌玉甃噴得餘春住猶醉迷飛蝶天氣乍雨乍晴長是
件牡丹時節夜散瓊樓宴金鋪深掩一庭春月

劉　瀾

瀾字養源號江村瀛奎律髓注云劉瀾天台人嘗
爲道士還俗學唐詩有所悟干謁無成丙子年卒

慶宮春　重登峨眉亭感舊

春剪綠波日明金渚鏡光盡浸寒碧喜溢雙蛾迎風一
笑兩情依舊脉脉那時同醉錦袍溼烏紗欹側英游何
在滿目青山飛下孤白　片帆誰上天門我亦明朝是
天門客平生高興青蓮一葉從此飄然八極磯頭綠樹

瑞鶴仙・海棠

向陽看未足，更露立欄杆，日高人獨。江空佩鳴玉。問煙鬟霞臉，為誰膏沐？情閒景淑，嫁東風、無媒自卜。鳳臺高，貪伴吹笙，驚下九天霜鵠。　紅蹙，花開不到，杜老溪莊，已公茅屋。山城水國，歡易斷、夢難續。記年時馬上，人酣花醉，樂奏開元舊曲。夜歸來，駕錦漫天，絳紗萬燭。

齊天樂・吳興郡宴遇舊人

玉釵分向金華後，回頭路迷仙苑。落翠驚風，流紅逐水，誰信人間重見。花深半面，尚歌得新詞，柳家三變。緑葉陰陰，可憐不似那時看。　劉郎今度更老，雅懷都不到，書帶題扇。花信風高，苕溪月冷，明日雲帆天遠。塵緣較短，怪一夢輕回，酒闌歌散。別鶴驚心，感時花淚濺。

見白馬書生破敵百年前事欲問東風酒醒長笛

瑞鶴仙 海棠

向陽看未足更露立欄杆日高人獨江空佩鳴玉問煙鬟霞臉爲誰膏沐情閑景淑嫁東風無媒自卜鳳臺高貪伴吹笙驚下九天霜鵠　紅蹙花開不到杜老溪莊已公茅屋山城水國歡易斷夢難續記年時馬上人酣花醉樂奏開元舊曲夜歸來駕錦漫天絳紗萬燭

齊天樂 吳興郡宴遇舊人

玉釵分向金華後回頭路迷仙苑落翠驚風流紅逐水

張龍榮

龍榮字成子，號梅深。

摸魚兒

又吳麈、暗斑吟袖，西湖深處能浣。晴雲片片平波影，飛趁棹歌聲遠。回首喚，彷彿記、春風共載斜陽岸，輕攜分短。悵柳窖藏橋，煙濃斷徑，隔水語音換。　思量遍，前度高陽酒伴，離踪悲事何限。雙峯墖露書空潁，情共暮鴉盤轉。歸思懶，悄不似、留眠水國蓮花畔。燈簾暈滿正蠹帙重繙，沉煤半冷，風雨閉宵館。

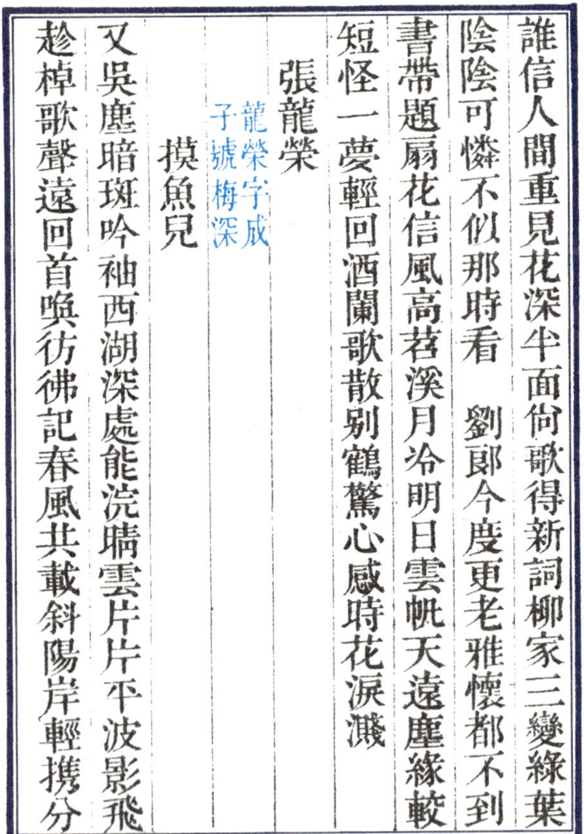

誰信人間重見花深半面倚歌得新詞柳家三變綠葉陰陰可憐不似那時看　劉郎今度更老雅懷都不到書帶題扇花信風高苕溪月冷明日雲帆天遠塵緣較短怪一夢輕回酒闌歌散別鶴驚心感時花淚濺

張龍榮

龍榮字成子號梅深

摸魚兒

又吳麈暗斑吟袖西湖深處能浣晴雲片片平波影飛趁棹歌聲遠回首喚彷彿記春風共載斜陽岸輕攜分

短悵柳谿藏橋煙濃斷徑隔水語音換　思量遍前度
高陽酒伴離踪悲事何限雙峯搶露書空穎情共莫鵶
盤轉歸思懶悄不似留眠水國蓮花畔燈簾暈滿正蠹
帙重繙沉煤半冷風雨閉宵館

錢唐　汪　沆
　　　陳　臯　同校勘

絕妙好詞箋卷五終

絕妙好詞箋卷六

李彭老

彭老字商隱，號篔房。《景定建康志》：『李彭老，淳祐中沿江制置司屬官。』

木蘭花慢

正千門繫柳，賜宮燭、散青煙。看秀靨芳唇，塗妝暈色，試盡春妍。田田，滿階榆莢，弄輕陰、淺冷似秋天。隨處餳香杏暖，燕飛斜彈鞦韆。　朱絃幾換華年，扶淺醉落紅前。記舊時游冶，燈樓倚扇，水院移船。吟邊夢雲飛遠，有題紅、都在薛濤箋。聽絕殘簫倦笛，夜堂明月窺簾。

絕妙好詞箋卷六

弁陽老人周密原輯　宛平查為仁　錢唐厲鶚　同箋

李彭老

彭老字商隱號篔房景定建康志李彭老淳祐中沿江制置司屬官

木蘭花慢

正千門繫柳賜宮燭散青煙看秀靨芳唇塗妝暈色試
盡春妍田田滿階榆莢弄輕陰淺冷似秋天隨處餳香
杏暖燕飛斜彈鞦韆　朱絃幾換華年扶淺醉落紅前

壺中天・登寄閑吟臺

青飈蕩碧，喜雲飛寥廓，清透涼宇。倦鵲驚翻臺樹迥，葉葉秋聲歸樹。珠斗斜河，冰輪輾霧，萬里青冥路。薌深屏翠，桂邊滿袖風露。　煙外冷逼玻瓈，漁郎歌杳，擊空明歸去。怨鶴知更蓮漏悄，竹裏篩金簾户。短髮吹寒，閒情吟遠，弄影花前舞。明年今夜，玉樽知醉何處？

記舊時游冶燈樓倚扇水院移船吟邊夢雲飛遠有處
紅都在薛濤牋聽絕殘簫倦笛夜堂明月窺簾

壺中天 登寄閑吟臺

青飈蕩碧喜雲飛寥廓清透涼宇倦鵲驚翻臺樹迥葉
葉秋聲歸樹珠斗斜河冰輪輾霧萬里青冥路薌深屏
翠桂邊滿袖風露　煙外冷逼玻瓈漁郎歌杳擊空明
歸去怨鶴知更蓮漏悄竹裏篩金簾户短髮吹寒閑情
吟遠弄影花前舞明年今夜玉樽知醉何處

高陽臺 落梅

高陽臺・落梅

飄粉杯寬，盛香袖小，青青半掩苔痕。竹裏遮寒，誰念減盡芳雲？么鳳叫晚吹晴雪，料水空、煙冷西泠。感凋零，殘縷遺鈿，迤邐成塵。　東園曾趁花前約，記按箏籌酒，戲挽飛瓊。環珮無聲，草暗臺榭春深。欲倩玉笛傳清譜，怕斷霞、難返吟魂。轉銷凝，點點隨波，望極江亭。

法曲獻仙音・官圃賦梅繼草窗韻

雲木槎枒，水葓搖落，瘦影半臨清淺。翠羽迷空，粉容羞曉，年華柱絃頻換。甚何遜、風流在，相逢共寒晚。　總依黯，念當時、看花遊冶，曾錦纜移舟，寶箏隨輦。池苑鎖荒涼，嗟事逐、鴻飛天遠。香徑無人，甚蒼蘚、黃塵自滿。聽鴉啼春寂，暗雨蕭蕭吹怨。

飄粉杯寬盛香袖小青青半掩苔痕竹裏遮寒誰念減
盡芳雲么鳳叫晚吹晴雪料水空煙冷西冷感凋零殘
縷遺鈿迤邐成塵　東園曾趁花前約記按箏籌酒戲
挽飛瓊環珮無聲草暗臺榭春深欲倩怨笛傳清譜怕
斷霞難返吟魂轉銷凝點點隨波望極江亭

法曲獻仙音 官圃賦梅繼草窗韻

雲木槎枒水葓搖落瘦影半臨清淺翠羽迷空粉容羞
曉年華柱絃頻換甚何遜風流在相逢共寒晚　總依
黯念當時看花遊冶曾錦纜移舟寶箏隨輦池苑鎖荒

一萼紅・寄弁陽翁

過薔薇，正風暄雲澹，春去未多時。古岸停橈，單衣試酒，滿眼芳草斜暉。故人老、經年賦別，鐙暈裡，相對夜何其。泛剡清愁，買花芳事，一卷新詩。　流水孤帆漸遠，想家山猿鶴，喜見重歸。北阜尋幽，青津問釣，多情楊柳依依。最難忘、吟邊舊雨，數菖蒲、老是來期。幾夕相思夢蝶，飛繞蘋溪。

凉嗟事逐鴻飛天遠香徑無人甚蒼蘚黃塵自滿聽鴉
啼春寂暗雨蕭蕭吹怨

一萼紅 寄弁陽翁

過薔薇正風暄雲澹春去未多時古岸停橈單衣試酒
滿眼芳草斜暉故人老經年賦別鐙暈裡相對夜何其
泛剡清愁買花芳事一卷新詩　流水孤帆漸遠想家
山猿鶴喜見重歸北阜尋幽青津問釣多情楊柳依依
最難忘吟邊舊雨數菖蒲老是來期幾夕相思夢蝶飛
繞蘋溪

高陽臺・寄題蓀壁山房

石筍埋雲，風篁嘯晚，翠微高處幽居。縹緲雲籤，人間一點塵無。綠深門戶啼鵑外，看堆牀、寶晉圖書。儘蕭閒，浴研臨池，滴露研朱。　舊時曾寫桃花扇，弄霏香秀筆，春滿西湖。松菊依然，柴桑自愛吾廬。冰絃玉麈風流在，更秋蘭、香染衣裾。照窗明，小字珠璣，重見歐虞。

高陽臺寄題蓀壁山房

石筍埋雲風篁嘯晚翠微高處幽居縹緲雲籤人間一點塵無綠深門戶啼鵑外看堆牀寶晉圖書儘蕭閒浴研臨池滴露研朱　舊時曾寫桃花扇弄霏香秀筆春滿西湖松菊依然柴桑自愛吾廬冰絃玉麈風流在更秋蘭香染衣裾照窗明小字珠璣重見歐虞

佩蘅軒客談云金應桂字一之雅標度能歐書受知賈似道居西湖南山中築蓀壁山房左弦右壺中設圖史客至輒摩諦玩清談纚纚每肩輿入城府幅巾氅衣望之若神仙然

採芳訊湖上春遊繼草窗韻

探芳訊·湖上春遊繼草窗韻

對芳晝，甚怕冷添衣，傷春踈酒。正緋桃如火，相看自依舊閒。簾深掩梨花雨，誰問東陽瘦。幾多時，漲綠鶯枝，墮紅鴛甃。隄上寶鞍驟，記草色薰晴，波光搖岫。蘇小門前，題字尚存否？繁華短夢隨流水，空有詩千首。更休言，張緒風流似柳。

祝英臺近

杏花初，梅花過，時節又春半。簾影飛梭，輕陰小庭院。舊時月底鞦韆，吟香醉玉，曾細聽、歌珠一串。忍重見，描金小字題情，生綃合歡扇。老了劉郎，天遠玉簫伴。幾番鶯外斜陽，闌杆倚遍，恨楊花，遮愁不斷。

對芳晝甚怕冷添衣傷春踈酒正緋桃如火相看自依
舊閒簾深掩梨花雨誰問東陽瘦幾多時漲綠鶯枝墮
紅鴛甃　隄上寶鞍驟記草色薰晴波光搖岫蘇小門
前題字尚存否繁華短夢隨流水空有詩千首更休言
張緒風流似柳

祝英臺近

杏花初梅花過時節又春半簾影飛梭輕陰小庭院舊
時月底鞦韆吟香醉玉曾細聽歌珠一串　忍重見描
金小字題情生綃合歡扇老了劉郎天遠玉簫伴幾番

踏沙行・題草窗十擬後

紫曲迷香，绿窗夢月，芳心如對春風說。鑾牋象管寫新聲，幾番曾試瓊壺觖。庾信書愁，江淹賦别，桃花紅雨梨花雪。周郎先自足風流，何須更擬秦笙咽。

浪淘沙

潑火雨初晴，草色青青。傍簷垂柳賣春餳。畫舫載花花解語，綰燕吟鶯。簫鼓入西泠，一片輕陰，鈿車羅盖競歸城。别有水窗人喚酒，弦月初生。

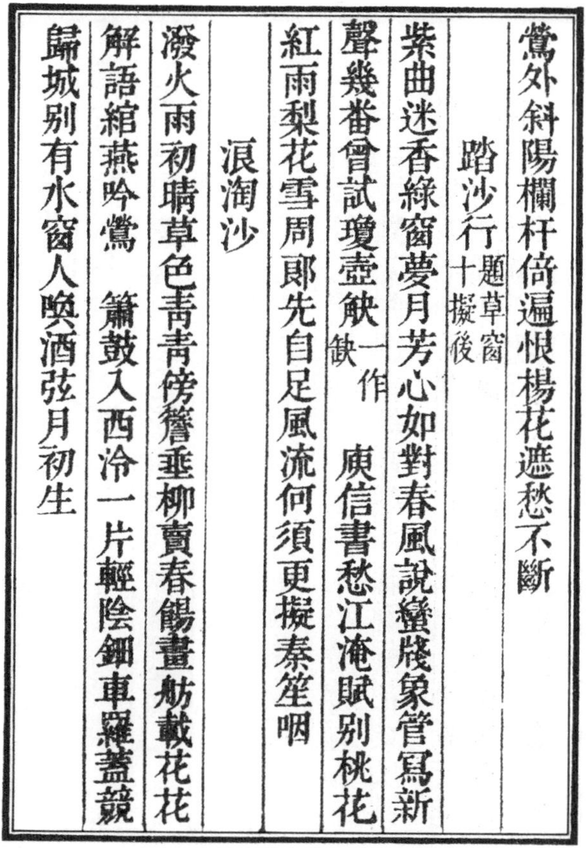
鶯外斜陽欄杆倚遍恨楊花遮愁不斷

踏沙行 題草窗十擬後

紫曲迷香綠窗夢月芳心如對春風說鑾牋象管寫新聲幾番曾試瓊壺觖一作缺 庾信書愁江淹賦別桃花紅雨梨花雪周郎先自足風流何須更擬秦笙咽

浪淘沙

潑火雨初晴草色青青傍簷垂柳賣春餳畫舫載花花解語綰燕吟鶯 簫鼓入西泠一片輕陰鈿車羅蓋競歸城別有水窗人喚酒弦月初生

四字令

蘭湯晚涼，鸞釵半妝，紅巾膩雪吹香，擘蓮房賭雙。　羅紈素璫，冰壺露牀，月移花影西廂，數流螢過墻。

生查子

羅襦隱繡茸，玉合銷紅豆。深院落梅鈿，寒峭收燈後。　心事卜金錢，月上鵞黃柳。拜了夜香休，翠被聽春漏。

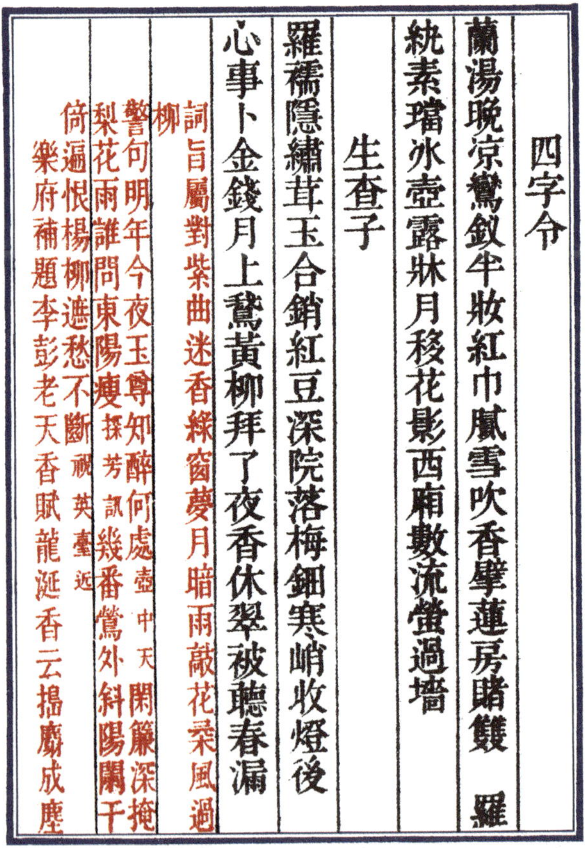

四字令

蘭湯晩凉鸞釵半妝紅巾膩雪吹香擘蓮房賭雙　羅
紈素璫冰壺露牀月移花影西廂數流螢過墻

生查子

羅襦隱繡茸玉合銷紅豆深院落梅鈿寒峭收燈後
心事卜金錢月上鵞黃柳拜了夜香休翠被聽春漏

詞旨屬對紫曲迷香綠窗夢月暗雨敲花柔風過
柳
警句明年今夜玉尊知醉何處壺中天閑簾深掩
梨花雨誰問東陽瘦探芳訊幾番鶯外斜陽闌干
倚遍恨楊柳遮愁不斷祝英臺近
樂府補題李彭老天香賦龍涎香云搗麝成塵

薰薇注露風醐百和花氣品重雲頭葉翻蕉樣
共說內家新製波浮海沫誰喚覺鮫人春睡清
潤俱饒片腦芬氳半是沉水相逢酒邊雨外火
初溫翠爐香細不似寶珠金縷領巾紅隆荀令
如今憔悴銷未盡當時愛香意燼燒燈寒秋聲
素被摸魚兒賦蓴云過垂虹四橋飛雨沙痕初
漲春水腥波十里吳歙遠棹蔓半紫船尾連復
碎愛滑卷青綃香裊冰絲細山人雋味笑杜老
無情香羹碧澗空秖賦芹美歸期早誰似季鷹
高致鱸魚相伴菰米紅塵如海卯園夢一葉又
秋風起湘湖外看采擷芳條際曉隨魚市 舊游
漫記但望裡江南秦鬟賀鏡渺渺隔煙水
吳文英夢窗乙稾絳都春為李質房量珠賀云
情粘舞綫悵駐馬灞橋天寒人遠旋剪露痕移
得春嬌栽瓊苑流鶯浪語煙中怨恨三月飛花
零亂艷陽歸後紅藏翠掩小坊幽院誰見新腔
按徹背燈暗共倚篔屏葱蒨繡被夢輕金屋裝
深沉香換梅花重洗春風面正溪上參橫月轉

李萊老

萊老字周隱，號秋崖。《新定續志》：「嚴州知州，李萊老，咸淳六年任。」

惜紅衣・寄弁陽翁

笛送西泠，帆過杜曲，晝陰芳綠。門巷清風，還尋故人書屋。蒼華髮冷，笑瘦影、相看如竹。幽谷，煙樹曉鶯，訴經年愁獨。殘陽古木，書畫歸船，悤悤又南北。蘋州鷗鷺素熟，舊盟續。甚日浩歌招隱，聽雨弁陽同宿。料重來時候，香蕩幾灣紅玉。

竝禽飛上金
沙瑞香霧煖

李萊老
萊老字周隱號秋崖新定續志嚴州知州李萊老
咸淳六年任
惜紅衣寄弁陽翁
笛送西泠帆過杜曲晝陰芳綠門巷清風還尋故人書屋蒼華髮泠笑瘦影相看如竹幽谷煙樹曉鶯訴經年愁獨　殘陽古木書畫歸船悤悤又南北蘋州鷗鷺素熟舊盟續甚日浩歌招隱聽雨弁陽同宿料重來時候香蕩幾灣紅玉

青玉案・草窗詞卷

吟情老盡江南句，幾千萬、垂絲縷。花冷絮飛寒食路。漁煙鷗雨，燕昏鶯曉，總入昭華譜。紅衣妝靚凉生渚，環碧斜陽舊時樹。枯葉分題觴詠處。荀香猶在，庾愁何許，雲冷西湖賦。

揚州慢・瓊花次韻

玉倚風輕，粉凝冰薄，土花祠冷無人。聽吹簫月底，傳暮草金城。笑紅紫、紛紛成雨，遡空如蝶，肯墮珠塵？歎而今、杜郎還見，應賦悲春。　佩環何許，縱無情、鶯燕猶驚，悵朱檻香銷，緑屏夢杳，腸斷瑶瓊。九曲迷樓依舊，沉沉夜、想覓行雲。但荒煙幽翠，東風吹作秋聲。

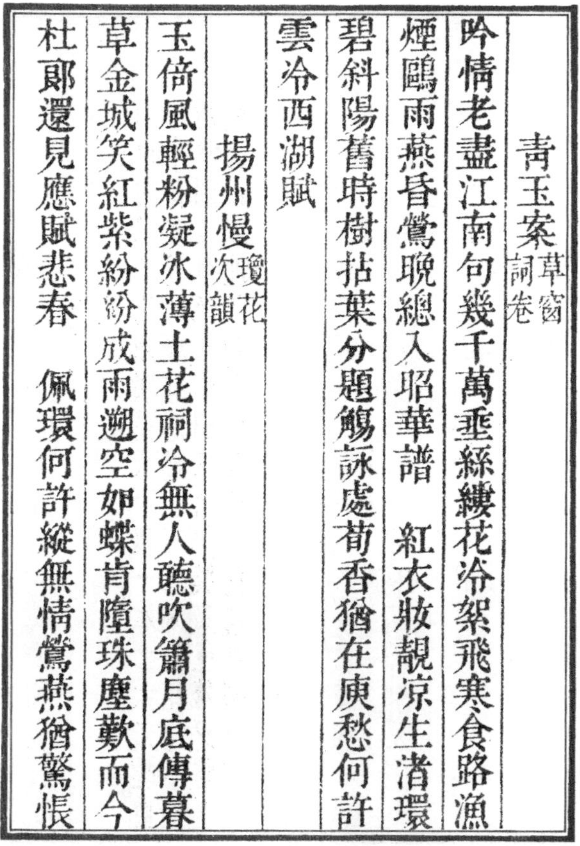

青玉案草窗詞卷
吟情老盡江南句幾千萬垂絲縷花冷絮飛寒食路漁
煙鷗雨燕昏鶯曉總入昭華譜　紅衣妝靚凉生渚環
碧斜陽舊時樹枯葉分題觴詠處荀香猶在庾愁何許
雲冷西湖賦
揚州慢瓊花次韻
玉倚風輕粉凝冰薄土花祠冷無人聽吹簫月底傳暮
草金城笑紅紫紛紛成雨遡空如蝶肯墮珠塵歎而今
杜郎還見應賦悲春　佩環何許縱無情鶯燕猶驚悵

謁金門

春意態，閒却遠山橫黛。香徑莓苔嗟粉壞，鳳鞾雙鬬綵。折得花枝懶戴，猶戀鴛鴦飛盖。舊恨新愁都只在，東風吹柳帶。

浪淘沙

楡火換新煙，翠柳朱簷，東風吹得落花顛。簾影翠梭懸繡帶，人倚鞦韆。猶憶十年前，西子湖邊，斜陽催入畫樓船。歸醉夜堂歌舞月，拚却春眠。

朱檻香銷綠屏夢杳腸斷瑤瓊九曲迷樓依舊沉沉夜
想覓行雲但荒煙幽翠東風吹作秋聲

山房隨筆云揚州瓊花天下祇一本士大夫愛重
作亭花側榜曰無雙德祐乙亥北師至花遂不榮
趙棠國炎有絕句弔曰名擅無雙氣色雄忍將一
死報東風他年我若修花史合傳瓊妃烈女中

謁金門

春意態閑却遠山橫黛香徑莓苔嗟粉壞鳳鞾雙鬭綵
折得花枝懶戴猶戀鴛鴦飛蓋舊恨新愁都只在東
風吹柳帶

浪淘沙

生查子

妾情歌柳枝，郎意憐桃葉。羅帶綰同心，誰信愁千結。　樓上數殘更，馬上看新月。繡被怨春寒，怕學鴛鴦疊。

高陽臺・落梅

門掩香殘，屏摇夢冷，珠鈿糝綴芳塵。臨水搴花，流來疑是行雲。蘚梢空掛淒凉月，想鶴歸、猶怨黄昏。黯銷凝，人老天涯，鴈影沉沉。　斷腸不在聽橫笛，在江臯解珮，翳玉飛瓊。煙濕荒村，背春無限愁深。迎風點點飄寒粉，悵秋娘、滿袖啼痕。更關情，青子懸枝，緑樹成陰。

榆火換新煙翠柳朱簷東風吹得落花顛簾影翠梭懸
繡帶人倚鞦韆　猶憶十年前西子湖邊斜陽催入畫
樓船歸醉夜堂歌舞月捹却春眠

生查子

妾情歌柳枝郎意憐桃葉羅帶綰同心誰信愁千結
樓上數殘更馬上看新月繡被怨春寒怕學鴛鴦疊

高陽臺落梅

門掩香殘屏搖夢冷珠鈿糝綴芳塵臨水搴花流來疑
是行雲蘚梢空掛淒凉月想鶴歸猶怨黄昏黯銷凝人

木蘭花·寄題蓀壁山房

向煙霞堆裏，著吟屋最高層。望海日翻紅，林霏散白，猿鳥幽深。雙岑，倚天翠溼，看浮雲收盡雨還晴。曉色千松逗冷，照人眼底長青。　閒情，玉麈風生。摹蘊字，校鶩經。愛静繙緗帙，芸臺棐几，荷製蘭纓。分明，晉人舊隱，掩巖扉月，午籟沉沉。三十六梯樹杪，遡空遥想登臨。

老天涯雁影沉沉　斷腸不在聽橫笛在江皋解珮翳玉飛瓊煙濕荒村背春無限愁深迎風點點飄寒粉帳秋娘滿袖啼痕更關情青子懸枝綠樹成陰

木蘭花慢寄題蓀壁山房

向煙霞堆裏著吟屋最高層望海日翻紅林霏散白猿鳥幽深雙岑倚天翠溼看浮雲收盡雨還晴曉色千松逗冷照人眼底長青　閒情玉麈風生摹蘊字校鶩經愛静繙緗帙芸臺棐几荷製蘭纓分明晉人舊隱掩巖扉月午籟沉沉三十六梯樹杪遡空遥想登臨

清平樂

綠窗初曉，枕上聞啼鳥。不恨王孫歸不早，只恨天涯芳草。　錦書紅淚千行，一春無限思量。折得垂楊寄與，絲絲都是愁腸。

臺城路・寄弁陽翁

半空河影流雲碎，亭皐嫩涼收雨。井葉還驚，江蓮亂落，弦月初生商素。堂深幾許？漸爽入雲幬，翠綃千縷。紈扇恩踈，晚螢光冷照窗户。　文園憔悴頓老，又西風暗換，絲鬢無數。燈外殘碪，琴邊瘦枕，一一情傷遲暮。故人勸旅，料渭水長安，感時吟苦。政自多愁，砌蛩終夜語。

清平樂

綠窗初曉枕上聞啼鳥不恨王孫歸不早只恨天涯芳草　錦書紅淚千行一春無限思量折得垂楊寄與絲絲都是愁腸

臺城路 寄弁陽翁

半空河影流雲碎亭皐嫩涼收雨井葉還驚江蓮亂落弦月初生商素堂深幾許漸爽入雲幬翠綃千縷紈扇恩踈晚螢光冷照窗戶　文園憔悴頓老又西風暗換絲鬢無數燈外殘碪琴邊瘦枕一一情傷遲暮故人勸

浪淘沙

寶押繡簾斜，鶯燕誰家。銀箏初試合琵琶。柳色春羅，裁袖小，雙戴桃花。　芳草滿天涯，流水韶華。晚風楊柳綠交加。閒倚欄杆無藉在，數盡歸鴉。

杏花天

年時中酒風流病，正雨暗、蘼蕪深徑。人家寒食煙初禁，狼藉梨花雪影。　西湖夢、紅沉翠冷。記舞板、歌裙厮趁。斜陽苦與黃昏近，生怕畫船歸盡。

旅料渭水長安感時吟苦政自多愁砌蛩終夜語

浪淘沙

寶押繡簾斜鶯燕誰家銀箏初試合琵琶柳色春羅裁袖小雙戴桃花　芳草滿天涯流水韶華晚風楊柳綠交加閒倚欄杆無藉在數盡歸鴉

杏花天

年時中酒風流病正雨暗蘼蕪深徑人家寒食煙初禁狼藉梨花雪影　西湖夢紅沉翠冷記舞板歌裙厮趁斜陽苦與黃昏近生怕畫船歸盡

小重山

畫簷簪柳碧如城，一簾風雨裏，過清明。吹簫門巷冷無聲，梨花月，今夜負中庭。　遠岫斂修顰，春愁吟入譜，付鶯鶯。紅塵沒馬翠埋輪，西泠曲，歡夢絮飄零。

應灋孫

灋孫字堯成，號芝室。

霓裳中序第一

愁雲翠萬疊，露栁殘蟬空抱葉。簾捲流蘇寶結，乍庭户嫩涼，欄杆微月。玉纖勝雪，委素紈、塵鎖香篋。思前事、鶯期燕約。寂寞向誰說？　悲切，漏籤聲咽，漸寒灺、蘭釭未滅。良宵長是閒別。恨酒凝紅綃，粉涴瑶玦。鏡盟鸞影缺，吹笛西風數闋。無言久，和衣成夢，睡損縷金蝶。

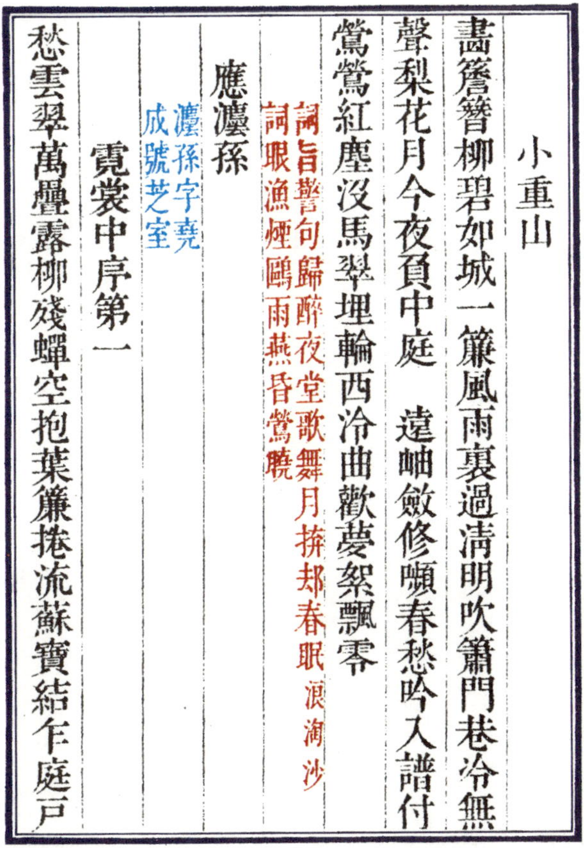

賀新郎

宿霧樓臺溼，曉晴初、花明柳潤，燕飛鶯集。舊約重來歌舞地，留得艷香嬌色。又夢草、東風吹碧。午困騰騰春欲醉，對文楸、玉子無心拾。看蝶舞，傍花立。　酒痕未醒愁先入，記年時、翠樓寒淺，寶笙慵吸。想駐馬河橋分別，恨輕竹風飄煙笠。早塵暗、華堂簾隙。倚盡黃昏人獨自，望江南回鴈歸雲急。憑付與，錦箋墨。

嫩涼欄杆微月玉纖勝雪委素紈塵鎖香篋思前事鶯
期燕約寂寞向誰說　悲切漏籤聲咽漸寒炧蘭釭未
滅良宵長是間別恨酒凝紅綃粉涴瑤玦鏡盟鸞影缺
吹笛西風數闋無言久和衣成夢睡損縷金蝶

賀新郎

宿霧樓臺溼曉晴初花明柳潤燕飛鶯集舊約重來歌
舞地留得艷香嬌色又夢草東風吹碧午困騰騰春欲
醉對文楸玉子無心拾看蝶舞傍花立　酒痕未醒愁
先入記年時翠樓寒淺寶笙慵吸想駐馬河橋分別恨

王億之

億之字景陽，號松間。

高陽臺

雙槳敲冰，低篷護冷，扁舟曉渡西泠。回首吳山，微茫遥帶重城。隄邊幾樹垂楊柳，早嫩黃、摇動春情。問孤鴻，何處飛來，共喚飄零。　輕帆初落沙洲暝，漸潮痕雨漬，面色風皴。旅思羈愁，偏能老大行人。姮娥不管征途苦，甚夜深、儘照孤衾。想玉樓，猶凭欄杆，為我銷凝。

輕竹風颿煙笠早塵暗華堂簾隙倚盡黄昏人獨自望
江南回雁歸雲急憑付與錦箋墨

王億之

億之字景陽號松間

高陽臺

雙槳敲冰低篷護冷扁舟曉渡西泠回首吳山微茫遥
帶重城隄邊幾樹垂楊柳早嫩黄摇動春情問孤鴻何
處飛來共喚飄零　輕帆初落沙洲暝漸潮痕雨漬面
色風皴旅思羈愁偏能老大行人姮娥不管征途苦甚

余桂英

桂英字子發，號野雲。

小桃紅

芳草連天暮，斜日明汀渚。懊恨東風，恍如春夢，悤悤又去。早知人、酒病更詩愁，鎮輕隨飛絮。　寶鏡空留恨，箏雁渾無據。門外當時，薄情流水，如今何處？正相思、望斷碧山雲，又鶯啼晚雨。

夜深儘照孤衾想玉樓猶凭欄杆爲我銷凝

余桂英

桂英字子發號野雲

小桃紅

芳草連天暮斜日明汀渚懊恨東風恍如春夢悤悤又去早知人酒病更詩愁鎮輕隨飛絮　寶鏡空留恨箏雁渾無據門外當時薄情流水如今何處正相思望斷碧山雲又鶯啼晚雨

胡仲弓

胡仲弓

仲弓字希聖，號葦航。清源人。其弟仲參希道，有《竹莊小集》。仇山村多與葦航湖山酬和之作，蓋亦杭之流寓也。

謁金門

蛾黛淺，只為晚寒收嬾。潤逼鏡鸞紅霧滿，額花留半面。漸次梅花開遍，花外行人已遠。欲寄一枝嫌夢短，濕雲和恨剪。

尚希尹

希尹字莘老，號畏齋。

浪淘沙

結客去登樓，誰擊蘭舟？半篙清漲雨初收。把酒留春春不住，柳暗江頭。老去怕閒愁，莫莫休休。晚來風惡下簾鉤。試問落花隨水去，還解西流？

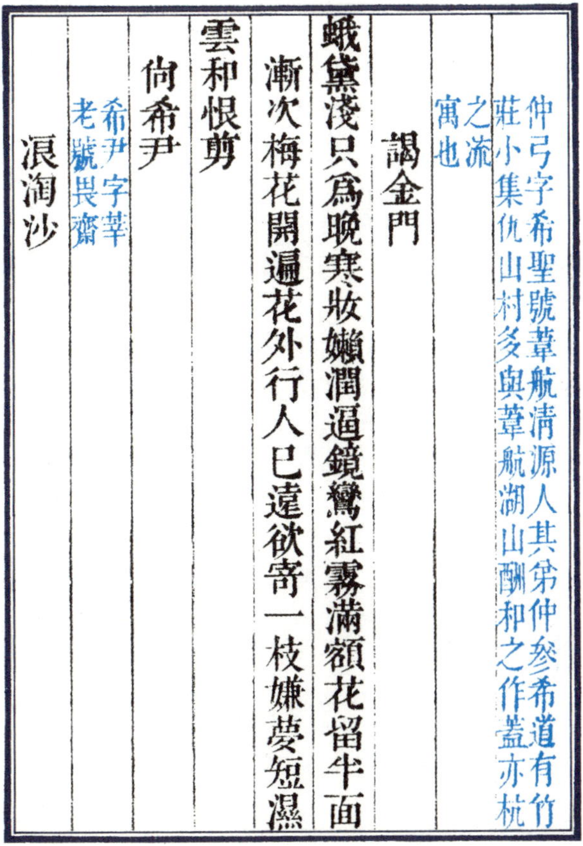

仲弓字希聖號葦航清源人其弟仲參希道有竹莊小集仇山村多與葦航湖山酬和之作蓋亦杭之流寓也

謁金門

蛾黛淺只爲晚寒妝嬾潤逼鏡鸞紅霧滿額花留半面漸次梅花開遍花外行人已遠欲寄一枝嫌夢短濕雲和恨剪

尚希尹

希尹字莘老號畏齋

浪淘沙

柴望

望字仲山，號秋堂，又號歸田。衢之江山人。嘉熙中為太學上舍，除中書省奏名。淳祐丙午元旦日蝕，詔求直言，乃撰《丙丁龜鑑》十一卷，起周威烈王五十年丙午，止後漢高祖天福十二年丁未。數其吉凶禍福於前，指其治亂得失於後。書成，上之，忤時相，詔下府獄，大尹趙節齋疏救放歸。景炎二年，以布衣特旨，授迪功郎、史館編校。宋亡，自號宋逋臣。與其從弟通判隨亨、制參元亨、察推元彪稱『柴氏四隱』。有《道州台衣集》一卷、《涼州鼓吹》一卷。

結客去登樓誰繫蘭舟半篙清漲雨初收把酒留春春
不住柳暗江頭　老去怕閑愁莫莫休休晚來風惡下
簾鈎試問落花隨水去還解西流

柴望

望字仲山號秋堂又號歸田衢之江山人嘉熙中
為太學上舍除中書省奏名淳祐丙午元旦日蝕
詔求直言乃撰丙丁龜鑑十一卷起周威烈王五
十年丙午止後漢高祖天福十二年丁未數其吉
凶禍福於前指其治亂得失於後書成上之忤時
相詔下府獄大尹趙節齋疏救放歸景炎二年以
布衣特旨授廸功郎史館編校宋亡自號宋逋臣
與其從弟通判隨亨制參元亨察推元彪稱柴氏
四隱有道州台衣集
一卷涼州鼓吹一卷

念奴嬌

春來多困，正晷移簾影，銀屏深閉。喚夢禽禽煙柳外，驚斷巫山十二。宿酒初醒，新愁半解，惱得成顛頞。鬂鬆雲鬢，不忺鸞鏡梳洗。　門外滿地香風，殘梅零落，玉糝蒼苔碎。乍暖乍寒渾莫擬，欲試羅衣猶未。鬬草雕欄，買花深院，做踏青天氣。晴鳩鳴處，一池昨夜春水。

朱藻

藻，號野逸。

採桑子

障泥油壁人歸後，滿院花陰，樓影沉沉，中有傷春一片心。　閒穿緑樹尋梅子，斜日籠明，團扇風輕，一徑楊花不避人。

念奴嬌

春來多困正晷移簾影銀屏深閉喚夢幽禽煙柳外驚斷巫山十二宿酒初醒新愁半解惱得成顛頞鬂鬆雲鬢不忺鸞鏡梳洗　門外滿地香風殘梅零落玉糝蒼苔碎乍暖乍寒渾莫擬欲試羅衣猶未鬬草雕欄買花深院做踏青天氣晴鳩鳴處一池昨夜春水

朱　藻

藻號野逸

採桑子

黄鑄

鑄字晞顔，號乙山。邵武人。官柳州守。

秋蕊香令

花外數聲風定，煙際一痕月淨。水晶屏小欹翠枕，院静鳴蛬相應。
香銷斜掩青銅鏡，背燈影，空砧夜半和鴈陣。秋在劉郎緑鬢。

障泥油壁人歸後滿院花陰樓影沉沉中有傷春一片心　閑穿緑樹尋梅子斜日籠明團扇風輕一徑楊花不避人

黄　鑄

鑄字晞顔號乙山邵武人官柳州守

秋蕊香令

花外數聲風定煙際一痕月淨水晶屏小欹翠枕院静鳴蛬相應　香銷斜掩青銅鏡背燈影空砧夜半和鴈陣秋在劉郎緑鬢

王同祖

同祖字與之，號花洲。金華人。《景定建康志》：『王同祖，奉議郎。淳祐中建康府通判，次添差沿江制置司機宜文字。』有《學詩初集》一卷。

阮郎歸

一簾疎雨細於塵，春寒愁殺人。桐花庭院近清明，新煙浮舊城。尋蝶夢，怯鶯聲，柳絲如妾情。丙丁帖子畫教成，妝臺求晚晴。

王茂孫

茂孫字景周，號梅山。

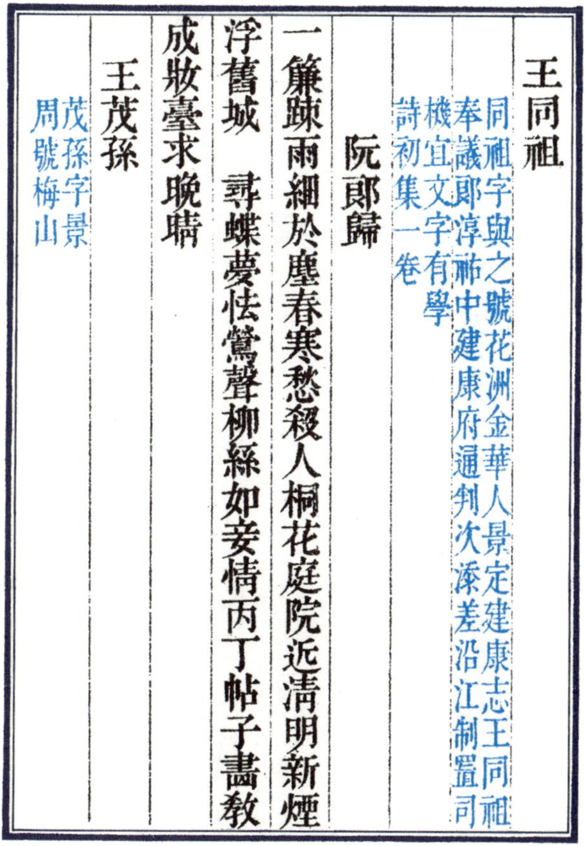

王同祖
同祖字與之號花洲金華人景定建康志王同祖
奉議郎淳祐中建康府通判次添差沿江制置司
機宜文字有學
詩初集一卷
阮郎歸
一簾疎雨細於塵春寒愁殺人桐花庭院近清明新煙
浮舊城　尋蝶夢怯鶯聲柳絲如妾情丙丁帖子畫教
成妝臺求晚晴
王茂孫
茂孫字景
周號梅山

高陽臺・春夢

遲日烘晴，輕煙縷晝，瑣窗雕戶慵開。人獨春閒，金猊煖透蘭煤。山屏緩倚珊瑚畔，任翠陰、移過瑤階。悄無聲，綵翅翩翩，何處飛來。　片時千里江南路，被東風誤引，還近陽臺。膩雨嬌雲，多情恰喜徘徊。無端枝上啼鳩喚，便等閒、孤枕驚回。惡情懷，一院楊花，一徑蒼苔。

點絳唇・蓮房

折斷煙痕，翠蓬初離鴛鴦浦。玉纖相妬，翻被專房誤。　乍脫青衣，猶著輕羅護。多情處，芳心一縷，都為相思苦。

高陽臺 春夢

遲日烘晴輕煙縷晝瑣窗雕戶慵開人獨春閒金猊暖透蘭煤山屏緩倚珊瑚畔任翠陰移過瑤階悄無聲綵翅翩翩何處飛來　片時千里江南路被東風誤引還近陽臺膩雨嬌雲多情恰喜徘徊無端枝上啼鳩喚便等閒孤枕驚回惡情懷一院楊花一徑蒼苔

點絳唇 蓮房

折斷煙痕翠蓬初離鴛鴦浦玉纖相妬翻被專房誤乍脫青衣猶著輕羅護多情處芳心一縷都爲相思苦

王易簡

易簡字理得，號可竹。山陰人。登進士，除瑞安簿，不赴，隱居城南。有《山中觀史吟》。

齊天樂·客長安賦

宮煙曉散春如霧，參差護晴窗户。柳色初分，餳香未冷，正是清明百五。臨流笑語，映十二欄杆，翠顰紅妬。短帽輕鞍，倦遊曾遍斷橋路。　東風為誰媚嫵？歲華頻感慨，雙鬢何許。前度劉郎，三生杜牧，贏得征衫塵土。心期暗數，總寂寞當年，酒籌花譜。付與春愁，小樓今夜雨。

王易簡

易簡字理得號可竹山陰人登進士除瑞安簿不赴隱居城南有山中觀史吟

齊天樂 客長安賦

宮煙曉散春如霧參差護晴窗戶柳色初分餳香未冷正是清明百五臨流笑語映十二欄杆翠嚬紅妒短帽輕鞍倦游曾遍斷橋路　東風爲誰媚嫵歲華頻感慨雙鬢何許前度劉郎三生杜牧贏得征衫塵土心期暗數總寂寞當年酒籌花譜付與春愁小樓今夜雨

酹江月

酹江月

暗簾吹雨，恠西風梧井，凄凉何早。一寸柔情千萬縷，臨鏡霜痕驚老。雁影關山，蛩聲院宇，做就新懷抱。湘臯遺珮，故人空寄瑶草。　已是摇落堪悲，飄零多感，那更長安道。衰草寒蕪吟未盡，無那平煙殘照。千古閒愁，百年往事，不了黄花笑。漁樵深處，滿庭紅葉休掃。

慶宫春·謝草窗惠詞卷

庭草春遲，汀蘋香老，數聲珮悄蒼玉。年晚江空，天寒日暮，壯懷聊寄幽獨。倦游多感，更西北、高樓送目。佳人不見，慷慨悲歌，夕陽喬木。　紫霞洞窅雲深，嫋嫋餘音，鳳簫誰續？桃花賦在，竹枝詞遠，此恨年年相觸。翠楠芳字，謾重省、當時顧曲。因君凝佇，依約吴山，半痕蛾緑。

暗簾吹雨恠西風梧井凄凉何早一寸柔情千萬縷臨
鏡霜痕驚老雁影關山蛩聲院宇做就新懷抱湘臯遺
珮故人空寄瑶草　已是摇落堪悲飄零多感那更長
安道衰草寒蕪吟未盡無那平煙殘照千古閒愁百年
往事不了黄花笑漁樵深處滿庭紅葉休掃

慶宫春 謝草窗惠詞卷

庭草春遲汀蘋香老數聲珮悄蒼玉年晚江空天寒日
暮壯懷聊寄幽獨倦遊多感更西北高樓送目佳人不
見慷慨悲歌夕陽喬木　紫霞洞窅雲深嫋嫋餘音鳳

簫誰續桃花賦在竹枝詞遠此恨年年相觸翠榆芳字

謾重省當時顧曲因君凝竚依約吳山半痕蛾綠

詞旨警句參差護晴窗戶（齊天樂）心期暗數總寂寞當年酒籌花譜付與春愁小樓今夜雨（同上）

詞眼翠韉紅妒

樂府補題王易簡摸魚兒賦蓴云怪鮫宮水晶簾卷冰痕初斷香縷澄波盪槳人初到三十六陂煙雨春又去件點點荷錢隱約吳中路相思日暮恨洛浦娉婷芳鈿剪翠奩影照凄楚功名夢消得西風一度高人今在何許鱸香菰冷斜陽裏多少天涯意緒誰記取但枯豉紅鹽溜玉凝秋箸尊前起舞算惟有淵明黃花歲晚此與共千古齊天樂賦蟬云翠雲深鎖齊姬恨纖柯暗翻冰羽錦瑟重調綃衣乍著聊飲人間風露相逢甚處記槐影初涼柳陰新雨聽盡殘聲爲誰驚起又飛去商量秋信最早晚來吟未徹都

張桂

桂字惟月，號竹山。循王從子恭簡公四世孫，有文曰《慚稿》。

菩薩蠻

東風忽驟無人見，玉塘煙浪浮花片。步濕下香階，苔黏金鳳鞋。
翠鬟愁不整，臨水閒窺影。摘得野薔薇，游蜂相趁歸。

是妻楚斷韻還連餘悲似咽欲和愁邊佳句幽
期誰語恨寒葉凋零蛻痕塵土古木斜暉向人
懷抱
苦

張桂

桂字惟月號竹山循王從子恭簡公四世孫有文
曰慚稿

菩薩蠻

東風忽驟無人見玉塘煙浪浮花片步溼下香階苔黏
金鳳鞋　翠鬟愁不整臨水閑窺影摘得野薔薇游蜂
相趁歸

浣溪紗

浣溪紗

雨壓楊花路半乾，蜂遺花粉在欄杆，牡丹開盡正春寒。　懶品么絃金鴈並，瘦驚雙釧玉魚寬，新愁不放翠眉閒。

張磐

磐字叔安，號梅崖。宋末為嵊令。有《梅崖集》。

綺羅香・漁浦有感

浦月窺檐，松泉漱枕，屏裏吳山何處？暗粉疏紅，依舊為誰勻注？都負了、燕約鶯期，更閒却、柳煙花雨。縱十分、春到郵亭，賦懷應是斷腸句。　青青原上薺麥，還被東風無賴，翻成離緒。望極天西，帷有隴雲江樹。斜照帶、一縷新愁，盡分付、暮潮歸去。步閒階、待卜心期，落花空細數。

雨壓楊花路半乾蜂遺花粉在欄杆牡丹開盡正春寒
懶品么絃金鴈並瘦驚雙釧玉魚寬新愁不放翠眉
閒
張　磐
磐字叔安號梅崖宋末爲嵊令有梅崖集
綺羅香　漁浦有感
浦月窺檐松泉漱枕屏裏吳山何處暗粉疏紅依舊爲
誰勻注都負了燕約鶯期更閒却柳煙花雨縱十分春
到郵亭賦懷應是斷腸句　青青原上薺麥還被東風

浣溪紗

習習輕風破海棠，鞦韆移影上迴廊，晝長蝴蝶為誰忙？ 度柳早鶯分暖綠，過花小燕帶春香，滿庭芳草又斜陽。

無賴翻成離緒望極天西惟有隴雲江樹斜照帶一縷新愁盡分付暮潮歸去步閑階待卜心期落花空細數

會稽志云漁浦在蕭山縣西三十里十道志云舜漁處也

浣溪紗

習習輕風破海棠鞦韆移影上廻廊晝長蝴蝶爲誰忙度柳早鶯分暖綠過花小燕帶春香滿庭芳草又斜陽

詞旨警句暗粉踈紅依舊爲誰勻注都負了燕約鶯期更閑却柳煙花雨綺羅香

張　林

張林

林字去非，號楞巖。《至正金陵新志》云：『張林，池州守，大軍至，迎降。』

唐多令

金勒鞚花驄，故山雲霧中。翠蘋洲、先有西風。可惜嫩凉時枕簟，都付與、舊山翁。　雙翠合眉峯，淚華分臉紅。向樽前、何太悤悤。纔是别離情便苦，都莫問、淡和濃。

柳梢青·燈花

白玉枝頭，忽看蓓蕾，金粟珠垂。半顆安榴，一枝濃杏，五色薔薇。　何須羯鼓聲催，銀釭裏、春工四時。卻笑燈蛾，學他蜂蝶，照影頻飛。

林字去非號楞巖至正金陵新志云張林池州守
大軍至迎降
唐多令
金勒鞚花驄故山雲霧中翠蘋洲先有西風可惜嫩凉
時枕簟都付與舊山翁　雙翠合眉峯淚華分臉紅向
樽前何太悤悤纔是别離情便苦都莫問淡和濃
柳梢青燈花
白玉枝頭忽看蓓蕾金粟珠垂半顆安榴一枝濃杏五
色薔薇　何須羯鼓聲催銀釭裏春工四時𨚫笑燈蛾
學他蜂蝶照影頻飛

朱昮孫（昮，廣韻所去切音捒明也。高氏刊本作鼎，誤。）

昮孫字令則，號萬山。

真珠簾

春雲做冷春知未？春愁在、碎雨敲花聲裏。海燕已尋蹤，到畫溪沙際。院落鞦韆楊柳外，待天氣、十分晴霽。春市，又青帘巷陌，紅芳歌吹。　須信處處東風，又何妨對此，籠香覓醉。曲盡索餘情，奈夜航催離。夢滿冰衾身似寄，算幾度、吴鄉煙水。無寐，試明朝說與，西園桃李。

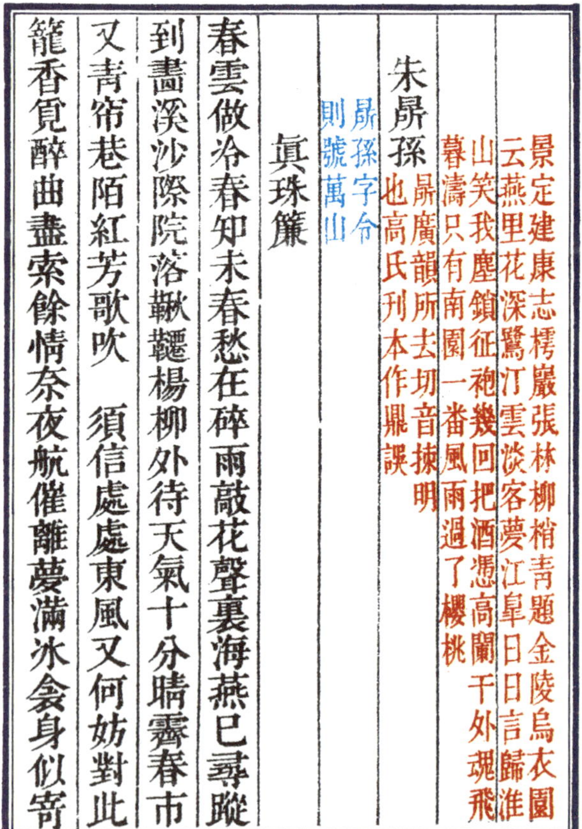
景定建康志樗巖張林柳梢青題金陵烏衣園
云燕里花深鷺汀雲淡客夢江皐日日言歸淮
山笑我塵鎖征袍幾回把酒憑高闌干外䰟飛
暮濤只有南園一番風雨過了櫻桃
朱昮孫　昮廣韻所去切音捒明也高氏刊本作鼎誤
昮孫字令則號萬山
真珠簾
春雲做冷春知未春愁在碎雨敲花聲裏海燕已尋蹤
到畫溪沙際院落鞦韆楊柳外待天氣十分晴霽春市
又青帘巷陌紅芳歌吹　須信處處東風又何妨對此
籠香覓醉曲盡索餘情奈夜航催離夢滿冰衾身似寄

吳大有

大有字有大，號松壑。嵊人。寶祐間遊太學，率諸生上書言賈似道奸狀，退處林泉，與林昉、仇遠、白珽等七人以詩酒相娛。元初辟為國子檢閱，不赴。有《松下偶抄》《雪後清音》《歸來幽莊》等集。

點絳唇・送李琴泉

江上旗亭，送君還是逢君處。酒闌呼渡，雲壓沙鷗暮。　漠漠蕭蕭，香凍梨花雨。添愁緒，斷腸柔櫓，相逐寒潮去。

張炎

炎字叔夏，西秦人。循王之後。居杭，號玉田，又號樂笑翁。有《詞源》二卷、《山中白雲》八卷。

算幾度吳鄉煙水無寐試明朝說與西園桃李

吳大有

大有字有大號松壑嵊人寶祐間遊太學率諸生上書言賈似道奸狀退處林泉與林昉仇遠白珽等七人以詩酒相娛元初辟爲國子檢閱不赴有松下偶抄雪後清音歸來幽莊等集

點絳脣 送李琴泉

江上旗亭送君還是逢君處酒闌呼渡雲壓沙鷗暮

漠漠蕭蕭香凍梨花雨添愁緒斷腸柔櫓相逐寒潮去

張炎

炎字叔夏西秦人循王之後居杭號玉田又號樂笑翁有詞源二卷山中白雲八卷

壺中天・養拙夜飲，客有彈箜篌者，即事以賦

瘦筇訪隱，正繁陰閒鎖，一壺幽緑。喬木蒼寒圖畫古，窈窕人行韋曲。鶴響天高，水流花淨，笑語通華屋。虚堂松外，夜深涼氣吹燭。　樂事楊柳樓心，瑶臺月下，有生香堪掬。誰理商聲簾户悄，蕭颯懸璫鳴玉。一笑難逢，四愁休賦，任我雲邊宿。倚闌歌罷，露螢飛下秋竹。

鄭所南云識張玉田先輩喜其三十年汗漫南北數千里一片空狂懷抱日日化雨爲醉自仰扳姜堯章史邦卿盧蒲江吳夢窗諸名勝互相鼓吹春聲於繁華世界能令後三十年西湖錦繡山水猶生清響

仇山村云山中白雲詞意度超元律呂協洽當與白石老仙相鼓吹

舒閬風云玉田詩有姜堯章深婉之風詞有周清眞雅麗之思畫有趙子固瀟灑之意

壺中天 養拙夜飲客有彈箜篌者即事以賦

瘦筇訪隱正繁陰閒鎖一壺幽綠喬木蒼寒圖畫古窈窕人行韋曲鶴響天高水流花淨笑語通華屋虛堂松外夜深涼氣吹燭　樂事楊柳樓心瑤臺月下有生香

渡江雲・次趙元父韻

錦薌繚繞地，凉燈挂壁，簾影浪花斜。酒船歸去後，轉首河橋，那處認紋紗。重盟鏡約，還記得、前度秦嘉。惟只有、葉題緘付，流不到天涯。　驚嗟。十年心事，幾曲欄杆，想蕭郎聲價。閒過了、黄昏時候，踈柳啼鴉。浦潮夜涌平沙白，遡斷鴻、知落誰家。書又遠，空江片月蘆花。

堪掬誰理商聲簾户悄蕭颯懸璫鳴玉一笑難逢四愁休賦任我雲邊宿倚闌歌罷露螢飛下秋竹

渡江雲次趙元父韻

錦薌繚繞地凉燈挂壁簾影浪花斜酒船歸去後轉首河橋那處認紋紗重盟鏡約還記得前度秦嘉惟只有葉題緘付流不到天涯　驚嗟十年心事幾曲欄杆想蕭郎聲價閒過了黄昏時候踈柳啼鴉浦潮夜涌平沙白遡斷鴻知落誰家書又遠空江片月蘆花

甘州餞草窗西歸

甘州・餞草窗西歸

記天風、飛珮紫霞邊，顧曲萬花深。怪相如遊倦，杜陵愁老，還歎飄零。短夢恍然今昔，故國十年心。回首三三徑，松竹成陰。不恨片帆南浦，只恨剪燈聽雨，誰伴孤吟？料瘦筇歸後，閒鎖北山雲。是幾番、柳邊行色，是幾番、同醉古園林。煙波遠，筆牀茶竈，何處逢君。

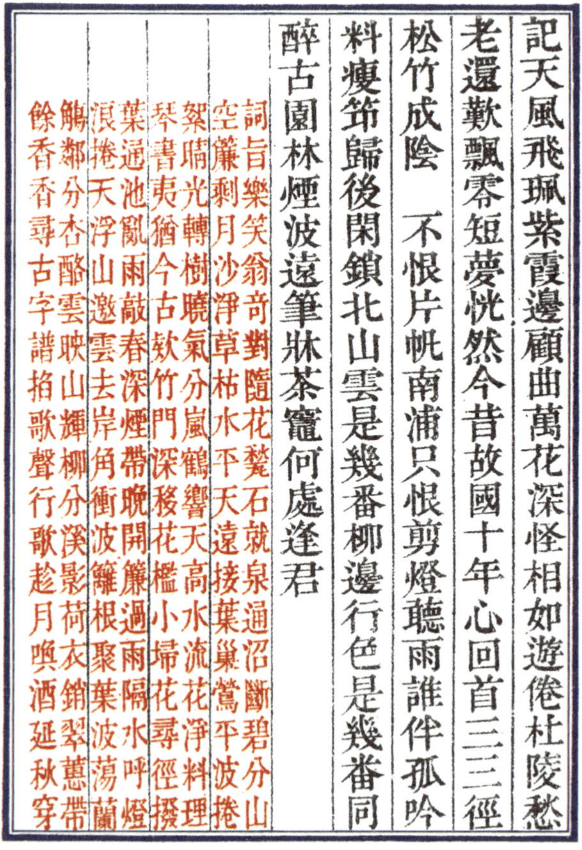

記天風飛珮紫霞邊顧曲萬花深怪相如遊倦杜陵愁
老還歎飄零短夢恍然今昔故國十年心回首三三徑
松竹成陰　不恨片帆南浦只恨剪燈聽雨誰伴孤吟
料瘦筇歸後閑鎖北山雲是幾番柳邊行色是幾番同
醉古園林煙波遠筆牀茶竈何處逢君

詞旨樂笑翁竒對隨花甃石就泉通沼斷碧分山
空簾剩月沙淨草枯水平天遠接葉巢鶯平波捲
絮晴光轉樹曉氣分嵐鶴響天高水流花淨料理
琴書夷猶今古欸竹門深移花檻小埽花尋徑撥
葉通池亂雨敲春深煙帶晚開簾過雨隔水呼燈
浪捲天浮山邀雲去岸角衝波籬根聚葉波蕩蘭
觴鄰分杏酪雲映山輝柳分溪影荷衣銷翠蕙帶
餘香香尋古字譜掐歌聲行歌趁月喚酒延秋穿

花覔路傍柳尋隣門當竹逕路管臺城鬢絲溼霧
扇錦翻桃因花整帽借柳維船
警句和雲流出空山甚年年淨洗花香不了南浦
春水寫不成書只記得相思一點解連環孤雁纔
放些晴意早瘦了梅花一半也知不作花看東風
何事吹散探春慢雪霽見說新愁如今也到鷗邊
高陽臺西湖莫開簾怕見飛花怕聽啼鵑同上須
待月許多情都付與秋聲聲慢西湖幾日不來一
片蒼雲未掃掃花游踈寮東墅園春風不奈垂楊
柳吹却絮雲多少齊天樂鑑曲漁舍會飲帶天香
吹動一身秋八聲甘州贈桂卿茂樹石牀因坐久
又却被清風留住真珠簾近雅軒即事忍不住低
低問春慶宮春都下寒食不知能聚愁多少霜葉
飛聞老妓歌

鄧牧伯牙琴云叔夏春水一詞絕唱今古人以
張春水目之

至正直記錢唐張叔夏嘗賦孤雁詞有寫不成
書只記得相思一點人皆稱之曰張孤雁

趙崇宵

崇宵字有得，號蓮磬。《宋史·宗室世系表》：『商王元份九世孫，汝惰子。』

詞旨蘄王孫韓鑄字亦顏學詞於樂笑翁一日與周公謹買舟西湖泊荷花而飲酒杯半公謹舉似亦顏學詞之意翁指花云蓮子結成花自落

珊瑚網元姑蘇汾湖居士陸行直輔之有家妓名卿卿以才色見稱友人張叔夏爲作古淸平樂贈之云候蟲悽斷人語西風岸月落沙平流水漫驚見蘆花來雁可憐瘦損蘭成多情應爲卿卿只有一枝梧葉不知多少秋聲後二十一載行直以翰林典籍致政歸則叔夏卿卿皆下世矣行直作碧梧蒼石圖并書張詞於卷端且和之云楚天雲斷人隔瀟湘岸往事悠悠江水湧怕聽樓前新雁深閨舊夢還成夢中獨記憐卿依約相思碎語夜凉桐葉聲聲

趙崇宵

崇宵字有得號蓮磬宋史宗室世系表商王元份九世孫汝惰子

東風第一枝

妬雪梅甦，迷煙柳醒，游絲輕颺新霽。捲簾看燕初歸，步屧為花早起。春來猶淺，便做出、十分春意。喜鳳釵、纔卸珠幡，早換巧梳描翠。　著數點、催花雨膩，更一陣，遞香風細。小鶯忺暖調聲，嫩蝶試晴舞翅。清歡易失，怕輕負、年芳流水。好趁閒、共整吟鞴，日日訪桃尋李。

范晞文

晞文字景文，號葯莊。錢唐人。太學生。理宗時，與葉李上書詆賈似道，竄瓊州。入元，以程鉅夫薦，擢江浙儒學，提舉轉長興丞。有《葯莊廢稿》，又《對牀夜話》五卷，馮深居序。

東風第一枝

妬雪梅甦迷煙柳醒游絲輕颺新霽捲簾看燕初歸步
屧爲花早起春來猶淺便做出十分春意喜鳳釵纔卸
珠幡早換巧梳描翠　著數點催花雨膩更一陣遞香
風細小鶯忺暖調聲嫩蝶試晴舞翅清歡易失怕輕負
年芳流水好趁閒共整吟鞴日日訪桃尋李

范晞文

晞文字景文號葯莊錢唐人太學生理宗時與葉
李上書詆賈似道竄瓊州入元以程鉅夫薦擢江
浙儒學提舉轉長興丞有葯莊廢稿又對牀夜話
五卷馮深居序

意難忘

清淚如鉛，歎咸陽送遠，露冷銅仙。巖花紛墮雪，津柳暗生煙。寒食後，暮江邊，草色更芊芊。四十年，留春意緒，不似今年。　山陰欲棹歸船，暫停杯雨外，舞劍燈前。重逢應未卜，此別轉堪憐。憑急管，倩繫弦，思苦調難傳。望故鄉，都將往事，付與啼鵑。

鄭斗煥

斗煥字丙文，號松窗。

意難忘

淸淚如鉛歎咸陽送遠露冷銅仙巖花紛墮雪津柳暗生煙寒食後莫江邊草色更芊芊四十年留春意緒不似今年　山陰欲棹歸船暫停杯雨外舞劍燈前重逢應未卜此別轉堪憐憑急管倩繫絃思苦調難傳望故鄉都將往事付與啼鵑

鄭斗煥

斗煥字丙文號松窗

新荷葉

新荷葉

乳鴨池塘，晴波漾緑鱗鱗。宿藕根香，夏來生意還新。蚨錢小、鈿花貼翠，相間萍星。一番雨過，一番暗展圓青。　魚戲龜游，看來猶未勝情。因憶年時，垂釣曾約輕盈。玉人何處，闌情是、半捲芳心。簾風一棹，鴛鴦催起歌聲。

曹良史

良史字子才，號梅南。錢唐人。有《梅南摘稿》。

江城子

夜香燒了夜寒生，掩銀屏，理銀箏。一曲春風，都是斷腸聲。杜宇欲啼楊柳外，愁似海，思如雲。　背燈暗卸乳鴛裙，酒初醒，夢初醒。蘭炷香篝，誰為暖羅衾？二十四簾人悄悄，花影碎，月痕深。

乳鴨池塘晴波漾綠鱗鱗宿藕根香夏來生意還新蚨
錢小鈿花貼翠相間萍星一番雨過一番暗展圓青
魚戲龜游看來猶未勝情因憶年時垂釣曾約輕盈玉
人何處闌情是半捲芳心簾風一棹鴛鴦催起歌聲

曹良史

良史字之才號梅南
錢唐人有梅南摘稿

江城子

夜香燒了夜寒生掩銀屏理銀箏一曲春風都是斷腸
聲杜宇欲啼楊柳外愁似海思如雲　背燈暗卸乳鴛

董嗣杲

嗣杲字明德，號静傳。杭人。後入道，改名思學，字無益。有《百花詩集》《西湖百詠》。

裙酒初醒夢初醒蘭炷香篝誰爲暖羅衾二十四簾八

悄悄花影碎月痕深

方回桐江集跋曹梅南詩詞三摘云曹君艮史錢唐人衣冠佳盛湖儆山酬則有咸淳詩摘兵火變遷江淮奔走則有梅南詩摘句如雲生畫佛壁葉落病僧房閑來閉門處認得讀書聲墻圍敗屋知無主風響荒林似有人深樹月昏神火出斷煙雪霽獵人回展轉征旗戰鼓十年間筆力益老矣至如鏤冰詞摘則以詩之餘演爲雕刻流麗之作以至寶冊之字料生薑日之文法寄於少游美成之聲調

董嗣杲

嗣杲字明德號靜傳杭人後入道改名思學字無益有百花詩集西湖百詠

湘月

蓮幽竹邃，舊池亭幾處，多愛君子。醉玉吹香還認取，忙裏得閒標致。心逐雲帆，情隨煙笛，高會知誰繼？宵筵會啟，驀然身外浮世。

因見杜牧踈狂，前緣夢裏，謾蹙雙眉翠。香滿屏山春滿几，爐擁麝焦禽睡。月落梅空，霜濃窗掩，兩耳風聲起。艷歌終散，輸他鶴帳清寐。

湘月

蓮幽竹邃舊池亭幾處多愛君子醉玉吹香還認取忙裏得閑標致心逐雲帆情隨煙笛高會知誰繼宵筵會啓驀然身外浮世　因見杜牧踈狂前緣夢裏謾蹙雙眉翠香滿屏山春滿几爐擁麝焦禽睡月落梅空霜濃窗掩兩耳風聲起艷歌終散輸他鶴帳清寐

錢唐　汪沆　陳臯　同校勘

絕妙好詞箋卷六終

周密

密字公謹。濟南人，寓居吴興，復居錢唐。寶祐間，為義烏令。自號草窗，又號弁陽嘯翁，又號蕭齋，又號四水潛夫。詩名《蠟屐集》，詞名《蘋洲漁笛譜》，雜著有《癸辛雜識》四卷、《齊東野語》二十卷、《志雅堂雜抄》一卷、《浩然齋視聽抄》《弁陽客談》《武林舊事》十卷、《澄懷録》二卷、《雲煙過眼録》一卷。

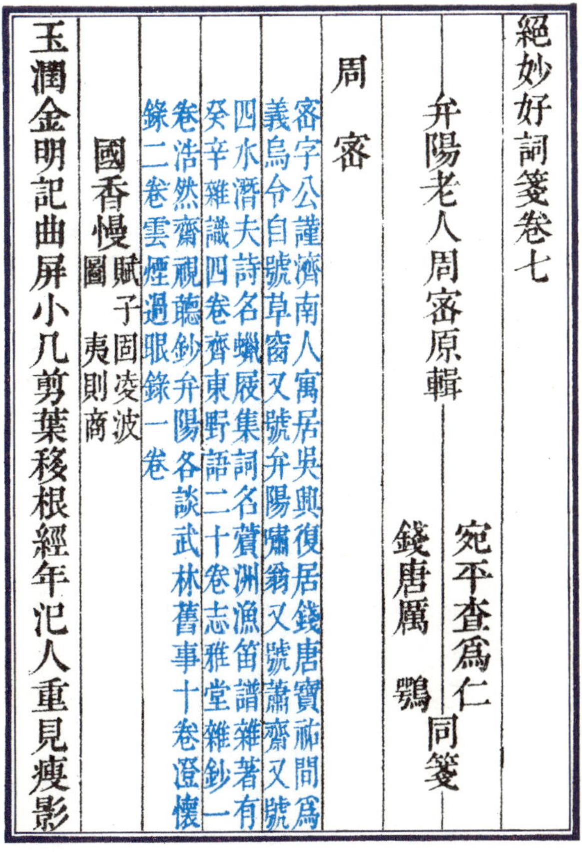

絶妙好詞箋卷七

弁陽老人周密原輯　宛平查爲仁　錢唐厲鶚　同箋

周密

密字公謹濟南人寓居吳興復居錢唐寶祐間爲義烏令自號草窗又號弁陽嘯翁又號蕭齋又號四水潛夫詩名蠟屐集詞名蘋洲漁笛譜雜著有癸辛雜識四卷齊東野語二十卷志雅堂雜鈔一卷浩然齋視聽鈔弁陽客談武林舊事十卷澄懷錄二卷雲煙過眼錄一卷

國香慢　賦子固凌波圖　夷則商

玉潤金明記曲屏小几剪葉移根經年汜人重見瘦影

國香慢・賦子固《凌波圖》

夷則商

玉潤金明，記曲屏小几，剪葉移根。經年汜人重見，瘦影娉婷。雨帶風襟零落，步雲冷、鵞筦吹春。相逢舊京洛，素靨塵緇，仙掌霜凝。

國香流落恨，正冰銷翠薄，誰念遺簪。水空天遠，應念礬弟梅兄。渺渺魚波望極，五十絃、愁滿湘雲。凄凉耿無語，夢入東風，雪盡江清。

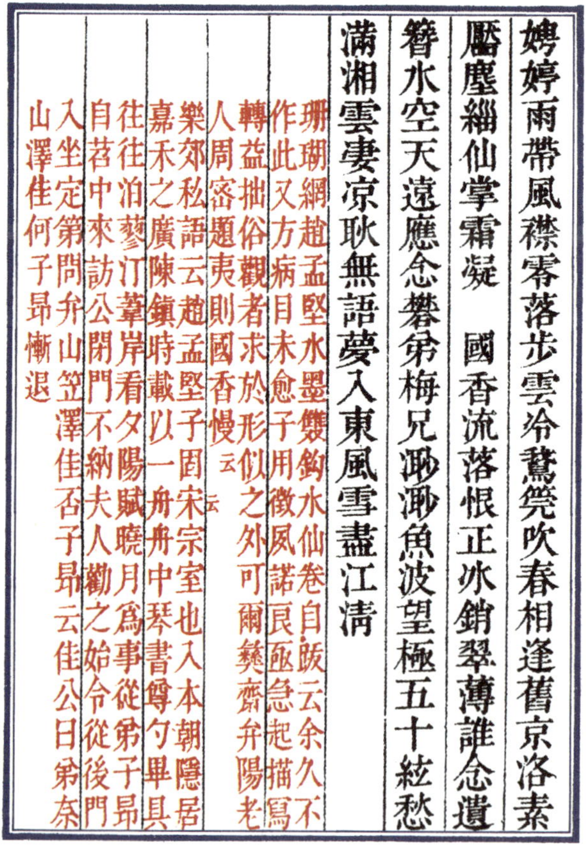
娉婷雨帶風襟零落步雲冷鵞筦吹春相逢舊京洛素
靨塵緇仙掌霜凝　國香流落恨正冰銷翠薄誰念遺
簪水空天遠應念礬弟梅兄渺渺魚波望極五十絃愁
滿湘雲凄凉耿無語夢入東風雪盡江清

珊瑚網趙孟堅水墨雙鉤水仙卷自跋云余久不
作此又方病目未愈子用徵夙諾亟急起描寫
轉益拙俗觀者求於形似之外可爾彝齋弁陽老
人周密題夷則國香慢云
樂郊私語云趙孟堅子固宋宗室也入本朝隱居
嘉禾之廣陳鎮時載以一舟舟中琴書尊勺畢具
往往泊蓼汀葦岸看夕陽賦曉月爲事從弟子昂
自苕中來訪公閉門不納夫人勸之始令從後門
入坐定第問弁山笠澤佳否子昂云佳公曰弟奈
山澤佳何子昂慚退

一萼紅・登蓬萊閣有感

步深幽，正雲黃天淡，雪意未全休。鑑曲寒沙，茂林煙草，俛仰今古悠悠。歲華晚、漂零漸遠，誰念我、同載五湖舟。磴古松斜，厓陰苔老，一片清愁。　回首天涯歸夢，幾魂飛西浦，淚灑東州。故國山川，故園心眼，還似王粲登樓。最負他、秦鬟妝鏡，好江山、何事此時遊。為喚狂吟老監，共賦銷憂。

畫鑒云趙子固墨蘭最妙葉如鐵花莖亦佳作石用筆如飛白書狀前人無此也畫梅竹水仙松枝皆入妙品水仙爲尤高子昂專師其蘭石覽者當自知其高下

畫禪室隨筆云子固水仙欲與楊无咎梅花作敵周草窗極重其品曾刺舟嚴陵灘下見新月出水大笑云此文公所謂綠淨不可唾乃我水仙出現也

一萼紅 登蓬萊閣有感

步深幽正雲黃天淡雪意未全休鑑曲寒沙茂林煙草俛仰今古悠悠歲華晚漂零漸遠誰念我同載五湖舟磴古松斜厓陰苔老一片清愁　回首天涯歸夢幾魂飛西浦淚灑東州故國山川故園心眼還似王粲登樓

掃花游・九日懷歸

江蘺怨碧，早過了霜花，錦空洲渚。孤蛩自語，正長安亂葉，萬家砧杵。塵染秋衣，誰念西風倦旅？恨無據。悵望極歸舟，天際煙樹。

心事曾細數，怕水葉沉紅，夢雲離去。情絲恨縷，倩回紋為織，那時愁句。雁字無多，寫得相思幾許？暗凝竚，近重陽，滿城風雨。

最負他秦鬟妝鏡好江山何事此時遊爲喚狂吟老監共賦銷憂自注云閣在紹興西浦東州皆其地

王象之輿地紀勝云紹興郡治在卧龍山上蓬萊閣在郡設廳後取元微之我是玉皇香案吏謫居猶得近蓬萊句也名公多題咏沈紳詩云玉鉉相公須瑞地金貂仙子挂冠鄉錢公輔云一級一級煙雲生四面四面屏障迎秦觀詩云路隔西陵三兩水門臨南鎮一千峯會稽志張伯玉州宅詩序云越守王工部至和中新葺蓬萊閣成畫圖來乞詩工部乃王逵也

掃花游九日懷歸

江蘺怨碧早過了霜花錦空洲渚孤蛩自語正長安亂葉萬家砧杵塵染秋衣誰念西風倦旅恨無據悵望極

三姝媚・送聖與還越

淺寒梅未綻，正潮過西陵，短亭逢雁。秉燭相看，歎俊游零落，滿襟依黯。露草霜花，愁正在、廢宮蕪苑。明月河橋，笛外樽前，舊情消減。　莫訴離觴深淺，恨聚散悤悤，夢隨飄遠。玉鏡塵昏，怕賦情人老，後逢凄惋。一樣歸心，又喚起、故園愁眼。立盡斜陽無語，空江歲晚。

歸舟天際煙樹　心事曾細數怕水葉沉紅夢雲離去
情絲恨縷倩回紋爲織那時愁句雁字無多寫得相思
幾許暗凝竚近重陽滿城風雨

三姝媚　送聖與還越

淺寒梅未綻正潮過西陵短亭逢雁秉燭相看歎俊游
零落滿襟依黯露草霜花愁正在廢宮蕪苑明月河橋
笛外樽前舊情消減　莫訴離觴深淺恨聚散悤悤夢
隨飄遠玉鏡塵昏怕賦情人老後逢凄惋　一樣歸心又
喚起故園愁眼立盡斜陽無語空江歲晚

法曲獻仙音・弔雷香亭梅

松雪飄寒，嶺雲吹凍，紅破數枝春淺。襯舞臺荒，浣妝池冷，淒涼市朝輕換。歎花與人凋謝，依依歲華晚。　共淒黯，問東風、幾番吹夢，應慣識、當年翠屏金輦。一片古今愁，但廢綠、平煙空遠。無語銷魂，對斜陽、芳草淚滿。又西泠殘笛，低送數聲春怨。

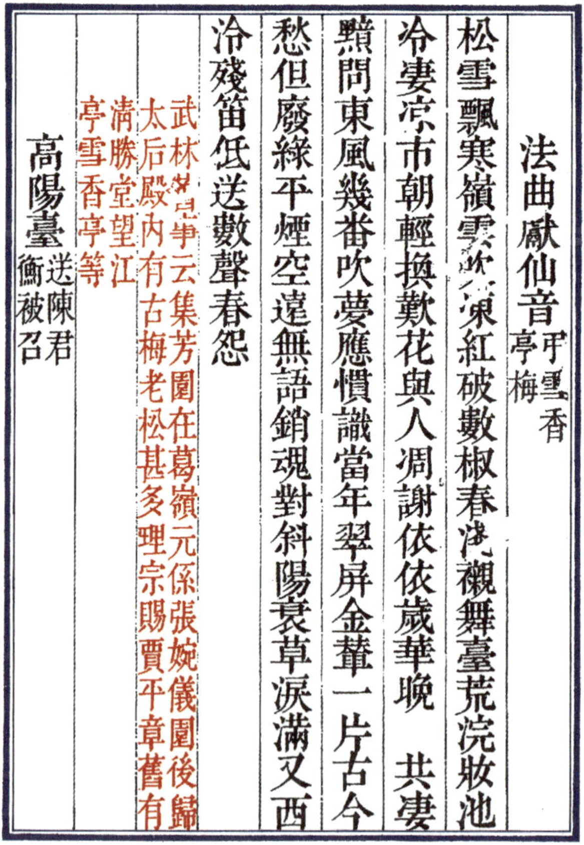

法曲獻仙音 弔雪香亭梅

松雪飄寒嶺雲吹凍紅破數椒春淺襯舞臺荒浣妝池冷淒涼市朝輕換歎花與人凋謝依依歲華晚　共淒黯問東風幾番吹夢應慣識當年翠屏金輦一片古今愁但廢綠平煙空遠無語銷魂對斜陽衰草淚滿又西泠殘笛低送數聲春怨

武林舊事云集芳園在葛嶺元係張婉儀園後歸太后殿內有古梅老松甚多理宗賜賈平章舊有清勝堂望江亭雪香亭等

高陽臺 送陳君衡被召

高陽臺・送陳君衡被召

照野旌旗，朝天車馬，平沙萬里天低。寶帶金章，樽前茸帽風欹。秦關汴水經行地，想登臨、都付新詩。縱英游，疊鼓清笳，駿馬名姬。

酒酣應對燕山雪，正冰河月凍，曉隴雲飛。投老殘年，江南誰念方回。東風漸綠西湖柳，雁已還、人未南歸。最關情，折盡梅花，難寄相思。

慶宮春・送趙元父過吳

重疊雲衣，微茫鴻影，短篷穩載吳雪。霜葉敲寒，風燈搖暈，棹歌人語嗚咽。擁衾呼酒，正百里、冰河乍合。千山換色，一鏡無塵，玉龍吹裂。

夜深醉踏長虹，表裏空明，古今清絕。高堂在否，登臨休賦，忍見舊時明月。翠銷香冷，怕空負、年芳輕別。孤山春早，一樹梅花，待君同折。

照野旌旗朝天車馬平沙萬里天低寶帶金章樽前茸
帽風欹秦關汴水經行地想登臨都付新詩縱英游疊
鼓清笳駿馬名姬　酒酣應對燕山雪正冰河月凍曉
隴雲飛投老殘年江南誰念方回東風漸綠西湖柳雁
已還人未南歸最關情折盡梅花難寄相思
慶宮春 送趙元父過吳
重疊雲衣微茫鴻影短篷穩載吳雪霜葉敲寒風燈搖
暈棹歌人語嗚咽擁衾呼酒正百里冰河乍合千山換
色一鏡無塵玉龍吹裂　夜深醉踏長虹表裏空明古

高陽臺·寄越中諸友

小雨分江，殘寒迷浦，春容淺入蒹葭。雪霽空城，燕歸何處人家。夢魂欲渡蒼茫去，怕夢輕、還被愁遮。感流年，夜汐東還，冷照西斜。　凄凄望極王孫草，認雲中煙樹，鷗外春沙。白髮青山，可憐相對蒼華。歸鴻自趁潮回去，笑倦遊、猶是天涯。問東風，先到垂楊，後到梅花。

今清絕高堂在否登臨休賦忍見舊時明月翠銷香冷
怕空負年芳輕別孤山春早一樹梅花待君同折

高陽臺 寄越中諸友

小雨分江殘寒迷浦春容淺入蒹葭雪霽空城燕歸何
處人家夢魂欲渡蒼茫去怕夢輕還被愁遮感流年夜
汐東還冷照西斜　凄凄望極王孫草認雲中煙樹鷗
外春沙白髮青山可憐相對蒼華歸鴻自趁潮回去笑
倦遊猶是天涯問東風先到垂楊後到梅花

探芳信 西泠春感

探芳信・西泠春感

步晴晝，向水院維舟，津亭喚酒。歎劉郎重到，依依漫懷舊。東風空結丁香怨，花與人俱瘦。甚凄涼，暗草沿池，冷苔侵甃。　橋外晚風驟。正香雪隨波，淺煙迷岫。廢苑塵梁，如今燕來否？翠雲零落空隄冷，往事休回首。最銷魂，一片斜陽戀柳。

水龍吟・白荷

素鸞飛下青冥，舞衣半惹涼雲碎。藍田種玉，緑房迎曉，一奩秋意。擎露盤深，憶君清夜，暗傾鉛水。想鴛鴦、正結梨雲好夢，西風冷、還驚起。　應是飛瓊仙會，倚涼飇、碧簪斜墜。輕妝鬬白，明璫照影，紅衣羞避。霽月三更，粉雲千點，靜香十里。聽湘絃奏徹，冰綃偷剪，聚相思淚。

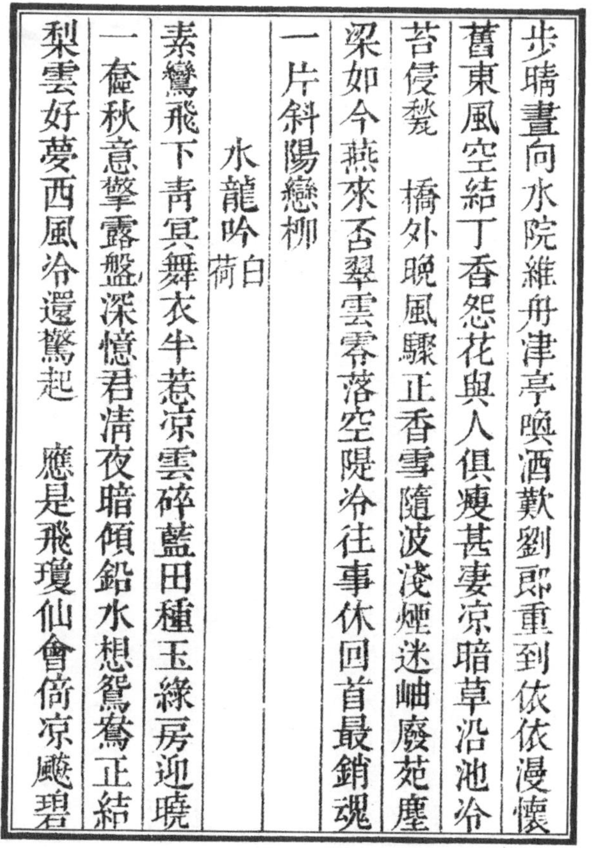
步晴晝向水院維舟津亭喚酒歎劉郎重到依依漫懷
舊東風空結丁香怨花與人俱瘦甚淒涼暗草沿池冷
苔侵甃　橋外晚風驟正香雪隨波淺煙迷岫廢苑塵
梁如今燕來否翠雲零落空隄冷往事休回首最銷魂
一片斜陽戀柳
水龍吟白荷
素鸞飛下青冥舞衣半惹涼雲碎藍田種玉綠房迎曉
一奩秋意擎露盤深憶君清夜暗傾鉛水想鴛鴦正結
梨雲好夢西風冷還驚起　應是飛瓊仙會倚涼飇碧

簪斜墜輕妝鬬白明璫照影紅衣羞避霽月三更粉雲千點靜香十里聽湘絃奏徹冰綃偷剪聚相思淚

樂府補題宛委山房賦龍涎香調天香浮翠山房賦白蓮調水龍吟紫雲山房賦蓴調摸魚兒餘閑書院賦蟬調齊天樂天柱山房賦蠏調桂枝香倡和者爲玉笥王沂孫聖與蘋洲周密公謹天柱王易簡理得友竹馮應瑞祥父瑤翠唐藝孫英發紫雲呂同老和父箕房李彭老商隱宛委陳恕可行之菊山唐珏玉潛月洲趙汝鈉眞卿五松李居仁師呂玉田張炎叔夏山村仇遠仁近皆宋遺民也按陳恕可別本作練非陳旅安雅堂集有陳行之墓志云會稽陳恕可古靈先生述古之後有樂府補題一卷其爲姓陳無疑

倣董十解

四字令・擬《花間》

眉消睡黄，春凝淚妝。玉屏水暖微香，聽蜂兒打窗。　箏塵半牀，綃痕半方。愁心欲訴垂楊，奈飛紅正忙。

西江月・延祥觀拒霜擬稼軒

綠綺紫絲步障，紅鸞綵鳳仙城。誰將三十六陂春，換得兩隄秋錦。　眼纈醉迷朱碧，筆花俊賞丹青。斜陽展盡趙昌屏，羞死舞鸞妝鏡。

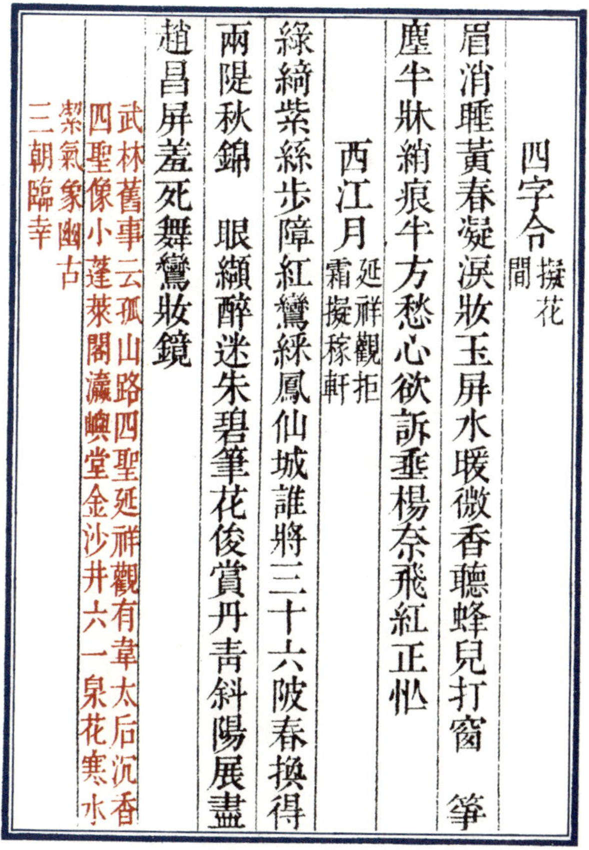

四字令 擬花間

眉消睡黃春凝淚妝玉屏水暖微香聽蜂兒打窗　箏塵半牀綃痕半方愁心欲訴垂楊奈飛紅正忙

西江月 延祥觀拒霜擬稼軒

綠綺紫絲步障紅鸞綵鳳仙城誰將三十六陂春換得兩隄秋錦　眼纈醉迷朱碧筆花俊賞丹青斜陽展盡趙昌屏羞死舞鸞妝鏡

武林舊事云孤山路四聖延祥觀有韋太后沉香四聖像小蓬萊閣瀛嶼堂金沙井六一泉花寒水絜氣象幽古三朝臨幸

江城子・擬蒲江

羅牕曉色透花明，艷瑶笙，按瑶箏。試訊東風，能有幾分春？二十四闌憑玉暖，楊柳月，海棠陰。

依依愁翠沁雙顰，愛鶯聲，怕鵑聲。人自多情，春去自無情。把酒問花花不語，花外夢，夢中雲。

少年游・宮詞擬梅溪

簾銷寶篆捲宮，羅蜂蝶撲飛梭。一樣東風，燕梁鶯院，那處春多？

曉妝日日隨香輦，多在牡丹坡。花深深處，柳陰陰處，一片笙歌。

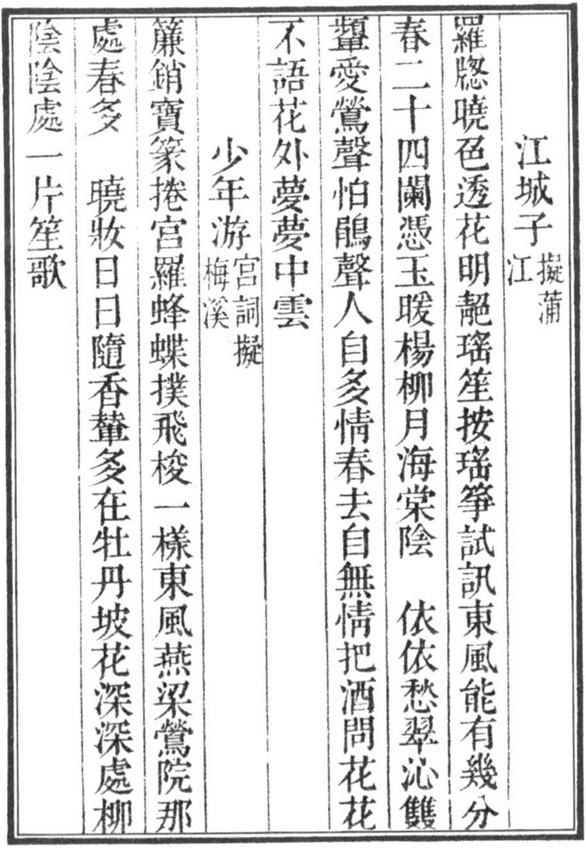
江城子擬蒲江
羅牕曉色透花明艶瑶笙按瑶箏試訊東風能有幾分春二十四闌憑玉暖楊柳月海棠陰　依依愁翠沁雙顰愛鶯聲怕鵑聲人自多情春去自無情把酒問花花不語花外夢夢中雲
少年游宮詞擬梅溪
簾銷寶篆捲宮羅蜂蝶撲飛梭一樣東風燕梁鶯院那處春多　曉妝日日隨香輦多在牡丹坡花深深處柳陰陰處一片笙歌

好事近·擬東澤

新雨洗花塵，撲撲小庭香溼。早是垂楊煙老，漸嫩黃成碧。晚簾都捲看青山，山外更山色。一色梨花新月，伴夜窗吹笛。

西江月·擬花翁

情縷紅絲冉冉，啼花碧袖熒熒。迷香雙蝶下庭心，一行愔愔簾影。

北里紅紅短夢，東風雁雁前塵。稱銷不過牡丹情，中半傷春酒病。

好事近 擬東澤

新雨洗花塵撲撲小庭香溼早是垂楊煙老漸嫩黃成
碧 晚簾都捲看青山山外更山色一色梨花新月伴
夜窗吹笛

西江月 擬花翁

情縷紅絲冉冉啼花碧袖熒熒迷香雙蝶下庭心一行
愔愔簾影 北里紅紅短夢東風燕燕前塵稱銷不過
牡丹情中半傷春酒病

醉落魄 擬參晦

醉落魄・擬參晦

憶憶憶憶，宮羅褶褶銷金色。吹花有盡情無極。淚滴空簾，香潤柳枝溼。春愁浩蕩湘波窄，紅蘭夢繞江南北。燕鶯都是東風客。移盡庭陰，風老杏花白。

朝中措・茉莉，擬夢窗

綵繩朱乘駕濤雲，親見許飛瓊。多定梅魂纔返，香瘢半掐秋痕。枕函釵縷，熏篝芳焙，兒女心情。尚有第三花在，不妨留待涼生。

醉落魄・擬二隱

餘寒正怯，金釵影卸東風揭。舞衣絲損愁千褶。一縷楊絲，猶是去年折。臨窗擁髻愁難說，花庭一寸燕支雪。春花似舊心情別。待摘玫瑰，飛下粉黃蝶。

憶憶憶憶宮羅褶褶銷金色吹花有盡情無極淚滴空
簾香潤柳枝溼　春愁浩蕩湘波窄紅蘭夢繞江南北
燕鶯都是東風客移盡庭陰風老杏花白
朝中措 茉莉擬夢窗
綵繩朱乘駕濤雲親見許飛瓊多定梅魂纔返香瘢半
掐秋痕　枕函釵縷熏篝芳焙兒女心情尚有第三花
在不妨留待涼生
醉落魄 擬二隱
餘寒正怯金釵影卸東風揭舞衣絲損愁千褶一縷楊

浣溪沙・擬梅川

蠶已三眠柳二眠，雙竿初起畫鞦韆，鶯櫳風響十三絃。　魚素不傳新信息，鸞膠難續舊姻緣，薄情明月幾番圓。

甘州・燈夕書二隱

漸萋萋、芳草綠江南，輕暉弄春容。記少年遊處，簫聲巷陌，燈影簾櫳。月暖烘爐戲鼓，十里步香紅。欹枕聽新雨，往事朦朧。　還是江南春夢曉，怕等閒愁見，雁影西東。喜故人好在，水驛寄詩筒。數芳程、漸催花信，送歸帆、知第幾番風？空吟想，梅花千樹，人在山中。

絲猶是去年折　臨窗擁髻愁難說花庭一寸燕支雪
春花似舊心情別待摘玫瑰飛下粉黃蝶

浣溪沙擬梅川

蠶巳三眠柳二眠雙竿初起畫鞦韆鶯櫳風響十三絃
魚素不傳新信息鸞膠難續舊姻緣薄情明月幾番
圓

甘州燈夕書寄二隱

漸萋萋芳草綠江南輕暉弄春容記少年遊處簫聲巷
陌燈影簾櫳月暖烘爐戲鼓十里步香紅欹枕聽新雨

踏莎行·與莫兩山談邘城舊事

遠草情鍾，孤花韻勝，一樓聳翠生秋暝。十年二十四橋春，轉頭明月簫聲冷。　賦藥才高，題瓊語俊，蒸香壓酒芙蓉頂。景留人去怕思量，桂窗風露秋眠醒。

往事朦朧　還是江南春夢曉怕等閑愁見鴈影西東
喜故人好在水驛寄詩筒數芳程漸催花信送歸帆知
第幾番風空吟想梅花千樹人在山中

踏莎行　與莫兩山談邘城舊事

遠草情鍾孤花韻勝一樓聳翠生秋暝十年二十四橋
春轉頭明月簫聲冷　賦藥才高題瓊語俊蒸香壓酒
芙蓉頂景留人去怕思量桂窗風露秋眠醒

詞旨警句夢魂欲度蒼茫去怕夢輕還被愁遮　高
陽臺　休綴潘郎鬢影怕綠窗年少人驚　聲聲慢　柳
花　花深深處柳陰陰處一片笙歌　少年游
蘋洲漁笛譜曲游春游西湖云禁苑東風外颺

煖絲晴絮春思如織燕約鶯期芳情偏在翠深紅隙漠漠香塵隔沸十里亂絲叢笛看畫船盡入西泠閑却半湖春色柳陌新煙凝碧映簾底宮眉堤上游勒輕瞑籠煙怕梨雲夢冷杏香愁羃歌管酬寒食奈蝶怨良宵岑寂正恁醉月搖花怎生去得

武林舊事云都城自過收燈貴游巨室爭先出郊謂之探春水面畫楫櫛比如鱗無行舟之路遊之次第先南而後北至午則盡入西泠橋裏湖其外幾無一舸矣弁陽老人有詞云看畫橋盡入西泠閑却半湖春色蓋紀實也

馬臻霞外集西湖春日壯游詩云畫船過午入西泠人擁孤山陌上塵應被弁陽摸寫盡晚來閑却半湖春

蓉塘詩話周草窗西湖十景詞調寄木蘭花慢蘇堤春曉云恰芳菲夢醒漾殘月轉湘簾正翠崦收鐘彤墀放仗臺榭輕煙東園夜游乍散聽金壺逗曉歇花籤宮柳微開露眼小鶯寂泥春眠冰

奩黛淺紅鮮臨曉鏡鬟晨妍怕誤却佳期宿粧
旋整忪上雕軿都緣採芳起早看堤邊早有已
開船薇帳殘香淚蠟有人病酒厭厭平湖秋月
云碧霄澄暮靄引瓊鴛礫秋光看翠闕風高珠
樓夜午譙搗元霜蒼菰玉田萬頃趁仙槎咫尺
接天滿彷彿淩波步影露濃環佩衣涼鳴璫淨
洗新妝隨皓影過西廂正霧衣香潤雲鬟紺溼
私語相將鴛鴦誤驚曉夢掠芙蓉度影入銀塘
十二闌干佇立鳳簫怨徹清商斷橋殘雪云覓
梅花信息擁吟袖暮鞭寒自放鶴人歸月香水
影詩吟孤山等閑泮寒硯暖看融成御水到人
問瓦隴竹根更好柳邊小駐游鞍琅玕半倚雲
灣孤棹晚載詩還是醉竟醒處畫橋第二奩月
初三東闌有人步玉椎冰泥沁溼錦鸞斑還見
暗波漲綠謝池夢草相關雷峯夕照云塔輪分
斷雨倒霞影漾新晴看滿鑑春紅輕橈占岸疊
鼓收聲簾旌半鈎待燕料香濃徑遠趲蜂程芳
陌人扶醉玉路傍嬾拾遺簪郊坰未厭遊情雲

幕合讌銷凝想罷歌停舞煙花露柳都付棲鶯
重闈已催鳳鑰正鈿車繡勒入爭門銀燭擎花
夜煖禁街淡月黃昏趣院風荷云軟塵飛不到
過微雨錦機張正綠蔭池幽交枝徑窄臨水追
涼宮粧蓋羅障暑泛青蘋亂舞五雲裳迷眼紅
綃絳綵翠深偷見鴛鴦湖光兩岸瀟湘風荐爽
扇搖香算惱人偏是縈絲露蕅連理秋房澁江
采芳舊恨怕紅衣夜冷落橫塘折得荷花忩却
棹歌唱入斜陽花港觀魚云六橋春浪煖漲桃
雨鱖初肥正短棹輕簑牽篛荇帶縈網蓴絲依
稀岸紅遡遠泛仙舟誤入武陵溪何處金刀膾
玉畫舡傍柳頻催芳隄漸滿斜暉舟葉亂浪花
飛聽暮櫓聲合鷗沉暗渚鷺起煙磯漣漪夜深
浪靜任煙寒自載月明歸三十六鱗過却素牋
不寄相思南屏晚鐘云蹤鐘敲暝色正遠樹綠
愔愔看渡水僧歸投林鳥聚煙冷秋屏孤雲漸
沉雁影尚殘簫倦鼓別游人宮柳棲鴉未穩露
梢已挂蹤星重城禁鼓催更羅袖怯暮寒輕想

綺疏空掩鸞綃翳錦魚鑰收銀蘭燈伴人夜語
怕香消漏永着温存猶憶迴廊待月畫闌倚偏
桐陰柳浪聞鶯云晴空搖翠浪畫禽靜霽煙收
聽暗柳啼鶯新簧弄巧如度秦謳誰抽翠絲萬
縷颺金梭宛轉織芳愁風裊餘音甚處絮花三
月宮溝扁舟纜繫輕柔沙路遠倦追遊望斷橋
殘日蠻腰競舞蘇小牆頭偏憂杜鵑喚去愛綿
蠻竟日挽春留啼覺瓊疏午夢翠丸鸞度西樓
三潭印月云游船人散後正蟾影瀉寒湫看冷
沁蛟眠清宜兎浴皓彩輕浮扁舟泛天鏡裏遡
流光澄碧浸明眸栖鷺空驚碧草素鱗遠避金
鈎臨流萬象涵秋懷渺渺水悠悠念漢皋遺佩
湘波步襪空想仙遊風收翠奩乍啓度飛星倒
影入芳洲瑤瑟誰彈古怨渚宮夜舞潛虬兩峯
插雲云碧尖相對處向煙外挹遙岑記舞鶯啼
猨天香桂子曾去幽尋輕陰易晴易雨看南峯
淡日北峯雲雙塔擎秋露冷亂鐘曉送霜清登
臨望眼增明沙路白海門青正地幽天迴水鳴

王沂孫

沂孫字聖與，號碧山，又號中仙。會稽人。有《碧山樂府》二卷，又名《花外集》。《延祐四明志》：『至和中，王沂孫慶元路學正。』

山籟風奏松琴虛檻半空聚遠倚闌干暮色與雲平明月千巖夜午迴風跨鶴吹笙

張炎山中白雲一萼紅弁陽翁新居堂名志雅詞名蘋洲漁笛譜製荷衣傍山窗卜隱雅志可閑時欵竹門深移花檻小動人芳意菲菲怕冷落蘋洲夜月想時將漁笛靜中吹塵外柴桑燈前兒女笑語忘歸分得煙霞數畝乍掃苔尋徑撥葉通池放鶴幽情吟鶯懽事老去却顧春遲愛吾廬琴書自樂好襟懷初不要人知長日一簾芳草一卷新詩

王沂孫

沂孫字聖與號碧山又號中仙會稽人有碧山樂府二卷又名花外集延祐四明志至元中王沂孫慶元路學正

醉蓬萊 歸故山

醉蓬萊・歸故山

掃西風門徑，黃葉凋零，白雲蕭散。柳換枯陰，賦歸來何晚。爽氣霏霏，翠蛾眉嫵，聊慰登臨眼。故國如塵，故人如夢，登高還嬾。　數點寒英，為誰零落。楚魄難招，暮寒堪攬。步屧荒籬，誰念幽芳遠。一室秋燈，一庭秋雨，更一聲秋雁。試引芳樽，不知消得，幾多依黯。

法曲獻仙音・聚景亭梅，次草窗韻

層綠峩峩，纖瓊皎皎，倒壓波痕清淺。過眼年華，動人幽意，相逢幾番春換。記喚酒尋芳處，盈盈褪妝晚。　已銷黯，況凄涼、近來離思，應忘却、明月夜深歸輦。荏苒一枝春，恨東風、人似天遠。縱有殘花，洒征衣、鉛淚都滿。但殷勤折取，自遣一襟幽怨。

掃西風門徑黃葉凋零白雲蕭散柳換枯陰賦歸來何晚爽氣霏霏翠蛾眉嫵聊慰登臨眼故國如塵故人如夢登高還嬾　數點寒英爲誰零落楚魄難招暮寒堪攬步屧荒籬誰念幽芳遠一室秋燈一庭秋雨更一聲秋鴈試引芳樽不知消得幾多依黯

法曲獻仙音 聚景亭梅 次草窗韻

層綠峩峩纖瓊皎皎倒壓波痕清淺過眼年華動人幽意相逢幾番春換記喚酒尋芳處盈盈褪妝晚　已銷黯況淒涼近來離思應忘却明月夜深歸輦荏苒一枝

淡黃柳・甲戌冬，別周公謹文於孤山中。次冬，公謹游會稽，相會一月。又次冬，公謹自剡還，執手聚別，且復別去，悵然於懷，敬賦此解。

花邊短笛，初結孤山約。雨悄風輕寒漠漠，翠鏡秦鬟釵別，同折幽芳怨摇落。　素裳薄，重拈舊紅萼。歎携手，轉離索，料青禽、一夢春無幾，後夜相思，素蟾低照，誰掃花陰共酌？

春恨東風人似天遠縱有殘花洒征衣鉛淚都滿但殷
勤折取自遣一襟幽怨

董嗣杲西湖百咏注云聚景園在清波門外阜陵
致養北宮拓圃西湖之東斥浮屠之廬九曾經四
朝臨幸繼以諫官陳言出郊之令遂絕園今蕪圯
惟柳浪橋花光亭存
夢粱錄高似孫過聚景園詩云翠華不向苑中來
可是年年惜露臺水際春風寒漠漠官梅却作野
梅開

淡黃柳 甲戌冬別周公謹丈於孤山中次冬公
謹游會稽相會一月又次冬公謹自剡
還執手聚別且復別去悵然於懷敬賦
此解

花邊短笛初結孤山約雨悄風輕寒漠漠翠鏡秦鬟釵

一萼紅・石屋探梅作

思飄飖，擁仙姝獨步，明月照蒼翹。花候猶遲，庭陰不掃，門掩山意蕭條。抱芳恨、佳人分薄，似未許、芳魄化春嬌。雨澀風慳，霧輕波細，湘夢迢迢。　誰伴碧尊雕俎，喚瓊飢皎皎，緑髮蕭蕭。青鳳啼空，玉龍舞夜，遙睇河漢光摇。未須賦、疎香淡影，且同倚、枯蘚聽吹簫。聽久餘音欲絕，寒透鮫綃。

別同折幽芳怨搖落　素裳薄重拈舊紅萼歎攜手轉離索料青禽一夢春無幾後夜相思素蟾低照誰掃花陰共酌

一萼紅 石屋探梅作

思飄飖擁仙姝獨步明月照蒼翹花候猶遲庭陰不掃門掩山意蕭條抱芳恨佳人分薄似未許芳魄化春嬌雨澀風慳霧輕波細湘夢迢迢　誰伴碧尊雕俎喚瓊肌皎皎綠髮蕭蕭青鳳啼空玉龍舞夜遙睇河漢光搖未須賦疎香淡影且同倚枯蘚聽吹簫聽久餘音欲絕

長亭怨・重過中菴故園

泛孤艇、東皋過遍，尚記當日，綠陰門掩。屐齒莓階，酒痕羅袖事何限。欲尋前迹，空惆悵、成秋苑。自約賞花人，別後總、風流雲散。　水遠，怎知流水外，却是亂山尤遠。天涯夢短，想忘了、綺疏雕檻。望不盡、苒苒斜陽，撫喬木，年華將晚。但數點紅英，猶識西園淒婉。

寒透鮫綃

董嗣杲西湖百詠注云石屋在大仁院內錢氏建壘石虛廣若屋下有洞路石上鐫五百羅漢屋上建閣三層

長亭怨 重過中菴故園

泛孤艇東皋過遍尚記當日綠陰門掩屐齒莓階酒痕羅袖事何限欲尋前迹空惆悵成秋苑自約賞花人別後總風流雲散　水遠怎知流水外却是亂山尤遠天涯夢短想忘了綺疏雕檻望不盡苒苒斜陽撫喬木年華將晚但數點紅英猶識西園淒婉

慶宮春・水仙

明玉擎金，織羅飄帶，為君起舞迴雪。柔影參差，幽香零亂，翠圍腰瘦一捻。歲華相誤，記前度、湘臯怨別。哀絃重聽，都是淒涼，未須彈徹。　國香到此誰憐？煙冷沙昏，頓成愁絕。花惱難禁，酒銷欲盡，門外冰澌初結。試招仙魄，怕今夜、瑤簪凍折。攜盤獨出，空想咸陽，故宮落月。

高陽臺

殘蕚梅酸，新溝水綠，東風節序暄妍。獨立雕欄，誰憐枉度華年？朝朝準擬清明近，料燕翎、須寄銀箋。又爭知、一字相思，不到吟邊。　雙蛾不拂青鸞冷，任花陰寂寂，掩户閒眠，屢卜佳期，無憑却怨金錢。何人寄與天涯信，趁東風、急整歸船。縱飄零，滿院楊花，猶是春前。

慶宮春水仙
明玉擎金織羅飄帶爲君起舞廻雪柔影參差幽香零
亂翠圍腰瘦一捻歲華相誤記前度湘臯怨別哀絃重
聽都是凄凉未須彈徹　國香到此誰憐煙冷沙昏頓
成愁絕花惱難禁酒銷欲盡門外冰澌初結試招仙魄
怕今夜瑤簪凍折攜盤獨出空想咸陽故宮落月
高陽臺
殘蕚梅酸新溝水綠東風節序暄妍獨立雕欄誰憐枉
度華年朝朝準擬清明近料燕翎須寄銀箋又爭知一

西江月·為趙元父賦《雪梅圖》

褪粉輕盈瓊靨，護香重疊冰綃。數枝誰帶玉痕描？夜夜東風不掃。
　溪上橫斜影淡，夢中落寞魂銷。峭寒未肯放春嬌，素被獨眠清曉。

踏莎行·題草窗詞卷

白石飛仙，紫霞悽調，斷歌人聽知音少。幾番幽夢欲回時，舊家池館生青草。
　風月交游，山川懷抱，憑誰說與春知道？空留離恨滿江南，相思一夜蘋花老。

字相思不到吟邊　雙蛾不拂青鸞冷任花陰寂寂掩
戶閒眠屢卜佳期無憑却怨金錢何人寄與天涯信趁
東風急整歸船縱飄零滿院楊花猶是春前
西江月　為趙元父賦雪梅圖
褪粉輕盈瓊靨護香重疊冰綃數枝誰帶玉痕描夜夜
東風不掃　溪上橫斜影淡夢中落莫魂銷峭寒未肯
放春嬌素被獨眠淸曉
踏莎行　題草窗詞卷
白石飛仙紫霞悽調斷歌人聽知音少幾番幽夢欲回

醉落魄

小窗銀燭，輕鬟半擁釵橫玉。數聲春調清真曲。拂拂朱簾，殘影亂紅。　撲垂陽學畫蛾眉綠，年年芳草迷金谷。如今休把佳期卜。一掬春情，斜月杏花屋。

時舊家池館生青草　風月交游山川懷抱憑誰說與
春知道空留離恨滿江南相思一夜蘋花老
醉落魄
小窗銀燭輕鬟半擁釵橫玉數聲春調清眞曲拂拂朱
簾殘影亂紅撲　垂楊學畫蛾眉綠年年芳草迷金谷
如今休把佳期卜一掬春情斜月杏花屋

詞旨警句一掬春情斜月杏花屋 醉落魄 一室秋
燈一庭秋雨更一聲秋雁 醉蓬萊 揉碎花心吟碎
淡黃雪 醉落魄 翠簟一池秋水半牀露半牀月 霜
天曉角 恰似斷魂江上柳越春深越瘦 謁金門
詞眼挑雲研雪
花外集八六子云埽芳林幾番風雨匆匆老盡

春禽漸薄潤侵衣不斷嫩涼隨扇初生晚窗自吟沉沉幽徑芳尋晻靄苔香簾淨蕭蹤竹影庭深謾淡却蛾眉晨妝慵埽寶釵蟲拆繡衾鸞破當時暗水和雲泛酒空山留月聽琴料如今門前數重翠陰一萼紅赤城山中題梅花卷云玉嬋娟甚春餘雪在猶未跨青鸞蹤萼無香朶條獨秀應恨流落人間記曾照黃昏淡月漸瘦影移上小闌干一點清魂半枝寒色芳意斑斑重省嫩寒清曉過斷橋流水問訊孤山冰骨微銷塵衣不浣相見還誤輕攀未須訝東南倦客掩鉛淚看了又重看故國吳天樹老雨過風殘前調初春懷舊云小庭陰有蒼苔老樹風物似山林侵戶清寒捎池急雨時聽飛過鳴禽埽花遊殘梅似雪甚過了人日更多陰壓酒人家試燈天氣相次登臨猶記舊遊亭館正垂楊引縷嫩草抽簪羅帶同心泥金半臂花氣低唱輕斟又爭信風流一別念前事空惹恨沉沉野服山節醉賞不似如今蹤影詠梅云瓊妃卧月任素裳

瘦損羅帶重結石逕春寒碧蘚參差相思曾步芳屧離根分破東風恨又夢入水孤雲澗算如今也厭娉婷帶了一痕殘雪猶記冰奩半掩冷枝畫未就歸棹輕折幾度黃昏忽到窗前重想故人初別蒼虬欲捲漣漪去謾蛻卻連環香骨早又是翠蔭蒙茸不似一枝清絕聲聲慢云迎門高髻倚扇清吭娉婷未數西洲淺拂朱鉛春風二月梢頭相逢靚妝俊語有舊家京洛風流斷腸句試重拈綵筆與賦閑愁記凌波去後問明璫羅襪卻爲誰留枉夢相思幾回南浦行舟莫辭玉尊起舞怕重來燕子空樓漫惆悵抱琵琶閑過此秋

樂府補題王沂孫天香賦龍涎香云孤嶠蟠煙層濤蛻月驪宮夜採鉛水汎逝槎風夢深薇露化作斷魂心字紅甆候火還乍識冰環玉指一縷縈簾翠影依稀海山雲氣幾回殢嬌半醉剪春燈夜寒花碎更好故溪飛雪小窗深閉荀令如今頓老總忘卻尊前舊風味謾惜餘薰空篝

素被摸魚兒賦蓴云玉簾寒翠絲微斷浮空清影零碎碧芽也抱春洲怨雙卷小緘芳字還又似繫羅帶相思幾點青鈿綴吳中舊事悵酪乳爭奇鱸魚謾好誰與共秋醉江湖與昨夜西風又起年年輕誤歸計如今不怕歸無準却怕故人千里何況是正落日垂虹怎賦登臨意滄浪夢裏縱一舸重遊孤懷暗老餘恨渺煙水齊天樂賦蟬云綠陰千樹西窗曉厭厭晝眠驚起嫩翼風微流聲露悄半剪冰牋誰寄淒凉倦耳謾重拂琴絲怕尋冠珥夢短宫深向人猶與訴憔悴殘虹收盡過雨晚來頻斷續都是秋意病葉難留纖柯易老空憶斜陽身世山明月碎甚已絕餘音向餘枯蛻鬢影參差斷魂青鏡裏

周密蘋洲漁笛譜題中山詞卷云結客千金醉春雙玉舊遊宫柳藏仙屋白頭吟老茂陵西清平夢遠沉香北玉笛天津錦囊昌谷春紅轉眼成秋綠重翻花外侍兒歌休聽酒邊供奉曲

張炎山中白雲瑣窗寒王碧山又號中仙越人

趙與仁

與仁字元父，號學舟。《宋史·宗室世系表》：『燕王德昭十世孫，希挺長子，入元為辰州教授。』

柳梢青·落桂

露冷仙梯，《霓裳》散舞，記曲人歸。月度層霄，雨連深夜，誰管花飛。
金鋪滿地苔衣，似一片、斜陽未移。生怕清香，又隨凉信，吹過東籬。

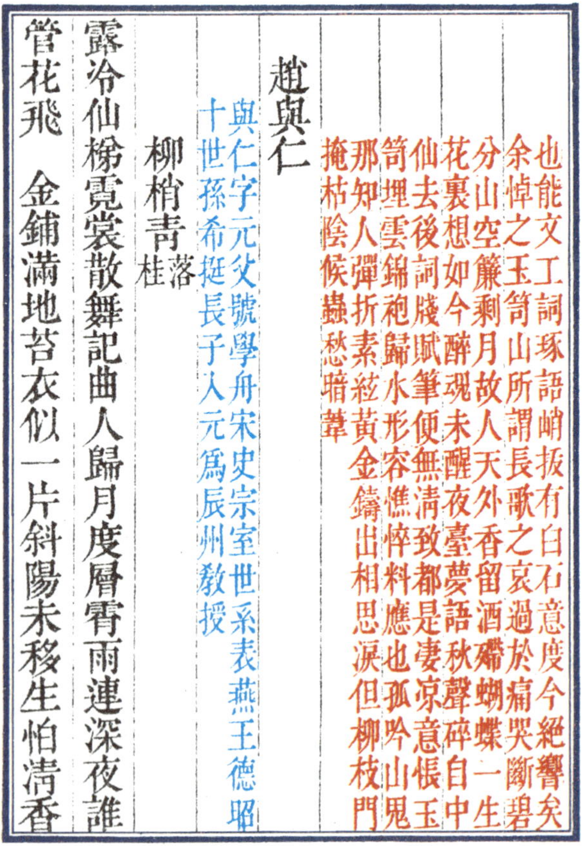

也能文工詞琢語峭拔有白石意度今絕響矣
余悼之玉笥山所謂長歌之哀過於痛哭斷碧
分山空簾剩月故人天外香留酒殢蝴蝶一生
花裏想如今醉魂未醒夜臺夢語秋聲碎自中
仙去後詞牋賦筆便無清致都是淒凉意悵玉
笥埋雲錦袍歸水形容憔悴料應也孤吟山鬼
那知人彈折素絃黃金鑄出相思淚但柳枝門
掩枯陰候蛩愁暗葦

趙與仁

與仁字元父號學舟宋史宗室世系表燕王德昭
十世孫希挺長子入元爲辰州教授

柳梢青落桂

露冷仙梯霓裳散舞記曲人歸月度層霄雨連深夜誰
管花飛金鋪滿地苔衣似一片斜陽未移生怕清香

琴調相思引

冰箔紗簾小院清，晴塵不動地花平。昨宵風雨，凉到木樨屏。香月照妝秋粉薄，水雲飛珮藕絲輕。好天良夜，閒理玉韡笙。

西江月

夜半河痕依約，雨餘天氣溟濛。起行微月遍池東，水影浮花，花影動簾櫳。暈減難追醉白，恨長莫盡題紅。鴈聲能到畫樓中，也要玉人，知道有秋風。

又隨凉信吹過東籬
琴調相思引
冰箔紗簾小院清晴塵不動地花平昨宵風雨凉到木
樨屏　香月照妝秋粉薄水雲飛珮藕絲輕好天良夜
閒理玉韡笙
西江月
夜半河痕依約雨餘天氣溟濛起行微月遍池東水影
浮花花影動簾櫳　暈減難追醉白恨長莫盡題紅鴈
聲能到畫樓中也要玉人知道有秋風

清平樂

柳絲搖露，不綰蘭舟住。人宿溪橋知那處，一夜風聲千樹。曉樓望斷天涯，過鴻影落寒沙。可惜些兒秋意，等閒過了黃花。

好事近

春色醉荼蘼，晝永篆煙初絕。臨水楊花千樹，盡一時飛雪。穿簾度竹弄輕盈，東風老猶劣。睡起凭闌無緒，聽幾聲啼鴂。

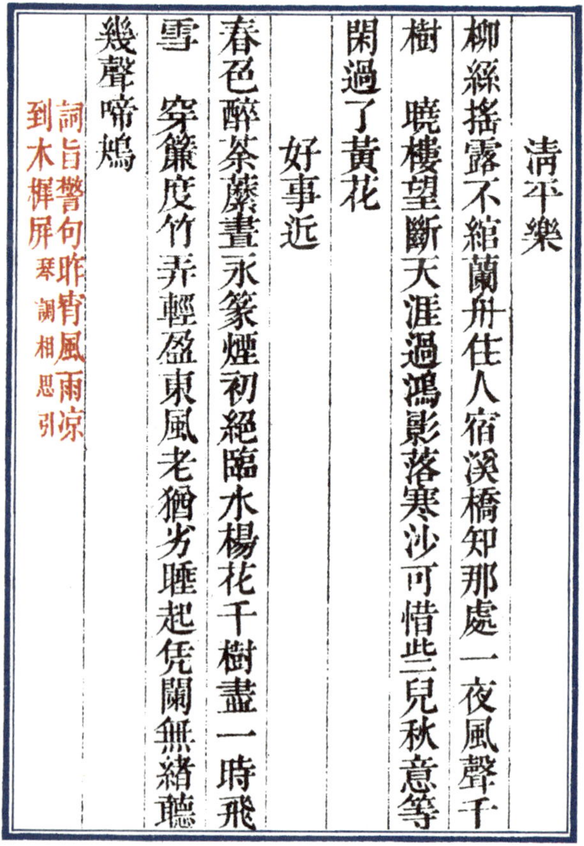
清平樂
柳絲搖露不綰蘭舟住人宿溪橋知那處一夜風聲千樹 曉樓望斷天涯過鴻影落寒沙可惜些兒秋意等閑過了黃花
好事近
春色醉荼蘼晝永篆煙初絕臨水楊花千樹盡一時飛雪 穿簾度竹弄輕盈東風老猶劣睡起凭闌無緒聽幾聲啼鴂
詞旨警句昨宵風雨涼到木樨屏 琴調相思引

仇遠

遠字仁近，號山村。錢唐人，居白龜池上。入元仕，為溧陽州學正。張翥、張雨、莫維賢皆出其門，有名當世。有《與觀集》一卷。

生查子

釵頭綴玉蠶，耿耿東窗曉。京洛少年遊，猶恨歸來早。寒食正梨花，古道多芳草。今夜試青燈，依舊雙花小。

八犯玉交枝・招寶山觀月上

滄島雲連，綠瀛秋入，暮景却沉洲嶼。無浪無風天地白，聽得潮生人語。擎空孤柱，翠倚高閣憑虛，中流蒼碧迷煙霧。惟見廣寒門外，青無重數。

不知是水，不知是山是樹，漫漫知是何處？倩誰問、凌波輕步，謾凝佇、乘鸞秦女。想庭曲、《霓裳》正舞。莫須長笛吹愁去，怕喚起魚龍，三更噴作前山雨。

煙霧惟見廣寒門外青無重數 不知是水不知是山是樹漫漫知是何處倩誰問凌波輕步謾凝佇乘鸞秦女想庭曲霓裳正舞莫須長笛吹愁去怕喚起魚龍三更噴作前山雨

延祐四明志云招寶山在定海縣東北八里一名候濤山爲海控扼吳萊甬東山水古蹟記云慶元東偏海有招寶山或云他處見山有異氣疑下有寶或云東夷以海貨來互市必泊此山前至峽口怪石嶔險離立南曰金雞北曰虎蹲又前爲蛟門峽東浪激或大如五石斗夔躍入空中却墮下碎爲雰雨或遠如雪山冰岸聲勢崩擁秋風一作海水又壯排空觸岸杳不知舟楫所在

樂府補題仇遠齊天樂賦蟬云夕陽門巷荒城曲清音早鳴秋樹薄剪綃衣凉生鬢影獨飲天

邊風露朝朝暮暮奈一度淒吟一番淒楚尚有殘聲驀然飛過別枝去齊宮往事謾省行人猶與說當時齊女雨歇空山月籠古柳彷彿舊曾聽處離情正苦甚懶拂冰箋倦拈琴譜滿地霜紅淺莎尋蛻羽

花草粹編仇山村瑤華謾詠雪云疎疎密密紛紛漠漠乍舞風無力殘飄斷礎轉眼化作方珪圓璧非花非絮似逞巧先投窗隙立小樓不見青山萬里鳥飛無迹休憐凍梗冰苔但飛入平林都是春色年華婉娩誰信道老却梁園詞客踏青近也且一白何須三白把一白分與梅花要點壽陽妝額

張翥蛻菴詞最高樓為山村仇先生壽云方寸地七十四年春世事幾浮雲躬行齋內蒲團穩耆英會裏酒杯頻日追遊時嘯咏任天眞喜女嫁男婚今已畢便束帛安車那肯出無一事挂閑身西湖鷗鷺長為侶北山猿鶴莫移文願年年湯餅會樂情親

錢唐　汪　沆
　　　陳　臯　同校勘

絕妙好詞箋卷七終